Über den Autor:

Marc Levy wurde 1961 als Sohn eines Verlegers in Frankreich geboren. Er ist von Beruf Architekt und entdeckte schon früh seine Liebe zur Literatur und zum Kino.
Sein erster Roman, »Solange du da bist«, der von Steven Spielberg verfilmt worden ist, wurde zu einem internationalen Bestseller. Seit seinem Welterfolg lebt Marc Levy als freier Schriftsteller in London und Paris. Auch »Wo bist du?« eroberte auf Anhieb die vordersten Plätze in den internationalen Bestsellerlisten.



Der Preis dieses Bandes versteht sich einschließlich der gesetzlichen Mehrwertsteuer.

Marc Levy

# WO BIST DU?

Aus dem Französischen von
Bettina Runge und Eliane Hagedorn

Bild der Frau BESTSELLER

Ungekürzte Lizenzausgabe der
Cora Verlag GmbH & Co. KG, Hamburg
2006

Titel der französischen Originalausgabe:
Où es-tu?


Konzeption & Herstellung: fredebold & partner gmbh, Köln
Umschlaggestaltung: pecher & soiron, Köln
Umschlagmotiv: Getty Images, München
Autorenfoto: © FinPic
Satz: Ventura Publisher im Verlag;
D.I.E. Grafikpartner, Köln
Druck und Bindearbeiten: GGP Media GmbH, Pößneck

Printed in Germany
ISBN 3-89941-323-7

Nur die Liebe und die Freundschaft helfen uns
über die Einsamkeit unserer Tage hinweg.
Wir haben kein Anrecht auf das Glück,
wir müssen es täglich erkämpfen und lernen,
es zu leben, wenn es sich uns präsentiert.
*Orson Welles*

Für Louis,
für M.

# I

Er wurde am vierzehnten September 1974 um acht Uhr morgens auf fünfzig Grad, dreißig Minuten nördlicher Breite und fünfundsechzig Grad westlicher Länge geboren; somit befand sich seine Wiege auf einer kleinen Insel vor der honduranischen Küste. Niemand hatte dieser Geburt, der 734. im Register, besondere Aufmerksamkeit geschenkt. Die ersten beiden Tage seiner Existenz verbrachte er völlig unbeachtet. Seine Lebensparameter waren normal und rechtfertigten also nicht, dass man sich auf besondere Weise mit seiner Entwicklung beschäftigte. Er erfuhr die gleiche Behandlung wie alle Neugeborenen seiner Gattung; seine Daten wurden, wie allgemein üblich, alle sechs Stunden festgehalten. Am sechzehnten September um vierzehn Uhr aber erregten die Resultate der Analysen die Aufmerksamkeit einer Expertengruppe auf Guadeloupe. Man stellte sich Fragen zu seinem Wachstum, das nicht der Norm zu entsprechen schien. Am Abend konnte der Leiter des Teams, das mit seiner Beobachtung betraut war, seine Sorge nicht mehr verbergen und setzte sich mit seinen amerikanischen Kollegen in Verbindung. Etwas Gravierendes bahnte sich an, die Verwandlung dieses Neugeborenen erforderte, dass sich die wissenschaftliche Welt mit ihm beschäftigte. Denn nun offenbarte sich der gefährliche Charakter dieser Frucht aus der Verbindung von Kälte und Wärme. Während seine kleine Schwester Elaine, im April desselben Jahres geboren, nur elf Tage gelebt hatte, weil es ihr nicht gegeben war, genug Kraft zu sammeln, wuchs er mit alarmierender Geschwindigkeit und erreichte bereits mit zwei Tagen eine beängstigende Größe. Am dritten

Abend seines Lebens versuchte er, sich in alle Richtungen zu bewegen. Er drehte sich um die eigene Achse, wurde immer vitaler, schien sich aber nicht entscheiden zu können, eine bestimmte Richtung einzuschlagen.

Am siebzehnten September, um zwei Uhr nachts, beschloss Professor Huc, während er beim Schein einer einzigen knisternden Neonlampe über seiner Wiege wachte, dass seine Entwicklung eine sofortige Taufe erforderte, um das sich anbahnende Übel zu verscheuchen. Stundenlang hatte er über seinen Tabellen, Zahlenkolonnen und Diagrammen gesessen, die Elektrokardiogrammen zum Verwechseln ähnlich sahen. In Anbetracht seiner erstaunlich raschen Entwicklung war kaum davon auszugehen, dass er an Ort und Stelle verharren würde. Sein Name stand schon vor seiner Zeugung fest: Er würde Fifi heißen. Am siebzehnten September 1974, gegen acht Uhr, betrat er die Bühne der Geschichte, indem er die Geschwindigkeit von hundertzwanzig Stundenkilometern überschritt. Von den Meteorologen des Centre des Ouragans, CDO, in Pointe-à-Pitre und deren Kollegen des National Hurricane Centre in Miami wurde er als Wirbelsturm der ersten Stufe auf der Saffir-Simpson-Skala registriert. Im Laufe der folgenden Tage sollte er die Kategorie wechseln und zur großen Verwirrung aller Spezialisten, die sich mit ihm befassten, um eine Stufe aufrücken. Um vierzehn Uhr hatte Fifi bereits eine Geschwindigkeit von hundertachtunddreißig Stundenkilometern erreicht, am Abend waren es knapp hundertfünfzig. Am meisten aber beunruhigte seine Position, die sich gefährlich verändert hatte, sodass er sich jetzt auf sechzehn Grad, siebzig Minuten nördlicher Breite und einundachtzig Grad, siebzig Minuten westlicher Länge befand. Und so wurde Großalarm gegeben. Am achtzehnten September, um zwei Uhr nachts, bewegte er sich auf Honduras zu und fegte mit knapp zweihundertvierzig Stundenkilometern über dessen Nordküste.

# Kapitel 1

Newark Airport. Das Taxi hat sie am Bürgersteig abgesetzt und taucht im Strom der Fahrzeuge unter, die um den Passagierterminal kreisen; sie sieht zu, wie es in der Ferne verschwindet. Der große grüne Seesack zu ihren Füßen wiegt fast so viel wie sie selbst. Sie hebt ihn hoch, zieht eine Grimasse, legt den Riemen über die Schulter. Sie geht durch die automatische Tür des Terminals 1, durchquert die Eingangshalle und geht ein paar Stufen hinab; zu ihrer Rechten eine Wendeltreppe. Trotz der schweren Last steigt sie die Stufen hinauf und eilt entschlossen den Gang entlang. Vor der Fensterfront einer Bar, die in orangefarbenes Licht getaucht ist, bleibt sie stehen und schaut hinein. Auf die Resopaltheke gestützt, schlürfen ein paar Männer ihr Bier und kommentieren lauthals die Spielergebnisse, die auf dem Bildschirm des Fernsehers an der Wand zu sehen sind. Sie stößt die Holztür mit dem großen Bullauge auf, tritt ein, schaut suchend über die roten und grünen Tische hinweg.

Sie sieht ihn ganz hinten an der Fensterfront, die auf die Asphaltrollbahn blickt. Er hat das Kinn auf die rechte Hand gestützt, während die linke über die Papierdecke huscht und ein Gesicht darauf zeichnet.

Seine Augen, die sie noch nicht sehen kann, wandern immer wieder zur gelben Rollbahnmarkierung, die den Flugzeugen den genauen Weg zur Startbahn weist. Sie zögert, entscheidet sich für den rechten Gang, der sie geradewegs auf ihn zuführt, ohne dass er sie sehen kann. Sie geht an der summenden Gefriertruhe vorbei und nähert sich mit schnellen und doch leisen Schritten.

Bei ihm angelangt, legt sie ihm die Hand auf den Kopf und zerzaust ihm zärtlich das Haar. Auf dem gewaffelten Papier erkennt sie ihr eigenes Porträt.
»Habe ich dich warten lassen?«, fragt sie.
»Nein, du bist fast pünktlich. Aber ab jetzt wirst du mich warten lassen.«
»Bist du schon lange da?«
»Ich hab keine Ahnung. Wie hübsch du bist! Komm, setz dich.«
Sie lächelt und schaut auf ihre Uhr.
»Mein Flugzeug geht in einer Stunde.«
»Ich werde alles tun, damit du's verpasst, damit du es niemals nimmst.«
»Gut, dann fliege ich eben in zwei Minuten!«, sagt sie und setzt sich neben ihn.
»Okay, okay, ich verspreche dir: kein Kommentar mehr. Ich hab dir was mitgebracht.«
Er legt eine schwarze Plastiktüte auf den Tisch und schiebt sie ihr mit dem Zeigefinger hin. Sie neigt den Kopf zur Seite, ihre Art zu fragen: Was ist das wohl? Und da er ihre Mimik und den Ausdruck ihrer Augen zu deuten weiß, antwortet er: »Mach auf, du wirst schon sehen.« Es ist ein kleines Fotoalbum.
Er fängt an, darin zu blättern. Auf der ersten Seite, in Schwarz-Weiß, ein Mädchen und ein Junge von zwei Jahren, die sich, jeder die Hände auf den Schultern des anderen, gegenüberstehen.
»Das ist das älteste Foto, das ich von uns beiden gefunden habe«, sagt er.
Er blättert weiter.

»Dies hier sind wir beide irgendwann um Weihnachten, ich weiß nicht mehr, in welchem Jahr, aber wir waren noch keine zehn. Ich glaube, es war das Jahr, als ich dir mein Taufmedaillon geschenkt habe.«

Susan greift in ihren Ausschnitt und zieht das Kettchen mit dem Anhänger der heiligen Teresia hervor, das sie niemals ablegt. Ein paar Seiten weiter unterbricht sie ihn und kommentiert nun selbst:

»Das waren wir mit dreizehn im Garten deiner Eltern, ich hatte dich gerade geküsst, und du meintest: ›Das ist ja widerlich!‹, als ich meine Zunge in deinen Mund schieben wollte. Und das hier war zwei Jahre später; diesmal fand ich es widerlich, als du mit mir schlafen wolltest.«

Bei der nächsten Seite ergreift wieder Philip das Wort und zeigt auf ein weiteres Foto.

»Und wenn ich mich recht entsinne, fandest du's ein Jahr später, nach diesem Fest hier, überhaupt nicht mehr widerlich.«

Jede Seite, jedes Foto stellt eine Epoche ihrer gemeinsamen Kindheit dar. Sie unterbricht ihn.

»Du hast ein halbes Jahr übersprungen; gibt es kein Foto von der Beerdigung meiner Eltern? Genau damals fand ich dich ungeheuer attraktiv!«

»Hör auf mit dem Blödsinn, Susan!«

»Das meine ich ernst. Es war das erste Mal, dass du mir stärker vorkamst als ich, das hat mir unheimlich gut getan. Weißt du, ich werde nie vergessen …«

»Hör auf damit …«

»… dass du es warst, der meiner Mutter während der Totenwache den Trauring vom Finger gezogen hat …«

»Gut, könnten wir jetzt das Thema wechseln?«
»… und der mich jedes Jahr an meine Eltern erinnert hat. Du warst immer so aufmerksam in der Woche, in der sich ihr Unfall jährte.«
»Themawechsel, bitte.«
»Na, gut, dann blätter weiter und lass uns mit jeder Seite altern.«
Er sieht sie unbewegt an und nimmt den Schatten in ihren Augen wahr. Sie schenkt ihm ein Lächeln und fährt fort:
»Ich weiß, es ist egoistisch von mir, mich von dir zum Flugzeug begleiten zu lassen.«
»Susan, warum machst du das?«
»Weil ›das‹ eine konsequente Umsetzung meiner Träume ist. Ich will nicht enden wie meine Eltern, Philip. Sie haben ihr Leben damit zugebracht, ihre Kredite abzustottern, und wozu? Um am Ende beide an einem Baum zu kleben mit dem schönen Auto, das sie sich geleistet hatten. Ihr ganzes Leben, das waren zwei Sekunden in den Abendnachrichten; die konnte ich dann am Bildschirm des schönen Fernsehapparats sehen, der noch nicht abbezahlt war. Ich verurteile nichts und niemanden, Philip, aber ich will etwas anderes. Und mich um andere zu kümmern, das ist für mich ein lohnender Lebensinhalt.«
Er betrachtet sie, verloren und doch voller Bewunderung für ihre Entschlossenheit. Seit dem Unfall ist sie nicht mehr ganz dieselbe; als hätte sich die Zeit beschleunigt, wie Karten, die man ablegt, zwei auf einmal, um sie schneller auszuteilen. Susan wirkt älter als ihre einundzwanzig Jahre, außer sie lacht, was häufig vorkommt. Sobald sie ihren Junior-College-Abschluss und das Associate-of-Arts-Diplom in der Tasche hatte, war sie für das Peace Corps tätig geworden, jene humanitäre Organisation, die junge Leute ins Ausland schickt.

In knapp einer Stunde würde sie zu einem zweijährigen Aufenthalt in Honduras aufbrechen. Mehrere tausend Kilometer von New York entfernt, würde sie in eine andere Welt eintreten.

~

In der Bucht von Puerto Castilla und in der von Puerto Cortes waren alle, die sonst gern unter freiem Himmel schliefen, lieber in ihre Häuser gegangen. Am Ende des Nachmittags war Wind aufgekommen, der bereits stärker wurde. Doch sie sorgten sich nicht. Es war weder das erste noch das letzte Mal, dass sich ein tropischer Sturm ankündigte. Das Land war an Regengüsse gewöhnt, die zu dieser Jahreszeit häufig waren. Der Tag schien sich ungewöhnlich früh verabschieden zu wollen, die Vögel nahmen Reißaus – ein schlechtes Vorzeichen. Gegen Mitternacht wirbelte der Sand auf und bildete Wolken, nur wenige Zentimeter über dem Boden. Das Meer schwoll an, schnell, und schon waren die Rufe, die man sich zuwarf – die Boote mussten fester vertäut werden –, nicht mehr zu verstehen.

Im Schein der zuckenden Blitze tanzten sie gefährlich auf den brodelnden Wogen. Von der Dünung getragen, stießen ihre hölzernen Flanken krachend aneinander. Um zwei Uhr fünfzehn wurde das fünfunddreißig Meter lange Frachtschiff *San Andrea* gegen das Riff geschleudert und versank innerhalb von acht Minuten, nachdem die ganze Backbordseite aufgeschlitzt worden war. Im selben Augenblick hob auf dem kleinen Flugplatz von La Ceiba die vor einem Hangar parkende silbergraue DC3 unvermittelt ab, um gleich darauf zu Füßen des Gebildes, das als Kontrollturm diente, wieder herunterzukrachen; es war kein Pilot an Bord. Die beiden Propeller knickten ab, und das Leitwerk zerbrach in zwei Teile. Wenige Minuten später kippte der Tanklastwagen auf die Seite, rutschte, und eine Funkengarbe entzündete das Benzin.

Philip greift nach Susans Hand, dreht sie um und streichelt die Innenfläche.
»Du wirst mir fehlen, Susan.«
»Du mir auch … und wie!«
»Einerseits bin ich stolz auf dich, andererseits hasse ich es, so im Stich gelassen zu werden.«
»Hör bitte auf. Wir hatten uns doch fest vorgenommen, dass keine Tränen fließen.«
»Verlang nicht das Unmögliche!«
Einer zum anderen vorgeneigt, teilen sie die Trauer der Trennung und das Glück einer neunzehnjährigen Verbundenheit, die fast ihr ganzes Leben ausmacht.
»Höre ich von dir?«, fragt er mit einer Kleinjungenstimme.
»Nein!«
»Schreibst du mir?«
»Meinst du, ich könnte ein Eis bekommen?«
Er dreht sich um, winkt den Kellner herbei und bestellt zwei Kugeln Vanilleeis, darüber heiße, geschmolzene Schokolade, bestreut mit Mandelsplittern, und das Ganze mit flüssigem Karamell übergossen, genau in dieser Zusammenstellung ihr absolutes Lieblingsdessert. Susan sieht ihm geradewegs in die Augen.

»Und du?«
»Ich schreibe dir, sobald ich deine Adresse habe.«
»Nein, ich meine, hast du dich entschieden, was du machen willst?«
»Zwei Jahre Cooper Union in New York, und nach der Kunstakademie versuche ich, Karriere in einer großen Werbeagentur zu machen.«
»Also hast du deine Meinung nicht geändert? Unsinn, was ich sage, schließlich änderst du deine Meinung nie.«
»Im Gegensatz zu dir?«
»Philip, du wärst nicht mitgekommen, wenn ich dich darum gebeten hätte, weil es einfach nicht dein Leben ist. Und ich, ich kann nicht hier bleiben, weil es nicht mein Leben ist. Also hör auf, ein langes Gesicht zu machen.«
Susan schleckt genüsslich ihren Löffel ab, füllt ihn und führt ihn von Zeit zu Zeit auch an Philips Mund, der es willig mit sich geschehen lässt. Sie kratzt den Grund des Bechers aus, versucht, die letzten Mandelsplitter an den Seiten zu erwischen. Sie presst die Nase an die Scheibe. Die große Uhr an der Wand gegenüber zeigt fünf Uhr an. Es folgt ein kurzes befremdliches Schweigen. Schließlich beugt sie sich über den Tisch, schlingt die Arme um Philips Hals und flüstert ihm ins Ohr:
»Ich fürchte mich, weißt du?«
Philip schiebt sie ein wenig zurück, um sie besser ansehen zu können.
»Ich auch.«

Um drei Uhr morgens rollte eine erste, neun Meter hohe Flutwelle heran, zerstörte den Damm von Puerto Lempira und schob Tonnen von Erdreich und Steinen zum Hafen, der buchstäblich zerquetscht wurde. Die Kraft des Sturms knickte den Metallkran ab, sein Ausleger krachte auf das Containerschiff *Rio Platano* und spaltete die Brücke, sodass es im aufgewühlten Wasser versank. Nur sein Bug tauchte, zornig zum Himmel gerichtet, bisweilen zwischen zwei Wellen auf; und in der Nacht verschwand er für immer im Dunkel. In dieser Region, in der alljährlich ungeheure Wassermassen niedergehen, wurden diejenigen, die den ersten Angriff von Fifi überlebt hatten und ins Landesinnere zu fliehen suchten, nun Opfer der überquellenden Flüsse, die, nachts geweckt, über ihre Ufer traten und alles auf ihrem Weg mit sich fortrissen. Sämtliche Ortschaften im Tal verschwanden in den brodelnden Wassermassen, die abgebrochene Baumstämme, Brückenteile, Trümmer von Straßen und Häusern mit sich führten. In der Gegend von Limon wurden Dörfer – an den Hängen des Amapala, Piedra Blanca, Biscuampo Grande, La Jigua und Capiro gelegen – samt dem Erdreich in die bereits überschwemmten Täler hinabgespült. Überlebende, die sich auf die wenigen noch stehenden Bäume hatten flüchten können, kamen in den darauf folgenden Stunden um. Gegen zwei Uhr dreißig schlug die dritte, mehr als elf Meter hohe Flutwelle mit voller Wucht auf den Bezirk mit dem unheilvollen Namen Atlantida ein. Millionen Tonnen Wasser rollten auf La Ceiba und Tela zu, bahnten sich einen Weg durch die schmalen Gassen und gewannen dadurch, dass sie eingeengt wurden, noch mehr Kraft. Die Häuser am Ufer gerieten als Erste ins Wanken und brachen einfach auseinander, unterspült von den gewaltigen Wassermengen. Die Wellblechdächer hoben sich, um dann zu Boden geschleudert zu werden und die ersten Opfer dieser Naturkatastrophe unter sich zu begraben.

~

Philips Augen gleiten zu ihren Brüsten hinab, deren Rundungen plötzlich etwas Provozierendes haben. Susan bemerkt es, öffnet den oberen Knopf ihrer Bluse und zieht das kleine Goldmedaillon hervor.

»Aber mir kann ja nichts passieren, denn ich habe deinen Glücksbringer, den ich nie ablege. Er hat mich schon einmal gerettet. Ich habe es ihm zu verdanken, dass ich nicht mit ihnen in den Wagen gestiegen bin.«

»Das hast du mir schon hundert Mal gesagt, Susan. Bitte sprich nicht davon, kurz bevor du ins Flugzeug steigst, hörst du?«

»Auf jeden Fall schützt es mich«, sagt sie und lässt das Medaillon wieder in ihrem Ausschnitt verschwinden.

Es war ein Geschenk. In einem Sommer hatten sie beschlossen, Blutsbrüder zu werden. Ihrem Vorhaben waren intensive Recherchen vorausgegangen. Und nach der Lektüre verschiedener Indianer-Bücher, die sie in der Bibliothek ausgeliehen und auf einer Bank des Pausenhofs eingehend studiert hatten, bestand kein Zweifel mehr daran, wie sie vorzugehen hatten. Sie mussten ihr Blut vermischen, sich also schneiden. Susan hatte das Jagdmesser aus dem Arbeitszimmer ihres Vaters entwendet, und sie hatten sich damit in Philips Gartenhütte versteckt. Er hatte den Zeigefinger ausgestreckt und versucht, die Augen zu schließen, dann aber, als sich die Klinge der Fingerkuppe näherte, wurde ihm schwindelig. Da sie sich auch nicht ganz wohl dabei fühlte, steckten beide die Nase wieder in das »Handbuch der Apachen«, um darin eine Lösung für ihr Problem zu finden: *Die Opfergabe eines geheiligten Gegenstands zeugt von der ewigen Bindung zweier Seelen,* hieß es auf Seite 236.

Nach Überprüfung der Bedeutung des Wortes »Opfergabe« entschieden sie sich einvernehmlich für die zweite Methode. Während der feierlichen Zeremonie, bei der mehrere Irokesen- und Siouxgedichte vorgetragen wurden, legte Philip das Kettchen mit dem Medaillon um Susans Hals. Sie trennte sich nie mehr davon, obwohl ihre Mutter sie drängte, es wenigstens zum Schlafen abzunehmen.

Susan lächelt, was ihre Wangenknochen betont.

»Kannst du meinen Seesack tragen? Er ist tonnenschwer, und ich muss mich noch umziehen, sonst krepiere ich dort vor Hitze.«

»Aber du hast doch nur eine Bluse an!«

Sie ist schon aufgestanden, zieht ihn am Arm hinter sich her und bedeutet dem Barmann, den Tisch für sie freizuhalten. Der antwortet mit einem Kopfnicken; das Lokal ist sowieso fast leer. Philip stellt den Seesack vor der Tür der Damentoilette ab. Susan baut sich vor ihm auf und sagt:

»Kommst du? Ich sagte doch, das Ding ist zu schwer für mich.«

»Gerne, aber soweit ich weiß, ist das hier für Frauen reserviert.«

»Na und? Hast du plötzlich Angst, mich in der Toilette zu beobachten? Ist das vielleicht komplizierter als die Trennwand im Gymnasium oder die Luke vom Badezimmer bei dir zu Hause? Also komm rein.«

Sie zieht ihn an sich und lässt ihm keine andere Wahl, als ihr zu folgen. Er ist erleichtert, dass es nur eine Kabine gibt. Sie stützt sich auf seine Schulter, zieht den linken Schuh aus und zielt damit auf die Glühbirne an der Decke. Sie trifft beim ersten Versuch, und die Birne zerspringt mit einem trockenen Knacken. Ein dürftiges Neonlicht über dem Spiegel ist jetzt die einzige Beleuchtung. Sie lehnt sich ans Waschbecken, schlingt die Arme um ihn und drückt die Lippen auf seine. Nach einem ersten heißen Kuss wandert ihr Mund zu seinem Ohr, und beim Hauch ihrer flüsternden Stimme laufen ihm heißkalte Schauer den Rücken hinunter.

»Dein Medaillon hat sich schon an meine Brust geschmiegt, noch ehe sie richtig entwickelt war. Deine Haut soll die Erinnerung an sie noch lange behalten. Ich gehe, aber ich will dir in der Zeit meiner Abwesenheit keine Ruhe lassen, damit du keiner anderen gehörst.«

»Du bist größenwahnsinnig!«

Der kleine grüne Halbmond des Türschlosses springt auf Rot.

»Sei still und mach weiter«, sagt sie. »Ich will wissen, ob du was dazugelernt hast.«

Eine ganze Weile später kommen die beiden zurück und nehmen unter den forschenden Blicken des Barkeepers, der Gläser poliert, wieder an ihrem Tisch Platz.

Philip greift erneut nach ihrer Hand, doch Susan scheint mit ihren Gedanken schon weit weg zu sein.

~

Weiter nördlich, am Zugang zum Sula-Tal, rissen die Fluten mit ohrenbetäubendem Grollen alles mit, was sich ihnen in den Weg stellte. Autos, Vieh, Trümmer tauchten bisweilen aus den schlammigen Strudeln auf, dann wieder ein grauenvolles Gewirr von zerfetzten Gliedern. Nichts vermochte diesen Urkräften zu widerstehen, Strommasten, Lastwagen, Brücken, ganze Fabriken lösten sich vom Boden und wurden weggeschwemmt. Innerhalb von nur wenigen Stunden hatte sich das Tal in einen See verwandelt. Lange Zeit später würden sich die Alten des Landes erzählen, es sei die Schönheit der Landschaft gewesen, die Fifi veranlasst habe, zwei Tage vor Ort zu bleiben; zwei Tage, die zehntausend Männer, Frauen und Kinder das Leben kostete und knapp sechshunderttausend Menschen obdachlos machte. Innerhalb von achtundvierzig Stunden wurde dieses kleine Land von der Größe des Staates New York, eingekeilt zwischen Nicaragua, Guatemala und El Salvador, von einer Kraft zerstört, die der von drei Atombomben entsprach.

~

»Wie lange wirst du dort bleiben, Susan?«
»Wir müssen jetzt wirklich gehen, sonst verpasse ich mein Flugzeug. Oder willst du lieber hier bleiben?«
Er erhebt sich wortlos, lässt ein paar Dollar auf dem Tisch zurück. Als sie in den Gang getreten sind, drückt Susan die Nase an das Rundfenster der Tür und betrachtet die leeren Stühle, auf denen sie gesessen haben. Und in einem letzten Kampf gegen die Emotionen des Augenblicks beginnt sie so schnell wie möglich zu sprechen.
»Wenn ich in zwei Jahren zurückkomme, erwartest du mich hier in dieser Bar, als würden wir uns heimlich treffen. Ich erzähle dir alles, was ich gemacht habe, und du erzählst mir, was du getan hast, und wir setzen uns an denselben Tisch, weil er uns gehört; und wenn ich eine moderne Florence Nightingale

geworden bin und du ein großer Maler, bringt man sicher eines Tages eine kleine Kupferplakette mit unseren Namen darauf an.«

An der Sperre erklärt sie ihm, dass sie sich nicht umdrehen werde; sie wolle sein trauriges Gesicht nicht sehen, sondern lieber sein Lächeln in Erinnerung behalten. Sie will auch nicht an den Verlust ihrer Eltern denken, was wiederum seine Eltern bewogen hat, nicht zum Flughafen zu kommen. Er nimmt sie in die Arme und flüstert: »Pass auf dich auf.« Sie drückt den Kopf an seine Brust, um etwas von seinem Geruch mitzunehmen und ihm ein wenig von ihrem dazulassen. Sie reicht der Hostess ihr Ticket, küsst Philip ein letztes Mal, holt tief Luft und bläst die Backen auf wie ein Clown. Dann steigt sie die Stufen zur Rollbahn hinunter, läuft am Bodenpersonal vorbei zum Flugzeug und die Gangway hinauf und verschwindet in der Maschine, ohne einen letzten Blick zurückzuwerfen.

Philip kehrt in die Bar zurück und setzt sich wieder an *ihren* Tisch. Stotternd springen die Motoren der Douglas an und stoßen mehrere graue Rauchwolken aus. Die Propeller machen eine Drehung entgegen dem Uhrzeigersinn, dann zwei langsame in die andere Richtung, bevor sie nicht mehr zu erkennen sind. Die Maschine schwenkt herum, rollt langsam auf die Startbahn zu. Am Ende bleibt sie einige Minuten in der Startposition stehen. Die Räder auf der weißen Bodenmarkierung setzen sich erneut in Bewegung und lassen das Fahrgestell erzittern. Die Gräser an den Seitenstreifen scheinen sich vor dem Flugzeug zu verneigen. Die Fensterfront der Bar vibriert, als die Motoren hochgefahren werden, die Tragflächen entsenden einen letzten Gruß, und die Maschine beginnt schneller zu rollen. Sie gewinnt an Tempo, ist bald auf Philips Höhe. Er sieht

das Heck vorbeigleiten, die Räder sich vom Boden lösen. Die DC3 steigt steil nach oben, schwenkt in eine Rechtskurve und verschwindet in einer dünnen Wolkenschicht.
Er starrt noch eine Weile in den Himmel, wendet schließlich den Blick ab, starrt auf den Stuhl, auf dem Susan eben noch gesessen hat. Ein unerträgliches Gefühl von Verlassenheit überkommt ihn. Er steht auf und geht, die Hände in den Taschen vergraben.

# Kapitel 2

*25. September 1974, an Bord der DC3 …*

*Mein Philip,*

*ich glaube, es ist mir nicht gelungen, diese Angst, die mir den Magen zuschnürte, vor dir zu verbergen. Ich habe gerade das Flughafengelände in der Ferne verschwinden sehen. Mir war richtig schwindelig, solange wir unter den Wolken waren, jetzt geht es mir sehr viel besser. Ich bin enttäuscht, wir haben nichts von Manhattan gesehen, aber jetzt reißt die Wolkendecke auf, und ich kann fast die Wellen zählen. Sie sind winzig und erinnern mit ihren Schaumkronen an Schäfchen. Ich habe sogar einem großen Schiff nachgeschaut, das Kurs auf dich hält. Du hast bestimmt bald schönes Wetter.*

*Ich weiß nicht, ob du meine Schrift entziffern kannst, wir werden gerade ganz schön durchgeschüttelt. Vor mir liegt eine lange Reise; in sechs Stunden, nach einem Zwischenstopp in Washington, bin ich in Miami, dann steigen wir um und fliegen nach Tegucigalpa. Allein schon der Name hat etwas Magisches. Ich denke an dich, du musst unterwegs nach Hause sein; grüße und umarme deine Eltern von mir. Ich schreibe dir, wie die Reise weitergeht. Pass du auch auf dich auf, mein Philip …*

*Susan,*

*ich komme eben nach Hause. Dad und Mum haben mir keine Fragen gestellt: Mein Gesicht wird ihnen verraten haben, wie es um mich bestellt ist. Tut mir Leid wegen vorhin, ich hätte deine Freude akzeptieren müssen, deine Lust, von hier fortzukommen. Du hast Recht, ich weiß nicht, ob ich den Mut gehabt hätte, dich zu be-*

*gleiten, wenn du es vorgeschlagen hättest. Aber du hast es nicht getan, und ich denke, es ist besser so. Ich weiß selbst nicht genau, was dieser letzte Satz bedeuten soll. Die Abende ohne dich werden lang sein. Ich schicke diesen ersten Brief ans Büro des Peace Corps in Washington, die werden ihn weiterleiten.*
*Du fehlst mir schon jetzt allzu sehr,*
*Philip*

*… ich greife erneut zu Stift und Papier. Im Moment haben wir ein unglaubliches Licht, so was hast du noch nie gesehen, ich übrigens auch nicht. Hier, über den Wolken, beobachte ich einen richtigen Sonnenuntergang; von oben betrachtet, ist das total verrückt. Wie schade, dass du nicht hier bist, um zu sehen, was ich sehe. Ich habe vorhin vergessen, dir etwas sehr Wichtiges zu sagen: Ich glaube, du wirst mir ganz schrecklich fehlen.*
*Susan*

*15. Oktober 1974*

*Susan,*
*jetzt sind schon drei Wochen seit deiner Abreise vergangen, und dein erster Brief ist immer noch nicht eingetroffen; ich stelle mir vor, dass er irgendwo zwischen dir und mir unterwegs ist. Meine Eltern fragen ständig, ob ich etwas von dir gehört habe; wenn dein Brief nicht bald kommt, muss ich etwas erfinden …*

*15. Oktober 1974*

*Philip,*
*die Ankunft war chaotisch. Wir saßen vier Tage in Miami fest, weil wir auf zwei Container mit Lebensmitteln und auf die Wiedereröffnung des Flughafens La Ceiba warten mussten, wo ein Zwi-*

*schenstopp vorgesehen war. Ich hatte die Gelegenheit nutzen wollen, um die Stadt zu besichtigen, aber da hatte ich mich getäuscht. Zusammen mit den anderen Mitgliedern meiner Gruppe wurde ich in einem Hangar untergebracht. Drei Mahlzeiten am Tag, zweimal Gelegenheit zum Duschen und ein Feldbett, Intensivkurse in Spanisch und erster Hilfe wie beim Militär, nur ohne Feldwebel. Die DC3 hat uns schließlich bis nach Tegucigalpa gebracht, von da ging es mit einem Armeehubschrauber weiter nach Ramon Villesla Morales, dem kleinen Flugplatz von San Pedro Sula. Du kannst dir das nicht vorstellen, Philip – von oben aus betrachtet sieht es hier aus wie nach einem Bombenangriff. Kilometerweit ist das Land vollständig verwüstet, Häuserruinen, eingestürzte Brücken und fast überall behelfsmäßige Friedhöfe. Wo wir in relativ geringer Höhe flogen, sahen wir menschliche Gliedmaßen aus einem Schlammmeer ragen, dazu Hunderte von Tierkadavern, mit dem Bauch nach oben. Der Gestank ist bestialisch. Die Straßen sind weggebrochen und ähneln aufgelösten Bändern auf aufgeschlitzter Pappe. Die entwurzelten Bäume liegen kreuz und quer übereinander. Nichts hat unter diesen Mikado-Wäldern überleben können. Ganze Berghänge sind verschwunden und mit ihnen die Dörfer, die sich an sie klammerten. Niemand wird die Toten zählen können, doch es sind Tausende. Wer wird die tatsächliche Zahl der verschütteten Leichen kennen? Wie können die Überlebenden die Kraft aufbringen, diese Verzweiflung zu verarbeiten? Wir hätten Hunderte sein müssen, um ihnen zu helfen, und wir waren nur sechzehn in diesem Hubschrauber.*

*Sag mir, Philip, sag mir, warum unsere großen Nationen Legionen von Menschen in den Krieg schicken und nicht in der Lage sind, eine Hand voll auszusenden, um Kinder zu retten? Wie viel Zeit wird verstreichen müssen, bis uns das bewusst wird? Dir, Philip,*

*kann ich dies befremdliche Gefühl erklären: Ich bin inmitten all dieser Toten und fühle mich lebendiger denn je. Irgendetwas hat sich für mich geändert; zu leben ist für mich nicht länger ein Recht, es ist zu einem Privileg geworden. Ich hab dich sehr lieb, mein Philip,*
*Susan*

*25. Oktober*

*Susan,*
*diese Woche, als auch dein erster Brief eintraf, wurden verschiedene Reportagen über die Schrecken in deiner Gegend veröffentlicht. Die Zeitungen sprechen von zehntausend Toten. Ich denke jede Sekunde an dich und stelle mir vor, was du durchmachst. Ich erzähle allen von dir, und alle erzählen mir von dir. In der Montclair Times von gestern berichtet ein Journalist von der humanitären Hilfe, die unser Land dorthin geschickt hat. Am Ende seines Artikels wirst du erwähnt; ich schneide ihn aus und füge ihn diesem Brief bei. Alle wollen wissen, wie es dir geht, was mir deine Abwesenheit nicht gerade erleichtert. Wie du mir fehlst! Die Kurse haben wieder angefangen, und ich suche eine Wohnung in Uni-Nähe. Ich habe ein renovierungsbedürftiges Künstleratelier in einem kleinen dreistöckigen Haus in der Broome Street in Aussicht. Das Viertel ist heruntergekommen, aber das Atelier ist groß und die Miete erschwinglich, vor allem wenn man bedenkt, dass man in Manhattan lebt! Wenn du zurückkommst, wohnen wir nur wenige Häuserblocks vom Filmforum entfernt, weißt du noch? Es ist kaum zu glauben – in einer Vitrine der Bar gegenüber hängt eine kleine honduranische Flagge. Während ich hier auf dich warte, komme ich jeden Tag daran vorbei; das ist ein Zeichen. Pass auf dich auf. Du fehlst mir,*
*Philip*

Susans Briefe trafen im Schnitt einmal pro Woche ein, und er beantwortete sie noch am selben Abend. Es kam vor, dass sich ihre Korrespondenz kreuzte und er so manche Antwort erhielt, noch ehe er die Fragen gestellt hatte. Die Bevölkerung auf dem zwanzigsten Breitengrad hatte sich mit Mut gewappnet, und das Land versuchte, sich unter den katastrophalen Bedingungen neu zu organisieren. Susan und ihre Gefährten hatten ein erstes Flüchtlingslager eingerichtet. Sie hatten sich in dem Tal von Sula, zwischen den Bergen San Idelfonso und Cabaceras de Naco, niedergelassen. Im Januar wurde eine große Impfkampagne eingeleitet. Mit einem uralten Lastwagen fuhr Susan kreuz und quer durch die Gegend, verteilte Lebensmittel, Medikamente und Säcke mit Saatgut. Wenn sie nicht am Steuer des klapprigen Dodge saß, half sie beim Aufbau des Basislagers. Die erste Baracke, die sie bauten, diente als Ambulanz, die zweite als Verwaltungsbüro: Zehn Häuser aus Lehm und Ziegeln beherbergten bereits dreißig Familien. Ende Februar bestand Susans kleines Dorf, das über drei Straßen verfügte, aus zwei großen Gebäuden, einundzwanzig Hütten und zweihundert Einwohnern, von denen zwei Drittel wieder ein richtiges Dach über dem Kopf hatten. Die anderen waren in Zelten untergebracht. Auf dem neu entstandenen Dorfplatz war der Grundstein für eine Schule gelegt worden. Nach ihrem Frühstück, das aus einem Maisfladen bestand, ging Susan allmorgendlich zum Lager, einem Hangar aus Holz, der zu Weihnachten fertig geworden war, lud ihren Lastwagen voll und begann ihre Runde. Wenn Juan die Kurbel drehte und der Motor stotternd ansprang, zitterte das ganze Führerhaus, und sie musste das Lenkrad loslassen, so sehr kribbelte es in ihren Händen. Er wartete, dass die Zylinder warmliefen und die Kolben auf Touren kamen.

Juan war knapp achtzehn Jahre alt. Er war in Puerto Cortes geboren und konnte sich nicht an das Gesicht seiner Eltern erinnern. Mit neun Jahren half er im Hafen beim Entladen der Schiffe, mit elfeinhalb arbeitete er auf einem Fischerboot. Mit dreizehn tauchte er allein im Tal auf, wo ihn bald darauf jeder kannte. Der Junge mit dem Gebaren eines Mannes hatte »Señora Blanca«, wie er sie nannte, gleich bei ihrer Ankunft ausgemacht, als sie dem Bus aus Sula entstieg, und sich an ihre Fersen geheftet. Susan hatte ihn zunächst für einen Bettler gehalten, aber dazu war er viel zu stolz. Juan lebte sozusagen vom Tauschhandel und erhielt als Entgelt für kleinere Arbeiten eine Mahlzeit oder einen Schlafplatz, wenn es nachts regnete. Er hatte Dächer repariert, Wände gestrichen, Ställe ausgemistet, Pferde gestriegelt, Schafe gehütet, verschiedenste Lasten auf seinen Schultern transportiert. Ob es darum ging, den hellblauen Dodge in Gang zu bringen oder ihn zu be- und entladen – immer lauerte Juan auf ein Zeichen von Susan, das ihm bedeutete: Ich brauche Hilfe. Seit November backte sie nun jeden Morgen statt einen zwei Maisfladen, hin und wieder ergänzt durch einen Riegel Schokolade, den sie sich teilten, bevor sie aufbrachen. Auch bei optimistischer Betrachtung der Lage würde das erste Gemüse frühestens im nächsten Jahr geerntet werden, und wegen der unpassierbaren Straßen würden die frischen Produkte nicht innerhalb des Landes transportiert werden können. So musste man sich mit »Ersatzlebensmitteln« begnügen, die von den Dorfbewohnern als göttliches Festmahl angesehen wurden. Beim Durchqueren dieser verwüsteten Landschaft hatte die Gegenwart Juans, der hinter ihr unter der Plane hockte, etwas ungemein Beruhigendes, aber im Angesicht von Zerstörung und Trauer herrschte Schweigen zwischen ihnen.

*8. Januar 1975*

*Philip,*

*der erste Jahreswechsel fern von dir, fern von zu Hause, fern von allem. Ein sonderbarer Augenblick, in dem alles in meinem Kopf durcheinander gerät: ein Gefühl von Einsamkeit, das mich überkommt, manchmal gelindert durch die Freude, so viele einzigartige Dinge zu erleben. Die Silvesternacht, die wir beide seit vielen Jahren zusammen verbringen, um uns zu beschenken, habe ich nun unter Menschen verlebt, die bettelarm sind. Die Kinder von hier würden sich allein schon um die Verpackung, um eine Schleife streiten. Und doch hättest du diese Festtagsstimmung erleben müssen. Die Männer schossen alte Patronen in die Luft, um die Hoffnung zu feiern, die sie am Leben hält. Die Frauen tanzten auf der Straße, zogen ihre Kinder mit in ihren taumelnden Reigen, und ich war wie benommen. Ich entsinne mich an das Gefühl von Nostalgie, das uns in den letzten Stunden des Jahres überkam, und wie ich versuchte, dich in meine deprimierte Stimmung hineinzuziehen, weil ich mich benachteiligt fühlte. Hier sind alle in Trauer, Witwer wie Waisen, und sie klammern sich mit einer erstaunlichen Würde ans Leben. Mein Gott, ist dieses Volk schön in seinem Elend! Mein Weihnachtsgeschenk bekomme ich von Juan; es ist mein erstes Haus. Es wird sehr schön, und ich kann schon in wenigen Wochen einziehen. Juan wartet das Ende des Monats ab, denn wenn der Regen aufhört, kann er die Fassade streichen. Ich muss es dir beschreiben: Den Sockel hat er aus Lehm, vermischt mit Stroh und Kieseln, gebaut, dann die Mauern mit Ziegelsteinen hochgezogen. Mit Hilfe von Männern aus dem Dorf hat er Fenster, die zu beiden Seiten der hübschen blauen Tür angebracht werden, aus den Trümmern gerettet. Der Boden des einzigen Raumes ist noch aus gestampftem Lehm. An der linken Wand baut er einen Kamin, daneben ein*

*Steinbecken; das wird meine Küchenecke sein. Für die Dusche will er eine Zisterne auf dem Flachdach anbringen. Wenn ich an einer Kette ziehe, habe ich kaltes Wasser oder lauwarmes, je nach Tageszeit. Nach dieser Beschreibung wird dir mein Badezimmer mickrig und mein ganzes Haus spartanisch erscheinen, aber ich weiß jetzt schon, dass es voller Leben sein wird. Ich werde mir mein Büro in einer Ecke des Raums einrichten; dort will Juan den Holzfußboden verlegen, sobald er geeignetes Material gefunden hat. Eine Leiter führt zum Mezzanin, wo meine Matratze hinkommt. So, genug von meinem Haus, jetzt möchte ich von dir erfahren, wie du die Festtage verbracht hast, wie dein Leben verläuft. Du fehlst mir immer noch. Es regnet Küsse über deinem Bett,*
*deine Susan*

*29. Januar 1975*

*Susan,*
*ich habe keinen Neujahrsgruß von dir bekommen! Das heißt, noch nicht. Ich hoffe, die kleine beigefügte Zeichnung leidet nicht allzu sehr unter der Reise. Du wirst dich fragen, was diese Morgenansicht einer Straße zu bedeuten hat. Nun, ich habe dir eine wichtige Neuigkeit mitzuteilen: Das mit dem Atelier in der Broome Street hat geklappt, ich wohne schon darin, und während ich dir jetzt schreibe, kann ich durchs Fenster auf eine ruhige Straße von SoHo sehen, die Straße, die ich dir gezeichnet habe. Du kannst dir gar nicht vorstellen, wie sehr der Umzug von Montclair hierher mein Leben verändert. Es ist, als hätte ich meine Orientierung verloren, und doch weiß ich, dass mir das sehr gut tut.*
*Ich stehe früh auf und frühstücke im Café Reggio. Das ist zwar ein Umweg, aber ich liebe das Morgenlicht in den kleinen Straßen mit dem unregelmäßigen Pflaster und den Fassaden mit ihren im Zick-*

*zack verlaufenden Metalltreppen, und außerdem weiß ich, dass du diese Gegend liebst. Ich glaube, ich schreibe dir einfach irgendwas, damit du von Zeit zu Zeit an mich denkst, damit du mir antwortest und mir von dir erzählst. Ich hatte keine Ahnung, dass du mir so fehlen würdest, Susan. Ich klammere mich an meine Kurse und sage mir jeden Tag, dass die Zeit ohne dich zu lang ist, dass ich ins Flugzeug springen und zu dir kommen sollte, auch wenn es, wie du mir so oft gesagt hast, nicht mein Leben ist. Aber fern von dir frage ich mich, was mein Leben überhaupt soll.*
*So, und wenn dieser Brief nicht im Papierkorb landet, dann, weil der Bourbon, den ich nebenbei geschlürft habe, seine Wirkung zeigt, weil ich mir verboten habe, den Brief morgen früh noch einmal zu lesen, weil ich ihn stattdessen noch heute Nacht in den Briefkasten an der nächsten Straßenecke werfe. Wenn ich mich frühmorgens auf den Weg mache, betrachte ich ihn aus den Augenwinkeln, als würde er mir etwas später am Tag einen Brief von dir bringen, den ich dann nach der Uni vorfinde. Manchmal kommt es mir vor, als würde er mich angrinsen, mich zum Besten halten. Es ist saukalt bei uns. Ich umarme dich,*
*Philip*

*27. Februar 1975*

*Philip,*
*ein kurzer Brief nur. Entschuldige, dass ich mich nicht öfter melde, aber ich ersticke zurzeit in Arbeit. Wenn ich heimkomme, bin ich so erschöpft, dass ich nicht mehr die Kraft habe zum Schreiben, dass ich mich kaum die Treppe zu meiner Matratze hochschleppen kann, um ein paar Stunden zu schlafen. Der Februar geht zu Ende, drei Wochen ohne Regen, das grenzt an ein Wunder. Die ersten Staubwolken folgen auf den Schlamm. Wir konnten endlich richtig*

*loslegen, und ich glaube, wir ernten allmählich die ersten Früchte unserer Bemühungen: Das Leben gewinnt die Oberhand.*
*Heute sitze ich zum ersten Mal an meinem Schreibtisch. Ich habe deine Zeichnung am Kamin befestigt, damit wir dieselbe Aussicht haben. Ich freue mich, dass du nach Manhattan gezogen bist. Und wie fühlst du dich so an der Uni? Du musst doch von tausend hübschen Studentinnen umgeben sein, die deinem Charme erlegen sind. Nutze die Gelegenheit, mein Bester, aber mach die armen Mädchen nicht zu unglücklich. Sei zärtlich geküsst,*
*Susan*

*4. April 1975*

*Susan,*
*die Lichter der Festtage sind längst erloschen, und der Februar liegt schon hinter uns. Vor zwei Wochen hatten wir heftige Schneefälle, die drei Tage lang für unbeschreibliche Panik sorgten. Kein Privatwagen konnte mehr fahren, die Taxis rutschten wie Schlitten über die Fifth Avenue. Die Feuerwehr konnte einen Brand im TriBeCa nicht löschen, weil das Löschwasser eingefroren war. Und dann, es ist nicht zu fassen, sind drei Obdachlose im Central Park an Unterkühlung gestorben, darunter eine dreißigjährige Frau. Sie saß vor Kälte erstarrt auf einer Bank. In den Abend- und Morgennachrichten ist von nichts anderem mehr die Rede. Niemand kann verstehen, warum die Stadtverwaltung diesen Menschen bei solcher Kälte keine geeigneten Räumlichkeiten zur Verfügung stellt. Wie kann es sein, dass man heutzutage in den Straßen von New York erfriert, einfach erbärmlich! Nun bist also auch du in ein neues Haus gezogen. Sehr amüsant, dein Kommentar zu den Mädchen an der Uni. Jetzt aber zu dir: Wer ist dieser Juan, der sich so rührend um dich kümmert? Ich arbeite wie ein Wahnsinniger, die Prüfungen sind in*

*wenigen Monaten. Vermisst du mich immer noch ein bisschen? Schreib mir schnell zurück,*
*Philip*

*25. April 1975*

*Philip,*
*ich habe deinen Brief erhalten und wollte ihn schon vor zwei Wochen beantworten, aber ich finde einfach nicht die Zeit. Jetzt haben wir bereits Anfang April, das Wetter ist schön, ein wenig zu heiß, der Geruch ist manchmal schwer zu ertragen. Wir sind mit Juan für zehn Tage aufgebrochen, haben das ganze Sula-Tal durchquert und sind die Straßen zum Monte Cabaceras de Naco hinaufgefahren. Ziel unserer Expedition waren die Dörfer in den Bergen. Sie sind nur schwer zugänglich. Dodge, so haben wir unseren Lastwagen getauft, hat uns zweimal im Stich gelassen, doch zum Glück ist Juan ein richtiger Zauberer. Mein Rücken ist total kaputt; du kannst dir nicht vorstellen, was es heißt, ein Rad an so einem Ding zu wechseln. Die Bauern haben uns zunächst für Sandinisten gehalten, die uns wiederum oft für Militärs in Zivil halten. Wenn sie sich einigen könnten, wäre uns damit schon sehr gedient.*
*An der ersten Straßensperre ist mir fast das Herz stehen geblieben. Noch nie habe ich ein Maschinengewehr so dicht vor meiner Nase gehabt. Wir haben unseren Passierschein mit ein paar Säcken Getreide und einem Dutzend Decken erkauft. Der Weg, der sich am felsigen Berghang hinaufschlängelte, war an vielen Stellen kaum befahrbar. Für tausend Meter Höhenunterschied haben wir zwei Tage gebraucht. Es ist schwer zu beschreiben, was wir dort oben angetroffen haben. Ausgehungerte Familien, die von nirgendwoher Hilfe bekommen hatten. Juan musste lange verhandeln, um das Vertrauen der Männer zu gewinnen, die den Pass bewachten …*

Sie wurden mit größtem Argwohn empfangen. Das Motorgeräusch hatte sie angekündigt. Die Dorfbewohner stellten sich zu beiden Seiten des Weges auf und beäugten den im Schneckentempo dahinkriechenden Dodge, dessen Getriebe in jeder Biegung erbärmlich ächzte. Als er fast zum Stehen kam, um eine Kurve zu nehmen, die das Ende der Straße ankündigte, sprangen zwei Männer vom Straßenrand auf die Trittbretter und richteten die Spitzen ihrer Buschmesser in das Innere des Führerhauses. Erschrocken machte Susan einen Schlenker, stieg mit aller Macht auf die Bremse und brachte den Wagen knapp vor dem Abgrund zum Stehen.

Blind vor Zorn vergaß sie ihre Angst und sprang aus dem Wagen. Beim Öffnen der Tür stieß sie einen der Männer zu Boden. Mit finsterem Blick, die Hände in die Hüften gestemmt, bedachte sie ihn mit einem Schwall von Flüchen. Verdutzt rappelte sich der Bauer hoch; er hatte kein Wort von dem verstanden, was diese Frau mit der weißen Haut ihm ins Gesicht brüllte, aber die »Señora Blanca« war ganz offensichtlich wütend. Nun kletterte auch Juan, sehr viel ruhiger, aus dem Wagen und erklärte den Grund ihres Besuchs. Nach kurzem Zögern hob einer der beiden Bergbauern den linken Arm, und ein Dutzend Dorfbewohner traten näher. Die kleine Gruppe, die sich gebildet hatte, debattierte endlose Minuten, und der Ton der Diskussion verschärfte sich zunehmend. Susan kletterte auf die Motorhaube ihres Lastwagens und befahl Juan, die Hupe zu betätigen. Er gehorchte mit einem Lächeln. Die vom heiseren Klang der Hupe übertönten Stimmen verstummten allmählich, und die ganze Versammlung drehte sich zu Susan um. Sie wandte sich in ihrem besten Spanisch an denjenigen, der ihr Anführer zu sein schien.

»Ich habe Decken, Lebensmittel und Medikamente. Entweder Sie helfen mir jetzt beim Ausladen, oder ich löse die Handbremse und gehe zu Fuß nach Hause zurück.«

Eine Frau trat schweigend aus der Gruppe vor, blieb neben dem Kühler stehen und bekreuzigte sich. Susan versuchte, von ihrem Hochsitz zu springen, ohne sich einen Knöchel zu brechen, die Frau streckte ihr die Hand entgegen, um ihr zu helfen, und einer der Männer folgte ihrem Beispiel. Susan maß die Menge mit Blicken und ging nach hinten zu Juan. Die Bergbewohner wichen langsam zur Seite, um ihr Platz zu machen. Juan sprang auf die Ladefläche, und gemeinsam schlugen sie die Plane hoch. Die Dorfbewohner sahen unbewegt und schweigend zu, wie Susan einen Stapel Decken herauszog und auf den Boden warf. Niemand rührte sich.

»Aber was, zum Teufel, haben sie denn?«

»Señora«, sagte Juan »was Sie bringen, stellt für diese Leute einen unschätzbaren Wert dar; sie warten, was Sie dafür verlangen, und wissen, dass sie Ihnen nichts dafür geben können.«

»Dann sag ihnen, das Einzige, was ich von ihnen verlange, ist, dass sie uns beim Abladen helfen.«

»Die Sache ist etwas komplizierter.«

»Und was muss man tun, damit es einfacher wird?«

»Streifen Sie sich Ihre Armbinde des Peace Corps über. Dann nehmen Sie eine der Decken, die Sie auf den Boden geworfen haben, und legen sie über die Schultern der Frau, die sich vorhin bekreuzigt hat.«

Während sie die Frau behutsam in die Decke hüllte, sah sie ihr tief in die Augen und sagte auf Spanisch: »Ich bin hier, um Ihnen das zu bringen, was man Ihnen schon vor langer Zeit hätte übergeben müssen. Entschuldigen Sie, dass ich erst so spät gekommen bin.«

Teresa nahm sie in die Arme und küsste sie auf die Wangen. Nun machten sich die Männer eifrig über den Lastwagen her und luden ihn aus. Juan und Susan wurden eingeladen, mit allen Dorfbewohnern zu Abend zu essen. Es war längst dunkel, als ein großes Feuer entzündet und ein frugales Mahl ausgeteilt wurde.

Im Laufe des Abends hatte sich Susan ein kleiner Junge von hinten genähert. Susan, die seine Gegenwart spürte, drehte sich um und lächelte ihm zu, woraufhin er sofort davonlief. Etwas später kam er wieder, diesmal ein Stückchen näher. Erneutes Augenzwinkern, erneute Flucht. Das Spielchen wiederholte sich noch etliche Male, bis er schließlich ganz dicht bei ihr war. Sie sah ihn ruhig an, ohne ein Wort zu sagen. Unter der Dreckkruste auf seinem Gesicht entdeckte sie die Schönheit seiner pechschwarzen Augen.

Vorsichtig streckte sie ihm die Hand entgegen, die Innenfläche nach oben. Die Blicke des Jungen glitten zögernd zwischen Hand und Gesicht hin und her, dann griff er schüchtern nach ihrem Zeigefinger. Er machte ihr ein Zeichen zu schweigen, und sie spürte das Ziehen des kleinen Armes, der sie irgendwohin führen wollte. Sie erhob sich und folgte ihm durch die engen Durchgänge zwischen den Häusern. Hinter einem Lattenzaun blieb er stehen, und der Finger, den er auf die Lippen legte, bedeutete ihr, sich ganz still zu verhalten, sich hinzuknien, um mit ihm auf Augenhöhe zu sein. Er zeigte auf ein Loch im Zaun und sah hindurch, damit sie seinem Beispiel folgen möge. Er wich zur Seite, und sie kam näher, um zu sehen, was diesen kleinen Kerl veranlasst hatte, allen Mut zusammenzunehmen, um sie hierher zu führen.

*... Ich habe ein fünfjähriges Mädchen entdeckt; die Kleine war halb tot, so brandig war ihr Bein. Teile ihres Dorfes waren von den Schlammmassen fortgerissen worden. Ein Mann, der, an einen Baumstamm geklammert, auf der Suche nach seiner verschwundenen Tochter dahintrieb, sah ihren kleinen Arm aus den Fluten ragen. Es gelang ihm, ihre Hand zu ergreifen und ihren Körper an sich zu ziehen. Zusammen trieben sie kilometerweit durch die dunkle Nacht, ein verzweifelter Kampf, den Kopf über Wasser zu halten in diesem ohrenbetäubenden Lärm der tosenden Fluten, die sie immer weiter mit sich forttrugen, bis sie, am Ende ihrer Kräfte, das Bewusstsein verloren. Als er bei Tagesanbruch erwachte, war das Mädchen noch immer an seiner Seite. Sie waren beide verletzt, aber am Leben, nur dass es nicht seine Tochter war, die er gerettet hatte. Sein eigenes Kind, tot oder lebendig, hat er nie wiedergefunden.*
*Nach einer Nacht langer Debatten hat er uns die Kleine schließlich überlassen. Ich war nicht sicher, ob sie die Reise überstehen würde, doch dort oben in den Bergen hätte sie nur noch wenige Tage zu leben gehabt. Ich versprach ihm, nach ein oder zwei Monaten mit ihr und einem Lastwagen voller Lebensmittel zurückzukommen, da hat er eingewilligt, der anderen wegen, denke ich. Und obwohl meine Absicht gut war, fühlte ich mich so schmutzig vor seinen Augen. Jetzt bin ich wieder in San Pedro, die Kleine schwebt immer noch zwischen Leben und Tod, und ich bin vollkommen ausgelaugt. Zu deiner Orientierung – Juan ist mein Assistent. Was soll diese blöde Anspielung! Ich bin nicht in einem Ferienlager in Kanada!!! Trotzdem umarme ich dich,*
*Susan*
*PS: Weil wir uns geschworen haben, uns immer die Wahrheit zu sagen, muss ich dir etwas gestehen: New York und du, ihr geht mir auf den Wecker mit euren Obdachlosen!*

Der Brief, den sie von Philip bekam, traf kurz darauf ein; er hatte ihn jedoch geschrieben, bevor er den ihren erhalten hatte.

*10. Mai 1975*

*Susan,*
*auch ich schreibe dir recht spät. Ich habe wie ein Verrückter geschuftet und jetzt endlich meine Zwischenprüfungen hinter mir. Die Stadt hüllt sich wieder in ihre Maifarben, und das Grün steht ihr gut. Sonntag bin ich mit Freunden im Central Park spazieren gegangen. Die ersten Liebespärchen auf den Wiesen kündigen endlich den Frühling an. Ich steige aufs Dach meines Hauses und zeichne die Straßen zu meinen Füßen. Ich wünsche so sehr, du wärest hier. Ich habe für den Sommer ein Praktikum in einer Werbeagentur ergattert. Erzähl mir von deinen Tagen, wo bist du? Schreib mir schnell. Ich mache mir Sorgen, wenn ich lange nichts von dir gehört habe.*
*Bis ganz bald, ich liebe dich,*
*Philip*

Am Ende des Tals sah sie den ersten Schimmer des Morgengrauens. Bald strahlte die Piste im Sonnenlicht. Sie zog sich wie ein langer Strich durch die Weiden, die noch taubedeckt waren. Einige Vögel flatterten am blassen Himmel. Susan streckte sich, der Rücken tat ihr weh, und sie seufzte. Sie stieg die Leiter hinunter und lief barfuß zum Waschbecken. Sie wärmte sich die Hände über der Glut im Kamin. Sie griff nach einer Holzdose im Regal, das Juan an der Wand befestigt hatte, gab ein paar Löffel Kaffeepulver in die Kanne aus emailliertem Metall, füllte Wasser hinein und stellte sie auf den verbogenen, wackeligen Rost über der Glut.

Während sich das Gebräu erhitzte, putzte sie sich die Zähne und betrachtete ihr Gesicht in dem kleinen Stück Spiegel, das mit einem Nagel an der Wand befestigt war. Sie schnitt eine Grimasse und fuhr sich mit der Hand durch das zerzauste Haar. Sie zog ihr T-Shirt zur Seite, um den Spinnenbiss an ihrer Schulter zu begutachten. »Mistvieh!« Sie kletterte die Leiter wieder hoch und durchsuchte ihr Bett in der Hoffnung, die Angreiferin zu erledigen. Als sie das Wasser kochen hörte, ließ sie von ihrem Vorhaben ab und stieg wieder nach unten. Sie umwickelte den Griff mit einem Lumpen, goss die schwarze Flüssigkeit in eine Tasse, nahm eine Banane vom Tisch und frühstückte draußen. Auf der Veranda schlürfte sie ihren Kaffee und ließ den Blick bis zum Horizont schweifen. Als ihre Hand über ihre Wade strich, lief ihr plötzlich ein Schauer über den Rücken. Sie sprang auf, ging zu ihrem Schreibtisch und griff nach einem Stift:

*Philip*
*ich hoffe, diese kleine Nachricht erreicht dich schon sehr bald. Ich möchte dich um einen Gefallen bitten: Könntest du mir etwas Körperlotion und mein Shampoo schicken?*
*Ich zähle auf dich. Das Geld bekommst du, wenn ich dich besuche.*
*Küsse,*
*Susan*

Es war Samstagabend, die Menschen drängten sich in den Straßen. Er setzte sich auf die Terrasse eines Cafés, um eine Skizze zu vollenden, und bestellte einen Filterkaffee – der Espresso hatte seinen Siegeszug über den großen Teich noch nicht angetreten. Sein Blick folgte einer jungen Blondine, die

die Straße überquerte und auf eines der Kinos zusteuerte. Plötzlich hatte er Lust, einen Film zu sehen, zahlte und ging. Zwei Stunden später verließ er das Kino. Der Monat Juni schenkte der Stadt einen seiner schönsten Sonnenuntergänge. Der Gewohnheit getreu, die er vor Monaten angenommen hatte, nickte er dem Briefkasten einen Gruß zu, überlegte, ob er mit Freunden, die in einem Bistro in der Mercer Street verabredet waren, essen sollte, beschloss dann aber, nach Hause zu gehen.

Er schob den flachen Schlüssel ins Schloss, suchte die einzige Position, in der sich der Riegel öffnen ließ, und stieß die schwere hölzerne Eingangstür zu seinem Haus auf. Als er den Schalter betätigte, wurde der enge Flur, der zur Treppe führte, in gelbliches Licht getaucht. Ein blauer Umschlag ragte aus dem Schlitz seines Briefkastens. Er nahm ihn an sich und eilte die Stufen zu seiner Wohnung hinauf. Das Blatt war schon entfaltet, als er sich auf sein Sofa warf.

*Philip*
*wenn dich diese Zeilen in zwei Wochen erreichen, haben wir schon Ende August und müssen uns bis zu unserem Wiedersehen nur noch ein Jahr gedulden; ich meine, die Hälfte ist überstanden. Ich hatte noch keine Zeit, dir zu erzählen, dass ich vielleicht befördert werde. Es geht das Gerücht, dass ein neues Lager in den Bergen errichtet und ich die Verantwortliche werden soll. Danke für dein Päckchen; auch wenn ich seltener schreibe, fehlst du mir sehr, du musst älter geworden sein seit unserer Trennung! Lass bald von dir hören,*
*Susan*

*10. September 1975*

*Susan,*

*ich werde nie mehr unbefangen die drei Worte »Ein Jahr später …«, die manchmal auf der Kinoleinwand erscheinen, lesen können. Ich hatte vorher auch nie auf die diskreten, hinter den drei Pünktchen verborgenen Gefühle geachtet, die nur derjenige versteht, der weiß, wie sehr Warten auch Einsamkeit bedeuten kann. Wie lang sind doch diese Minuten, die sich mit drei Pünktchen zusammenfassen lassen! Der Sommer geht zu Ende, mein Praktikum auch; sie haben mir eine Stelle angeboten, sobald ich mein Diplom in der Tasche habe. Ich bin nicht ein einziges Mal im Meer baden gewesen; ich war so dämlich, mir einen Film über einen großen weißen Hai anzusehen, der Angst und Schrecken an unseren Stränden verbreitet. Er ist vom selben Regisseur wie »Duell«. Mein Gott, wie haben wir beide diesen Streifen geliebt, weißt du noch, damals im Filmforum? Wenn ich an jenem Tag bei Verlassen des Kinos geahnt hätte, dass ich wenige Jahre später in der Straße mit dieser Bar leben würde, in die wir so oft gegangen sind! Dass ich dir einmal »ans andere Ende des Welt« schreiben würde! Während einer besonders grausamen Szene hat eine junge Frau, die zufällig neben mir saß, ihre Fingernägel in meinen Arm, der auf der Lehne zwischen uns lag, gekrallt. Das war urkomisch, weil sie sich anschließend bis zum Ende der Vorstellung hundertmal entschuldigt hat. Ich habe noch nie so viele »Pardon« und »Tut mir Leid« innerhalb einer Stunde gehört. Du hättest mich nicht wiedererkannt, mich, der ich sonst ein halbes Jahr brauche, um ein Mädchen anzusprechen, das mir in einem Restaurant zulächelt. Stell dir vor, ich habe tatsächlich gesagt: »Wenn Sie weiterreden, werfen die uns raus; deshalb lassen Sie uns lieber nachher bei einem Gläschen plaudern.« Sie blieb bis zum Ende der Vorführung stumm, und ich habe natürlich nichts*

*mehr vom Film mitbekommen. Das war blöd, weil ich sicher war, dass sie sich nach der letzten Einstellung aus dem Staub macht. Als das Licht wieder anging, ist sie mir auf die Straße gefolgt, und ich hörte sie hinter mir fragen: »Wo wollen wir essen?« Wir sind zu Fanelli's gegangen; sie heißt Mary und studiert Journalismus. Es goss heute Nacht wie aus Kübeln. Ich gehe jetzt schlafen, das ist besser so, ich erzähle dir sonst alles Mögliche, um dich eifersüchtig zu machen. Schreib mir ganz bald,*
*Philip*

*Ein Tag im November 1975,*
*ich weiß nicht mehr, welcher*

*Mein Philip,*
*mein letzter Brief liegt schon mehrere Wochen zurück, aber die Zeit vergeht hier irgendwie anders. Erinnerst du dich noch an das kleine Mädchen, von dem ich dir in einem meiner Briefe erzählt habe? Ich habe sie zu ihrem neuen Vater zurückgebracht. Ihr Bein war nicht zu retten, und ich hatte Angst, wie er reagieren würde, wenn er sie so sieht. Ich habe sie in Puerto Cortes abgeholt; Juan hat mich begleitet. Er hat ihr hinten auf dem Dodge mit Mehlsäcken eine Art Matratze gebaut. Im Krankenhaus sah ich die Kleine dann, wie sie am Ende des Gangs auf einer Bahre wartete. Ich musste mich konzentrieren, um ihr Gesicht zu betrachten und nicht das amputierte Bein. Warum dem, was nicht mehr existiert, was nicht mehr funktioniert, mehr Bedeutung beimessen als dem, was da ist, was funktioniert? Mich quälte die Frage, wie sie mit ihrer Behinderung fertig werden würde. Juan verstand mein Schweigen, und bevor ich mich an sie wenden konnte, flüsterte er mir ins Ohr: »Lassen Sie sie nicht Ihr Mitleid spüren; Sie sollten sich freuen. Ihre Andersartigkeit ist nicht das fehlende Bein, sondern ihre Geschichte, ihr Überleben.«*

*Und er hatte Recht. Wir haben sie auf die Säcke gebettet und sind in die Berge aufgebrochen. Er hat den ganzen Weg über sie gewacht, hat versucht, sie zu unterhalten und wohl auch meine Anspannung zu lösen. Zu diesem Zweck hat er mich nachgemacht, wie ich diesen viel zu schweren Wagen lenke, der mir mit jedem Kilometer zu beweisen scheint, dass er robuster ist als ich, als genügte es nicht schon, dass er sieben Tonnen wiegt! Juan hockte sich hin, die Arme vorgestreckt, schnitt Grimassen und ahmte völlig übertrieben nach, wie ich vor jeder Kurve alle Kraft zusammennehmen muss, um das Lenkrad zu drehen. Dieses Nachäffen wurde von Kommentaren begleitet, die ich mit meinem noch unzulänglichen Spanisch natürlich nicht in allen Nuancen verstehen konnte. Nach sechs Stunden Fahrt geschah es dann. Ich hatte beim Herunterschalten den Motor abgewürgt, fluchte und schlug mit der Faust aufs Lenkrad; ich bin immer noch ziemlich aufbrausend, weißt du. Für Juan war das natürlich ein gefundenes Fressen; er ließ sogleich einen Schwall von Flüchen los und hieb auf einen Kasten ein, der mein Lenkrad darstellen sollte. Und plötzlich begann die Kleine zu lachen.*

*Erst ein kurzes helles Auflachen, gefolgt von einem Moment der Scham, dann ein zweites, das ungehemmt aus ihrer Kehle drang, bis schließlich der ganze Lastwagen davon erfüllt war. Ich hätte mir vorher niemals vorstellen können, welche Bedeutung das einfache Lachen eines Kindes bekommen kann. Im Rückspiegel sah ich, wie sie nach Luft rang. Inzwischen hatte sich auch Juan von dem hemmungslosen Gelächter anstecken lassen. Ich glaube, ich habe noch mehr geschluchzt als an dem Tag, als du mich am Grab meiner Eltern in den Arm genommen hast, nur dass ich damals innerlich weinte. Da war mit einem Mal so viel Leben, so viel Hoffnung; ich habe mich umgedreht, um sie zu betrachten, und inmitten ihres Gelächters nahm ich das Lächeln wahr, das Juan mir zuwarf. Die*

*Barrieren der Sprache waren plötzlich aufgehoben … Du, der du sie so gut beherrschst, erzähl mir, möglichst auf Spanisch, wie dein Essen nach dem Kinobesuch ausgegangen ist; das hilft mir, meine Kenntnisse zu vervollkommnen …*

Er erkannte den Lastwagen, als er die ersten Kurven weit unterhalb des Dorfes in Angriff nahm. Er legte seine Arbeit nieder, setzte sich auf einen Stein und ließ den Wagen während der fünf Stunden seines beschwerlichen Anstiegs nicht aus den Augen. Rolando wartete seit dreizehn langen Wochen. Er hatte nicht aufgehört, sich zu fragen, ob die Kleine noch am Leben war, ob der Vogel, der hoch am Himmel flog, ein schlechtes Omen war und ihm bedeutete, dass sie nicht überlebt hatte, oder ob er hoffen durfte. Und mit den Tagen, die vergingen, deutete er die einfachsten Dinge seines Lebens immer öfter als Zeichen, die sich – je nach der Laune des Augenblicks – für das unkontrollierbare Spiel mit den pessimistischen oder optimistischen Auguren eigneten.
An jeder Kurve drückte Susan dreimal kurz auf die Hupe mit dem heiseren Klang. Für Rolando war dies ein gutes Vorzeichen, ein langer Ton hätte das Schlimmste angekündigt, dreimal kurz aber, das konnte eigentlich nur eine gute Nachricht bedeuten. Mit einer knappen Armbewegung ließ er das braune Päckchen Paladines aus dem Ärmel gleiten. Sie waren sehr viel teurer als die Dorados, die er den ganzen Tag rauchte. Aus diesem Päckchen nahm er gewöhnlich nur eine Zigarette pro Tag, meist nach dem Abendessen. Er steckte sie in den Mundwinkel und zündete ein Streichholz an. Ein tiefer Zug, und er füllte die Lungen mit feuchter Luft, die nach Erde und Kiefernnadeln roch. Knisternd leuchtete die Glut am Zigaret-

tenende hell auf. Heute Nachmittag würde das ganze Päckchen draufgehen. Er musste sich gedulden; sie würden den Pass erst bei Einbruch der Dunkelheit erreichen.

Alle *campesinos* waren am Wegrand vor dem Dorf versammelt. Diesmal wagte niemand, aufs Trittbrett aufzuspringen. Susan verlangsamte das Tempo, und die Bewohner umringten den Wagen. Sie stellte den Motor ab, stieg langsam aus dem Führerhaus, sah nach rechts und links und hielt stolz den Blicken aller stand. Juan war hinter sie getreten, malte Kreise mit der Fußspitze in die Erde und versuchte, sich gelassen zu geben. Rolando stand ihnen gegenüber. Er schnippte seine Kippe weg.
Susan holte tief Luft und ging um den Lastwagen herum. Die Menschen folgten ihr mit den Blicken. Rolando trat näher; nichts in seinem Blick verriet etwas von seinen Gefühlen. Mit einer energischen Geste schlug Susan die Plane hoch, und Juan half ihr, die Heckklappe zu öffnen. Jetzt kam die Kleine zum Vorschein, die sie ins Dorf zurückbrachten. Das Kind hatte nur noch ein Bein, doch sie breitete beide Arme aus, um den Mann zu begrüßen, der ihr das Leben gerettet hatte. Rolando stieg auf die Ladefläche und hob das Mädchen hoch. Er flüsterte ihr etwas ins Ohr, was ein Lächeln auf ihr Gesicht zauberte. Als er wieder heruntergeklettert war, setzte er sie am Boden ab und kniete vor ihr nieder, damit sie sich auf seine Schulter stützen konnte. Es folgten mehrere Sekunden der Stille, dann warfen die Männer ihre Hüte in die Luft und stießen gedehnte Schreie aus, die in höchste Höhen aufstiegen. Susan blickte scheu zu Boden, damit niemand sie beobachten konnte in diesem Moment, in dem sie besonders dünnhäutig war. Juan ergriff ihre Hand. »Lass mich«, sagte sie. Er drückte sie noch fester. »Danke

im Namen aller.« Rolando vertraute das Kind einer Frau an und trat auf Susan zu. Er streckte die Hand aus, hob ihr Kinn und fragte Juan mit fester Stimme:
»Wie heißt sie?«
Juan musterte den stattlichen Mann und wartete einen Augenblick, bevor er antwortete:
»Unten im Tal wird sie Señora Blanca genannt.«
Rolando wandte sich an sie und legte seine schweren Hände auf ihre Schultern. Tiefe Falten in seinen Augenwinkeln zogen sich zusammen, und sein Mund öffnete sich zu einem großen, zahnlückigen Lächeln.
»Doña Blanca!«, rief er aus. »So wird Rolando Alvarez sie nennen.«
Der Bauer zog Juan auf den steinigen Weg, der zum Dorf führte; heute Abend würden sie *guajo* trinken.

~

Die ersten Januartage 1976 folgten auf den zweiten Jahreswechsel, den sie getrennt voneinander verbracht hatten. Susan hatte während der Festtage ununterbrochen gearbeitet. Philip, der sich einsamer denn je fühlte, schrieb zwischen Thanksgiving und Neujahr fünf Briefe, von denen er keinen abschickte.
In der Nacht zum vierten Februar wurde Guatemala von einem heftigen Erdbeben erschüttert, bei dem fünfundzwanzigtausend Menschen ums Leben kamen. Susan tat ihr Möglichstes, um zu helfen, doch das Räderwerk der Bürokratie wollte sich nicht in die richtige Richtung drehen, und damit musste sie sich abfinden. Am vierundzwanzigsten März wurde das peronistische Regime in Argentinien gestürzt, und General Jorge Rafaël Videla

ließ Isabel Perón festnehmen; so schwand eine weitere Hoffnung in diesem Teil der Welt. In Hollywood fiel ein Oscar aus einem Kuckucksnest auf die Schultern von Jack Nicholson. Am vierten Juli feierte ein jubelndes Nordamerika seine zweihundert Jahre der Unabhängigkeit. Wenige Tage später landete Hunderttausende von Kilometern entfernt ein »Viking« auf dem Mars und schickte die ersten Bilder vom Roten Planeten zu uns auf die Erde. Am achtundzwanzigsten Juli ereignete sich ein weiteres Erdbeben, das über acht Grad auf der Richterskala erreichte. Um Punkt drei Uhr fünfundvierzig in der Nacht wurde Tangshan dem Erdboden gleichgemacht, eine chinesische Stadt, in der eine Million sechshunderttausend Menschen gelebt hatten. In jener Nacht wurden vierzigtausend Bergarbeiter in einer Mine südlich von Peking verschüttet. In den Ruinen der Riesenstadt kampierten bei sintflutartigem Regen vorübergehend sechs Millionen Einwohner. China trauerte um siebenhundertfünfzigtausend Menschen. Morgen würde Susans Flugzeug in Newark landen.

Er verließ die Agentur früher als gewöhnlich. Unterwegs hielt er ein erstes Mal an, um rote Rosen und weiße Lilien, Susans Lieblingsblumen, zu kaufen. Sein zweiter Stopp galt dem kleinen Supermarkt an der nächsten Straßenecke. Er kaufte eine Stofftischdecke, die Zutaten für ein schönes Abendessen, sechs kleine Coca-Cola-Flaschen, weil sie die großen nicht mochte, und mehrere Tütchen mit Leckereien, darunter Bonbons mit Erdbeergeschmack, von denen sie nicht genug bekommen konnte. Die Arme schwer beladen, stieg er die Treppenstufen hinauf. Er schob seinen Schreibtisch in die Mitte des Wohnzimmers, legte die Tischdecke auf, deckte den Tisch und vergewisserte sich mehrmals, dass Teller, Besteck und Gläser perfekt angeordnet waren. Die Tütchen mit den Süßigkeiten leerte er in eine Frühstücksschale und stellte sie auf die Fensterbank. Danach schnitt er die Blumen an und verteilte sie kunstvoll auf zwei Vasen. Der Rosenstrauß fand seinen Platz im Schlafzimmer auf dem rechten Nachttisch. Dann bezog er das Bett neu. Er stellte einen zweiten Zahnputzbecher in das Regal seines winzigen Badezimmers, das er vorher – Armaturen, Dusche und Waschbecken – gründlich geputzt hatte. Die Nacht war schon weit fortgeschritten, als er die Örtlichkeiten, »um alles zu überprüfen«, noch mehrmals abschritt. Weil ihm plötzlich seine Arrangements ein wenig zu perfekt vorkamen, überlegte er, wie er die Gegenstände so anordnen könnte, dass wieder mehr Leben in die Wohnung kam. Nachdem er – um nicht zu krümeln – über den Papierkorb gebeugt Chips aus der Tüte gegessen hatte, wusch er sich am Spülbecken in der Küche und legte sich dann aufs Sofa. Zunächst konnte er nicht einschlafen, später wachte er stündlich auf. Bei Tagesanbruch zog er sich an und nahm den Bus zum Flughafen von Newark.

Es war neun Uhr am Morgen, das Flugzeug aus Miami würde in zwei Stunden landen. In der Hoffnung, dass sie diese erste Maschine genommen hatte, traf er schon früh ein und »reservierte« ihren Tisch, indem er den Stuhl dagegenkippte. Dann setzte er sich, um seine Ungeduld zu bekämpfen, an die Theke und versuchte, den Barkeeper in ein Gespräch zu verwickeln. Der zählte jedoch nicht zu denjenigen in schwarzer oder weißer Livree, die in großen Hotelbars angestellt und es gewöhnt sind, den Vertraulichkeiten der Gäste zu lauschen; vielmehr hörte er Philip nur mit halbem Ohr zu. Zwischen zehn und elf Uhr hatte

Philip hundertmal daran gedacht, an der Ausgangstür auf sie zu warten, doch das Wiedersehen war hier an diesem Tisch vereinbart worden. Das war wieder mal ein typisches Beispiel für Susans Widersprüchlichkeit: Sie verabscheute pathetische Situationen, schwärmte aber für Symbolik: Als die Super Continental der Eastern Airlines das Gelände überflog, begann Philips Herz heftig zu schlagen, und sein Mund wurde ganz trocken. Doch als die Maschine zum Stillstand kam, wusste er, dass sie nicht drinnen war. An die Fensterscheibe gelehnt, konnte er beobachten, wie die Fahrgäste ausstiegen und der gelben Linie am Boden zum Terminal folgten. Sicher würde sie mit der Nachmittagsmaschine kommen, »das war logischer«. Um sich während der langen Wartezeit zu zerstreuen, begann er zu zeichnen. Eine Stunde verging; nachdem er auf großen linierten Blättern die sieben Gäste skizziert hatte, die eingetreten und wieder gegangen waren, klappte er seinen Spiralblock zu, trat an die Theke und fragte den Barmann:

»Sie werden das vielleicht komisch finden, aber ich erwarte jemanden, der heute Morgen von Miami starten sollte, und die nächste Maschine trifft erst um neunzehn Uhr ein. Ich habe also noch gut sechs Stunden totzuschlagen, und ich glaube, ich habe keine Patronen mehr.«

Der Mann sah ihn fragend an und trocknete weiter seine Gläser ab, um sie hinter sich ins Regal zu stellen. Philip fuhr in seinem Monolog fort:

»Wie lang sich eine Stunde hinziehen kann! An manchen Tagen vergeht die Zeit so schnell, dass man zu gar nichts kommt, an anderen – wie etwa heute – sieht man unentwegt auf die Uhr und meint, sie müsse stehen geblieben sein. Könnte ich Ihnen vielleicht beim Geschirrtrocknen behilflich sein oder, ich weiß nicht, die Bestellungen aufnehmen, nur damit mir die Zeit schneller vergeht? Ich habe das Gefühl, ich drehe mich im Kreis!«

Der Barmann hatte eben das letzte Glas eingeräumt. Er ließ den Blick durch den leeren Raum schweifen, fragte ihn, was er trinken wolle, und schob ihm ein Buch, einen Bestseller, hin, den er unter der Theke hervorgezogen hatte. Philip las den Titel: *Will you please be quiet ... please!* Er dankte dem Kellner und nahm seinen Platz wieder ein. Um die Mittagszeit füllte sich das Lokal, und er zwang sich, etwas zu essen, allerdings mehr, um den Barmann zufrieden zu stellen als seinen Magen, der nichts verlangte. Er knabberte an seinem Club-Sandwich und las in den Kurzgeschichten von Raymond Carver. Als ihm die Kellnerin, die eben ihren Dienst angetreten hatte, den x-ten Kaffee einschenkte, bestellte er ein Stück Schokoladenkuchen, das er nicht anrührte. Und er war noch immer bei seiner ersten Geschichte. Um fünfzehn Uhr merkte er, dass er seit zehn Minuten dieselbe Seite, um fünfzehn Uhr dreißig sogar dieselbe Zeile las. Er schlug das Buch zu und seufzte.

In der Boeing, die in Miami startete, um nach Newark zu fliegen, zählte Susan mit geschlossenen Augen die orangefarbenen Hängelampen über der Bar, rief sich die lackierten Dielen in Erinnerung und die Tür mit dem Bullauge, das viel größer war als das, an dem ihr Kopf jetzt lehnte.

Um sechzehn Uhr saß er wieder auf einem Barhocker, trocknete Gläser ab und lauschte dem Barmann, der den einsilbigen Kollegen vom Morgen abgelöst hatte und ihm Episoden aus seinem bewegten Leben erzählte. Bezaubert durch seinen spanischen Akzent, hatte er ihn mehrfach nach seiner Herkunft gefragt, und der Mann musste mehrmals wiederholen, dass er aus Mexiko kam und nie in Honduras gewesen sei. Um siebzehn Uhr füllte sich die Bar erneut, und Philip kehrte an seinen Platz zurück. Alle Tische waren besetzt, als die alte, gebeugte Dame, der niemand Beachtung schenkte, eintrat. Er starrte vor sich auf den Zeichenblock, um ihrem Blick nicht begegnen zu müssen, gleich darauf aber stellte sich sein schlechtes Gewissen ein. Nachdem er seine Sachen auf dem Tisch verteilt und den Stuhl dagegengekippt hatte, erhob er sich, um die Frau, die an der Theke stand und sich kaum mehr aufrecht halten konnte, zu holen. Die alte Dame bedankte sich herzlich, folgte ihm zum Tisch und nahm schwerfällig auf dem ihr angebotenen Stuhl Platz.

Er holte ihr Getränk von der Theke und bestand ängstlich darauf, dass sie ihm seinen Stuhl freihielt. In der folgenden Viertelstunde versuchte sie, ihn in ein Gespräch zu verwickeln. Beim zweiten Versuch forderte er sie höflich, aber bestimmt auf, ihren Kaffee zu trinken. Dreißig endlose Minuten vergingen, bis sie endlich aufstand. Sie verabschiedete sich, und er sah sie ihren beschwerlichen Weg zum Ausgang antreten.

Das dumpfe Dröhnen der Motoren riss ihn aus seinen Gedanken. Fast hätte er den Kopf eingezogen, als die DC3 dicht über das Dach des Terminals hinwegflog. Der Pilot legte eine Rechtskurve ein und lenkte die DC3 zunächst ein Stück parallel zur Piste. In der Ferne legte sich die Maschine erneut auf die Seite, diesmal im rechten Winkel zum Gelände, und flog dann direkt auf die Landebahn zu. Das schwere Hauptfahrwerk wurde ausgefahren, die Vorderlichter an den Tragflächen begannen zu blinken. Kurz darauf, als das Heckfahrwerk den Boden berührte, kippte die große runde Nase des Flugzeugs leicht nach oben.

Die Blätter der Propeller wurden nach und nach sichtbar. Auf Höhe des Terminals schwenkte die DC3 herum und steuerte auf ihren Abstellplatz direkt unter der Bar zu. Susans Maschine war gelandet. Philip bedeutete dem Barmann mit einem Handzeichen, den Tisch abzuwischen, und reihte dann Salz-, Pfeffer- und Zuckerstreuer zu einer penibel geraden Linie auf. Als die ersten Passagiere die Gangway herunterkamen, fürchtete er schon, sein Instinkt hätte ihn getrogen.

Sie trägt ein Herrenhemd über ihrer verwaschenen Jeans. Sie hat abgenommen, scheint aber bestens in Form, und ihre hervortretenden Wangenknochen scheinen sich ein ganzes Stück zu heben, als sie ihn oben am Fenster sitzen sieht. Es kostet ihn eine fast übermenschliche Anstrengung, sich ihrem Willen zu beugen und am Tisch zu bleiben. Sobald sie den Terminal betreten hat und aus seinem Blickfeld verschwunden ist, dreht er sich um und bestellt zwei Kugeln Vanilleeis, mit heißer Schokolade überzogen und mit Mandelsplittern bestreut, das Ganze mit flüssigem Karamell übergossen.

Wenige Augenblicke später drückt sie die Nase an dem Bullauge platt und schneidet eine Grimasse. Er erhebt sich, als sie in der Tür der Bar erscheint. Sie nimmt lächelnd zur Kenntnis, dass er am selben Tisch sitzt. In einem Leben, in dem es nur noch wenige Orientierungspunkte gibt, hat dieses vertraute Eckchen in dem Flughafen eine ungeheure Bedeutung bekommen. Das hat sie sich eingestanden, als sie aus dem kleinen Postflugzeug gestiegen ist, das sie von Puerto Cortes nach Tegucigalpa gebracht hat.

Als sie die Pendeltür aufstößt, muss er sich zwingen, ihr nicht entgegenzustürzen; er weiß, sie hätte es nicht gemocht. Jetzt geht sie absichtlich ganz langsam. An der dritten Tischreihe lässt sie ihren grünen Seesack fallen, läuft auf ihn zu und sinkt ihm endlich in die Arme. Die Stirn an seiner Schulter, atmet sie seinen Geruch tief ein. Er nimmt ihren Kopf in beide Hände, um sie anzusehen. So stehen sie einen Augenblick schweigend da. Der Kellner hinter ihnen hüstelt und fragt Philip: »Möchten Sie vielleicht ein Sahnehäubchen darauf?«

Schließlich setzen sie sich. Sie begutachtet den Eisbecher, steckt den Zeigefinger hinein und leckt den Karamell ab.

»Du hast mir schrecklich gefehlt!«, sagt er.

»Du mir nicht!«, erwidert sie spöttisch. »Sag, wie geht's dir?«

»Ist doch jetzt egal, lass mich dich ansehen.«

Sie hat sich verändert – kaum wahrnehmbar vielleicht für die Augen der anderen, wohl aber für seine. Ihr Gesicht ist hohlwangig geworden, und in ihrem Lächeln liegt etwas Trauriges, das er wahrnimmt, ohne es entschlüsseln zu können. Als wenn jede Tragödie, deren sie Zeuge geworden war, sich in ihr Fleisch eingegraben und die Konturen einer Wunde hineingezeichnet hätte.

»Was siehst du mich so an, Philip?«

»Weil du mich beeindruckst.«

Susans Lachen erfüllt die ganze Bar, zwei Gäste drehen sich nach ihr um. Sie presst die Hand an den Mund.

»Oh, Pardon!«

»Du brauchst dich wirklich nicht entschuldigen … Du bist so hübsch, wenn du lachst. Hattest du dort auch gelegentlich etwas zum Lachen?«

»Weißt du, das Unglaubliche ist, dass dieses ›dort‹ am Ende der Welt zu sein scheint und doch ganz in der Nähe ist. Aber erzähl mir von dir, von New York.«

Er ist froh, in Manhattan zu leben. Er hat eine erste Arbeit in einer Werbeagentur erhalten, für die er ein Storyboard entwerfen soll. Seine Zeichnungen sind gut angekommen, und er arbeitet bereits an einem anderen Projekt. Das bringt zwar nicht besonders viel Geld, doch es ist etwas Konkretes. Als sie ihn fragt, ob er mit seinem Leben zufrieden sei, antwortet er mit einem Schulterzucken. Er will wissen, ob ihre Erfahrung in ihrem Sinne gewesen sei, ob sie gefunden habe, was sie sucht. Sie umgeht die Antwort, indem sie ihn weiter ausfragt. Sie will hören, was seine Eltern machen. Sie wollen das Haus in Montclair verkaufen und sich an der Westküste niederlassen. Philip hat sie außer an Thanksgiving das ganze Jahr kaum gesehen. Wieder in seinem Zimmer zu schlafen ist für ihn mit einem unangenehmen Gefühl verbunden gewesen, er spürt, wie er Distanz zu ihnen bekommt, und sieht sie älter werden, als hätte die Entfernung den Lauf der Zeit unterbrochen und das Leben in eine Folge von Bildern zerschnitten, auf denen die Gesichter sich auf dem vergilbten Papier von einem Abzug zum nächsten verändern.

»Wenn man an der Seite von Menschen lebt, merkt man nicht wirklich, dass sie sich verändern, und so verliert man sie am Ende.«

»Habe ich dir doch immer gesagt, mein Lieber, es ist gefährlich, zu zweit zu leben«, erklärt sie. »Findest du, dass ich zugenommen habe?«

»Nein, im Gegenteil, warum?«

»Wegen dem, was du eben gesagt hast. Findest du, dass ich mich verändert habe?«

»Du siehst müde aus, Susan, das ist alles.«

»Ich habe mich also verändert!«

»Seit wann machst du dir etwas aus deinem Äußeren?«

»Jedes Mal, wenn ich dich sehe, natürlich.«

Sie betrachtet die Mandelsplitter, die am Boden des Eisbechers in der Schokolade versinken.
»Ich hatte Lust auf was Warmes!«
»Was ist los mit dir, Susan?«
»Ich muss heute Morgen vergessen haben, meine Lachpillen zu nehmen!«
Sie hat ihn verärgert. Sie bedauert ihre launische Reaktion, doch sie ist davon ausgegangen, dass sie sich dank ihrer Vertrautheit alles erlauben dürfe.
»Du könntest dir wenigstens etwas Mühe geben!«
»Wovon redest du überhaupt?«
»Du könntest mir das Gefühl geben, dass du dich freust, mich zu sehen.«
Sie streicht ihm über die Wange.
»Du Dummkopf, natürlich freue ich mich, das hat nichts mit dir zu tun.«
»Womit dann?«
»Es ist schwer für mich, in mein Heimatland zurückzukommen. Alles scheint mir so weit von dem Leben entfernt, das ich führe. Hier gibt es alles, hier mangelt es an nichts, und dort fehlt es an allem.«
»Das gebrochene Bein deiner Nachbarin nimmt nichts vom Schmerz deines verstauchten Knöchels ab. Wenn es dir nicht mehr gelingt, die Dinge zu relativieren, dann versuch, ein bisschen egoistischer zu sein; das macht einen besseren Menschen aus dir.«
»Wow, du wirst ja noch zum Philosophen.«
Philip steht unvermittelt auf und geht zur Tür. Er tritt auf den Flur, kehrt sofort wieder um, kommt raschen Schrittes zurück. Er beugt sich über sie und küsst ihren Hals.

»Hallo, schön dich zu sehen.«
»Darf ich wissen, was für ein Spielchen du da spielst?«
»Das ist kein Spiel! Seit zwei Jahren warte ich auf dich. Ich habe schon Hornhaut an den Fingern vom vielen Schreiben, weil es das einzige Mittel ist, ein wenig an deinem Leben teilzuhaben. Und weil unser Wiedersehen anders verläuft, als ich es mir vorgestellt hatte, möchte ich am liebsten ganz von vorn anfangen.«
Sie mustert ihn einen Augenblick und bricht wieder in Lachen aus.
»Du bist immer noch so plemplem wie damals, und natürlich fehlst du mir auch!«
»Gut, fängst du dann jetzt an zu erzählen?«
»Nein, erst du, sag mir, wie es dir hier in New York geht, ich will alles wissen.«
»Was möchtest du als warmes Gericht?«
»Wovon sprichst du?«
»Du hast gerade gesagt, du willst etwas Warmes essen.«
»Aber das war vorher. Das mit dem Eis war eine sehr schöne Idee.«
Beide haben plötzlich ein befremdliches Gefühl, wagen aber nicht, es sich selbst einzugestehen, geschweige denn darüber zu sprechen. Die Zeit setzt in ihren Leben unterschiedlich intensive Akzente zu Rhythmen, die nicht mehr in Einklang zu bringen sind. Das Gefühl aber, das sie verbindet, ist noch intakt, es fehlen ihnen nur die Worte. Und das vielleicht, weil Tiefe und Ernsthaftigkeit ihrer Beziehung schon zu sehr von der Trennung beeinträchtigt sind, von einer Entfernung, die sich nicht nur in Kilometern messen lässt.
»Also, iss schnell dein Eis auf. Dann gehen wir, ich habe eine Überraschung für dich.«

Sie schlägt die Augen nieder, lässt ein paar Sekunden verstreichen, bevor sie den Blick wieder hebt.
»Ich habe nicht genug Zeit ... Das heißt, ich bleibe nicht, ich habe meinen Vertrag verlängern lassen. Sie brauchen mich dort, weißt du. Tut mir Leid, Philip.«

Ihm ist, als würde sich der Boden unter seinen Füßen auftun. Ein Schwindelgefühl erfasst ihn, das sich gerade dann einstellt und einen noch unvollkommener macht, wenn man besonders präsent sein möchte.
»Mach nicht so ein Gesicht, Philip, bitte.«
Sie legt eine Hand auf seine, und er wendet den Blick ab; sie soll die Traurigkeit und Bestürzung in seinen Augen nicht sehen. Ein Gefühl von Verlassenheit schnürt ihm das Herz zusammen. Mit dem Daumen liebkost er Susans Handrücken; die Haut ist nicht mehr so zart wie früher, kleine Fältchen haben sich gebildet, und er nimmt sich vor, sie nicht anzusehen.
»Ich weiß«, sagt sie, »es ist schwierig, unmöglich, dort seine Jungmädchenhände zu behalten. Hast du meine Fingernägel gesehen? Meine Beine sind noch schlimmer. Was wolltest du mir zeigen?«
Er will ihr sein Appartement in Manhattan zeigen, aber es ist nicht so schlimm. Er würde es beim nächsten Mal nachholen. Er mustert sie, und der Ausdruck ihrer Augen verändert sich. Sie starrt auf ihre Armbanduhr.
»Und wie lange bleibst du?«
»Zwei Stunden.«
»Ah!«
»Ich weiß, aber du kannst dir nicht vorstellen, wie schwierig es war, überhaupt diesen Abstecher hierher zu machen.«

Sie zieht ein braunes Päckchen hervor und legt es auf den Tisch.
»Das musst du unbedingt an diese Adresse hier bringen; das ist unser Büro in New York. Das war sozusagen meine Ausrede, um dich sehen zu können.«
Er sieht das Päckchen nicht an.
»Ich denke, du arbeitest für eine Hilfsorganisation, ich wusste nicht, dass du in einem Straflager bist.«
»So, und jetzt weißt du's!«
»Erzähl!«
In den zwei Jahren hat sie es weit gebracht. Sie ist es, die man nach Washington bestellt hat, um die angeforderten Kredite zu rechtfertigen, sie ist es, die so schnell wie möglich die Medikamente, das Material und die unverderblichen Lebensmittel beschaffen soll.
»Und du kannst nicht mal hier warten, während sie dort die Pakete packen?«
»Ich bin gekommen, um die Pakete selbst vorzubereiten. Das ist eines der Ziele meiner Reise; ich muss ihnen sagen, was genau wir brauchen, statt der Tonnen Schrott, die sie uns sonst vielleicht schicken würden.«
»Und was genau braucht ihr?«
Sie tut so, als würde sie eine Liste aus ihrer Tasche ziehen und sie vorlesen.
»Du nimmst den linken Gang, ich gehe zur Tiefkühlabteilung. Wir treffen uns dann an der Kasse. Wirst du dir alles merken können? Wir brauchen Schulmaterial, dreihundert Hefte, neunhundert Stifte, sechs Tafeln, hundert Schachteln Kreide, Spanisch-Bücher, alles, was du in der Abteilung finden kannst, Plastikgeschirr, etwa sechshundert Teller, zweitausend Messer und Gabeln, viertausend Löffel, neunhundert Tischdecken,

tausend Windeln, tausend Handtücher, hundert Laken für die Ambulanz ...«

»Was ich brauche, das bist du, Susan.«

»... sechstausend Kompressen, dreihundert Meter Chirurgengarn, Sterilisationsmaterial, Zahnarztzubehör, Spritzen, sterile Drains, Operationstische, Spreizer, Klemmen, Pinzetten, Penizillin, Aspirin, Breitspektrum-Antibiotika, Narkosemittel ... Entschuldige, ich bin nicht besonders witzig.«

»Doch, war gar nicht so schlecht! Kann ich wenigstens mit nach Washington kommen?«

»Dort, wo ich hinmuss, kann ich dich nicht mitnehmen. Sie würden mir nicht ein Zwanzigstel von dem geben, was wir brauchen.«

»Sagst du schon *wir,* wenn du von dort unten sprichst?«

»Ich habe nicht darauf geachtet.«

»Wann kommst du zurück?«

»Ich habe nicht die leiseste Ahnung, ich denke, in einem Jahr.«

»Wirst du das nächste Mal bleiben?«

»Philip, jetzt mach doch bitte kein Drama daraus. Wenn einer von uns beiden an einer Uni am anderen Ende des Landes studiert hätte, wäre es schließlich das Gleiche gewesen, oder?«

»Nein, die Ferien würden nicht zwei Stunden dauern. Gut, ich verbeiße mich, ich bin traurig und kann es nicht vor dir verbergen. Susan, du wirst alle Gründe dieser Welt finden, damit dir so was niemals passiert.«

»Damit mir was niemals passiert?«

»Dass du das Risiko eingehst, dich zu verlieren, indem du dich an jemanden bindest. Hör auf, dauernd auf die Uhr zu schauen!«

»Es ist Zeit, das Thema zu wechseln, Philip!«

»Wann wirst du aufhören?«
Sie zieht die Hand zurück und kneift die Augen zusammen.
»Und du?«
»Womit soll ich deiner Meinung nach aufhören?«
»Mit deiner großen Karriere, deinen mittelmäßigen Zeichnungen, deinem kleinen Leben.«
»Jetzt bist du wirklich gemein!«
»Nein, ich bin einfach direkter als du, das ist bloß eine Frage der Ausdrucksweise!«
»Du fehlst mir, Susan, das ist alles. Und ich bin zu schwach, es dir zu sagen, aber du machst dir keine Vorstellung, wie wütend ich manchmal bin.«
»Vielleicht sollte ich diejenige sein, die vor die Tür geht und wieder reinkommt. Tut mir wirklich Leid, ich schwöre dir, ich habe nicht gedacht, was ich gesagt habe.«
»Hast du wohl, etwas anders vielleicht, aber das kommt aufs Selbe raus.«
»Ich will nicht aufhören, nicht jetzt. Philip, das, was ich erlebe, ist manchmal sehr hart, aber ich habe den Eindruck, dass es wirklich etwas ganz Wichtiges ist.«
»Das ist es ja, was mich so eifersüchtig macht, was ich so absurd finde.«
»Eifersüchtig auf was?«
»Nicht wichtig genug zu sein, um diesen Funken in dir zu entzünden; mir sagen zu müssen, dass nur die Verzweiflung der anderen dich fasziniert, als würde sie dir helfen, deiner eigenen zu entkommen, statt ihr die Stirn zu bieten.«
»Du gehst mir auf die Nerven, Philip!«
Er hebt plötzlich die Stimme. Sie ist äußerst erstaunt, und – was selten vorkommt – sie kann ihn nicht unterbrechen, obwohl ihr

das, was er sagt, überhaupt nicht gefällt: Er lehne ihr humanitäres Gerede ab. Für ihn verstecke sie sich in einem Leben, das seit dem traurigen Sommer im Alter von vierzehn Jahren nicht mehr das ihre war. Durch die Leben, die sie rettete, versuche sie, das ihrer Eltern zu retten. Weil sie sich schuldig fühle, dass diese an besagtem Tag nicht die asiatische Grippe und sie damit gezwungen habe, zu Hause zu bleiben.

»Versuch nicht, mich zu unterbrechen«, fährt er in herrischem Ton fort. »Ich kenne all deine Seelenzustände, all deine Gegenargumente, ich weiß jeden Ausdruck in deinem Gesicht zu deuten. In Wirklichkeit hast du Angst zu leben, und um diese Angst zu überwinden, hast du dich entschlossen, anderen zu helfen. Aber du kämpfst nicht, Susan. Was du verteidigst, ist nicht dein Leben, es ist das ihre. Was für ein sonderbares Schicksal, diejenigen zu ignorieren, die dich lieben, um denjenigen Liebe zu schenken, die du nicht kennst! Ich weiß, dass es dir Kraft gibt, aber du ignorierst dich selbst.«

»Manchmal vergesse ich, dass du mich so sehr liebst, und ich fühle mich schuldig, dich nicht genauso lieben zu können.«

Die Zeiger der Wanduhr drehen sich unnormal schnell; Philip gibt auf, er hat ihr so viel zu sagen, er wird es ihr schreiben. Ihnen bleibt kaum Zeit, ein paar Augenblicke der zwei Jahre mitzuteilen, die er auf sie gewartet hat. Susan lässt eine gewisse Müdigkeit erkennen, sie findet, dass sich Philips Gesicht verändert habe, dass es männlicher geworden sei, was er als Kompliment auffasst. Er findet sie noch hübscher. Beide werden sich darüber klar, dass dieser kurze Moment nicht ausreichen wird. Als die knisternde Stimme aus dem Lautsprecher die Passagiere ihrer Maschine zum Einsteigen auffordert, will er lieber am Tisch sitzen bleiben. Sie mustert ihn.

»Ich begleite dich in Zukunft nur bis zur Tür, wenn du länger als vier Stunden bleibst. Merk dir das für deinen nächsten Besuch.« Er zwingt sich zu einem Lächeln.
»Dein Mund, Philip! Wie der von Charlie Brown.«
»Ich fühle mich geschmeichelt, das ist doch dein Lieblings-Comic.«
»Ich albere herum, aber weißt du …«
Sie hat sich erhoben, er ergreift ihre Hand, drückt sie fest.
»Ich weiß! Mach, dass du verschwindest.«
Er presst die Lippen auf ihren Handteller, sie beugt sich vor und küsst ihn auf den Mundwinkel; dann tritt sie zurück und streicht ihm dabei liebevoll über die Wange.
»Siehst du, du wirst älter, du kratzt!«
»Immer zehn Stunden nach dem Rasieren. Jetzt geh, sonst verpasst du noch deine Maschine.«
Sie wendet sich ab und geht. Als sie fast an der Tür angelangt ist, ruft er ihr nach, sie solle auf sich aufpassen. Sie dreht sich nicht um, hebt nur den Arm und winkt mit der Hand. Die dunkle Holztür schließt sich langsam und verschlingt ihre Silhouette. Er bleibt noch eine Stunde sitzen, nachdem ihre Maschine am Himmel verschwunden ist. Er fährt mit dem Bus zurück nach Manhattan. Es ist schon dunkel, als er ankommt, und er beschließt, den restlichen Weg durch SoHo zu Fuß zurückzulegen.

Als er am Fanelli's vorbeikam, sah er durchs Fenster und überlegte, ob er hineingehen sollte. Die großen Kugelleuchten an der Decke warfen ein gelbliches Licht auf die leicht vergilbten Wände; in ihren Holzrahmen wachten Joe Frazier, Luis Rodriguez, Sugar Ray Robinson, Rocky Marciano und Muhammad Ali über den Raum, in dem Männer vergnügt in ihre Hamburger bissen und Frauen Pommes frites mit den Fingern aßen. Er überlegte es sich anders, er war nicht hungrig. Er ging auf direktem Weg nach Hause. In Washington betrat Susan ihr Hotelzimmer. Im gleichen Augenblick trat Philip vor sein Bett und betrachtete es gedankenverloren. Er strich über das rechte Kopfkissen, wandte sich ab und ging ins Wohnzimmer. Er deckte den Tisch nicht ab, starrte lange Minuten darauf und beschloss, auf dem Sofa zu schlafen. Morgen würde er das Paket abliefern.

# Kapitel 3

*10. Oktober 1976*

*Susan,*

*ich hätte dir schon eher schreiben sollen, aber mir fehlten einfach die richtigen Worte. Und ich hatte den Eindruck, mein Quantum an Blödsinn für dieses Jahr erfüllt zu haben, deshalb habe ich lieber gewartet. Hat der Wirbelsturm, der über Mexiko getobt hat, auch euch berührt? Die Presse spricht von über zweitausend Toten und vierzehntausend Verletzten. Mexiko ist gar nicht so weit von dir, und jede Katastrophenmeldung aus Gegenden in deiner Nähe machen mir Angst. Ich wünschte so sehr, du könntest unseren Streit vergessen. Ich hatte nicht das Recht, dir diese Dinge zu sagen, ich wollte nicht über dich richten, es tut mir so Leid. Ich weiß, es gelingt mir oft, dich auf ganz dämliche Weise zu provozieren. Schuld ist meine idiotische, unkontrollierbare Dickköpfigkeit, dabei weiß ich doch, dass dich meine Worte nicht zur Rückkehr bewegen, dass meine Gedanken nicht den Lauf deines Lebens verändern können. Doch viele große Liebesgeschichten scheinen mit einer Karenzzeit zu beginnen. Lass von dir hören und sei zärtlich umarmt,*

*Philip*

*11. November*

*Philip,*

*ich habe deinen Brief erhalten, und … natürlich hattest du das Recht. Du hattest Unrecht, aber auch darauf hast du ein Recht; obwohl du es nicht wolltest, kamen deine Worte einem Urteil gleich. Ich vergesse sie nicht, diese Worte, im Gegenteil, ich denke oft darüber nach, denn welchen Sinn hätte es sonst gehabt, sie auszusprechen? Wir sind von Lisa – das ist der Name des Wirbelsturms, nach dem du fragtest – verschont geblieben. Zum Glück, denn die Dinge sind ohnehin schon kompliziert genug, und ich glaube, ich hätte sonst aufgegeben. Dieses Land ist etwas ganz Besonderes, weißt du? Das Blut der Toten unter der Erde ist schon getrocknet. Auf diesen Blutflecken des Elends haben die Einwohner ihre Häuser neu aufgebaut und haben wieder zusammengetragen, was von ihren Familien und ihren Existenzen geblieben ist. Ich kam hierher, befangen in meinen Vorurteilen, die mich glauben ließen, ich sei intelligenter, gebildeter, in allem sicherer als sie. Mit jedem Tag, den ich an ihrer Seite verbringe, fühle ich mich schwächer als sie und sie stärker, als ich es bin.*

*Ist es ihre Würde, die sie so schön macht? Wir helfen nicht einer vom Überlebenskampf geschlagenen Bevölkerung. Der schmutzige Krieg wird hier gegen den Wind und den Regen ausgetragen. Hier gibt es weder Gute noch Schlechte, weder Parteien noch Grundsätze, nur Menschen inmitten eines unermesslichen Leids. Und allein ihr Mut lässt das Leben in dieser Asche unmöglicher Hoffnung wieder erwachen. Ich glaube, das ist der Grund, warum ich sie so liebe, und auch, warum ich sie bewundere. Als ich zu ihnen kam, hielt ich sie für Opfer, doch sie zeigen mir mit jedem Augenblick, dass sie etwas ganz anderes sind, und sie lehren mich heute weit mehr, als ich ihnen gebe. In Montclair hätte mein Leben keinen Sinn, ich wüsste nicht, was ich damit hätte anfangen sollen. Die Einsamkeit macht ungeduldig, und die Ungeduld tötet die Kindheit. Versteh mich bitte nicht falsch, aber ich war so allein in dieser Kindheit und Jugend, die wir, so gut wir konnten, zusammen verbracht haben. Ich weiß, ich war sehr ungestüm und bin es immer*

*noch. Dieses Bedürfnis, Etappen zu überspringen, lässt mich in einem Rhythmus leben, den du nicht verstehen kannst, weil er anders ist als deiner.*
*Als ich gegangen bin, habe ich etwas Wichtiges vergessen zu sagen: Du fehlst mir sehr, Philip. Ich blättere oft in unserem Fotoalbum, und all diese Bilder von uns sind sehr wertvoll, diese Meilensteine der Zeit sind unsere Kindheit. Verzeih mir, so zu sein, wie ich bin – ungeeignet für ein Zusammenleben.*
*Susan*

Times Square. Im Tumult der Menschenmenge, die sich, wie jedes Jahr zu Silvester, auf dem Platz versammelt hat, ist Philip auf eine Gruppe befreundeter Studenten gestoßen. Vier große Zahlen erleuchten die Fassade des *New-York-Times*-Gebäudes. Es ist Mitternacht, soeben hat das Jahr 1977 begonnen. Ein Konfettiregen mischt sich unter die Küsse der Passanten. Philip fühlt sich allein inmitten des Gedränges. Wie befremdlich sie sind, diese Tage, für die im Kalender »Lebensfreude« vorgeschrieben ist. Eine junge Frau schiebt sich an einer Absperrung entlang und versucht, sich einen Weg durch das Meer von Menschen zu bahnen. Sie rempelt ihn an, drängt sich an ihm vorbei, dreht sich um und lächelt. Er hebt den Arm und winkt, sie antwortet mit einem Kopfnicken, als wollte sie sich entschuldigen, dass sie nicht schneller von der Stelle kommt. Drei Personen trennen sie bereits, sie scheint vom Kamm einer Welle getragen zu werden, die sie aufs offene Meer zieht. Er schlängelt sich zwischen zwei verlorenen Touristen hindurch. Für einen Moment verschwindet ihr Gesicht und taucht kurz darauf, wie um Luft zu holen, für Sekunden wieder an der Oberfläche auf. Er versucht, sie nicht aus den Augen zu verlieren. Der Abstand zwischen ihnen verringert sich, sie ist jetzt fast in Hörweite inmitten der lärmenden Menge. Ein letzter Schulterstoß, er ist bei ihr und greift nach ihrem Handgelenk. Sie dreht sich um, Überraschung steht in ihren Augen, er lächelt und schreit mehr, als dass er spricht:

»Gutes neues Jahr, Mary. Wenn Sie versprechen, mir nicht den Arm zu zerkratzen, lade ich Sie auf einen Drink ein.«

Sie erwidert sein Lächeln und ruft nun ihrerseits:

»Für jemanden, der von sich behauptet, schüchtern zu sein, haben Sie aber schnell Fortschritte gemacht!«

»Das war vor über einem Jahr; ich hatte also Zeit.«

»Haben Sie kräftig geübt?«

»Noch zwei Fragen in diesem Getöse, und ich habe keine Stimme mehr! Wären Sie einverstanden, einen ruhigeren Ort aufzusuchen?«

»Ich war mit Freunden zusammen, aber ich glaube, ich habe sie definitiv verloren. Wir wollten uns später downtown treffen. Hätten Sie Lust mitzukommen?«

Philip antwortet mit einem Kopfnicken, und die beiden lassen sich in dem Menschenstrom wie Schiffbrüchige die Straßen hinuntertreiben. Am Ende der Seventh Avenue werden sie in die Bleeker Street gespült. Ein letzter Nebenfluss führt sie in die Third Street. Im Blue Note, wo Marys Freunde warten, verzaubert ein Pianist seine Zuhörer mit zeitlosen Jazzrhythmen.

In den frostigen Stunden des dämmernden Morgens zeugen die Alkoholflaschen in den Papierkörben SoHos von einer ausgelassenen Nacht. Die ganze Stadt schläft ihren Kater aus. Nur vereinzelt durchbricht das Motorengeräusch eines Autos die Stille des Viertels, das noch in seinen Schleier der Trunkenheit gehüllt ist. Mary stößt die Tür von Philips Haus auf. Ein eisiger Wind packt sie am Hals, sie fröstelt und schlägt den Mantelkragen hoch. Sie läuft die Straße entlang, hebt an der Kreuzung die Hand. Ein gelbes Taxi fährt an den Bordstein heran, nimmt sie auf und verschwindet den Broadway hinunter. Am zweiten Januar dieses Jahres hat Errol Garner den Deckel seines Klaviers für immer geschlossen. Philip besucht wieder die Vorlesungen.

~

Anfang Februar erhält Susan einen Brief aus Washington. Verspätete Glückwünsche zum Jahreswechsel von ihren Vorgesetzten und die Aufforderung, die Möglichkeiten für den Aufbau des neuen Flüchtlingslagers in den Bergen zu prüfen. Sie soll einen Finanzplan aufstellen und diesen möglichst bald persönlich der Kommission in Washington vorlegen. Die Regenzeit ist noch nicht zu Ende. Sie sitzt unter dem Vordach ihres Hauses und sieht zu, wie das Wasser das Erdreich wegspült.

Wie jeden Winter kreisen ihre Gedanken unablässig um jene, die in den Bergen ohnmächtig den zerstörerischen Gewalten einer Natur ausgeliefert sind, die ihr Spiel mit dem treibt, was sie in mühseliger Arbeit zu Beginn des Sommers geschaffen haben. In ein paar Wochen werden sie erneut und ohne Murren von vorn anfangen, etwas ärmer noch als in den Jahren zuvor.

Juan schweigt, er zündet sich eine Zigarette an, sie nimmt sie ihm aus der Hand und zieht daran. Die Glut erleuchtet die

untere Hälfte ihres Gesichts, sie atmet den Rauch geräuschvoll aus.
»Ist das ein Ticket erster Klasse bei ›Air Ganja‹, was du da rauchst?«
Juan lächelt verschmitzt.
»Ist nur eine Mischung aus hellem und dunklem Tabak, was dem Ganzen diese Würze gibt.«
»Wie Ambra«, sagte sie.
»Keine Ahnung, was das ist.«
»Etwas, das mich an meine Kindheit erinnert, der Geruch meiner Mutter, sie roch immer nach Ambra.«
»Ihre Kindheit fehlt Ihnen?«
»Nur bestimmte Gesichter, die meiner Eltern, das von Philip.«
»Warum sind Sie nicht bei ihm geblieben?«
»Hat er dich bezahlt, um mir diese Fragen zu stellen?«
»Ich kenne ihn nicht, und Sie haben meine Frage nicht beantwortet.«
»Weil ich keine Lust dazu habe.«
»Sie sind sonderbar, Doña Blanca, vor was fliehen Sie nur, um sich bis zu uns zu verirren?«
»Das Gegenteil ist der Fall, mein Kleiner, eben hier habe ich mich wiedergefunden, und überhaupt gehst du mir auf die Nerven mit deiner Fragerei. Glaubst du, das Gewitter wird andauern?«
Juan deutete auf das eigenartige Licht, das am Horizont entsteht, wenn ein *aguacero,* ein Gewitter, sich entfernt. In höchstens einer Stunde würde der Regen aufhören. Dann würde ein Geruch von feuchter Erde und Kiefern ihre bescheidene Hütte bis in den letzten Winkel erfüllen. Sie würde ihren einzigen Schrank öffnen, damit ihre Wäsche den Duft aufneh-

men konnte. Wenn sie sich ein derart riechendes Baumwollhemd überstreifte, lief ihr jedes Mal ein Schauer den Rücken hinunter.
Sie schnippte die Kippe über das Geländer, stand unvermittelt auf und schenkte Juan ein breites Lächeln.
»Spring auf den Dodge, es geht los!«
»Wohin?«
»Hör auf mit deiner Fragerei!«
Der Lastwagen hustete zweimal, bevor er ansprang. Die breiten Räder drehten im Schlamm durch, fanden schließlich an ein paar Steinen Halt, die Hinterachse brach leicht zur Seite aus und schwenkte dann auf die Fahrbahn ein. Schlammgarben spritzten an die Plane. Susan gab noch mehr Gas. Der Wind schlug ihr ins Gesicht, sie strahlte vor Glück und stieß einen gedehnten Schrei aus. Juan kletterte auf den Beifahrersitz. Sie fuhren in Richtung Berge.
»Wohin fahren wir?«
»Die Kleine besuchen, sie fehlt mir!«
»Die Straße ist völlig aufgeweicht, wir kommen da nie hinauf.«
»Weißt du, was unser Präsident gesagt hat? Es gibt Menschen, die die Dinge so sehen, wie sie sind, und die sich fragen, warum. Ich sehe sie so, wie sie sein könnten, und sage mir, warum nicht! Heute Abend speisen wir mit Señor Rolando Alvarez.«
Wenn Kennedy die honduranischen Straßen zur Winterzeit gekannt hätte, so hätte er sicher den Frühling abgewartet, um seinen Sinnspruch zum Besten zu geben. Nach sechs Stunden, als sie die Hälfte der Höhe bewältigt hatten, begann der Lastwagen endgültig zu bocken. Die Kupplung blockierte, und der beißende Geruch, der sich zu verbreiten begann, zwang Susan, sich den Tatsachen zu beugen. Sie würden heute Abend nicht

mehr die letzten Serpentinen hinter sich bringen, die sie noch von dem Dorf mit dem kleinen Mädchen trennten, dem kleinen Mädchen, das so viel Platz in Susans Herz erobert hatte. Juan kletterte nach hinten und zog vier Decken aus einem Jutesack.
»Wir werden hier übernachten müssen«, sagte er knapp.
»Manchmal bin ich so dickköpfig, dass ich mich selbst nur schwer ertragen kann.«
»Keine Sorge; es gibt noch andere, die einen schwierigen Charakter haben.«
»Übertreib nicht. Heute ist nicht der Tag der heiligen Susanna; bis dahin ist noch ein wenig Zeit.«
»Warum wollen Sie die Kleine sehen?«
»Was haben wir an Lebensmitteln dabei? Ich habe Hunger. Du nicht?«
Juan wühlte in einem anderen Sack und zog eine große Dose mit Bohnen hervor. Er hätte ihr gern ein *casamiento,* das honduranische Nationalgericht, zubereitet, dazu aber hätte er Reis kochen müssen, und es regnete noch zu stark, um ein Feuer zu entzünden. Susan aß fast ein ganzes Päckchen Kekse, die sie in eine Dose mit Kondensmilch tauchte und dann auf der Zunge zergehen ließ. Das Wasser rann in Strömen über die Windschutzscheibe. Sie hatte die Scheibenwischer abgestellt, um die Batterie zu schonen. Außerdem, was nützte es, nach draußen zu schauen?
»Sie scheinen mehr an ihr zu hängen als an den Kindern bei uns im Tal.«
»Was du da sagst, ist gemein. Es hat überhaupt nichts damit zu tun; die Kleine kann ich nicht jeden Tag sehen, deshalb fehlt sie mir.«
»Und Philip, fehlt er Ihnen?«

»Hör auf mit Philip. Was hast du bloß?«
»Nichts. Ich versuche nur zu verstehen.«
»Aber es gibt nichts zu verstehen. Ja, Philip fehlt mir.«
»Warum sind Sie dann nicht bei ihm?«
»Weil ich mich entschieden habe, hier zu sein.«
»Das Leben einer Señora ist an der Seite des Mannes, den sie liebt.«
»Eine blöde Behauptung.«
»Ich wüsste nicht, warum. Auch ein Mann gehört an die Seite der Frau, die er liebt.«
»Das ist nicht immer so leicht.«
»Warum seid ihr Gringos nur so kompliziert?«
»Weil wir den Sinn fürs Unkomplizierte verloren haben; und deshalb bin ich auch so gern bei euch. Es reicht nicht zu lieben, man muss auch zueinander passen.«
»Was hat das zu bedeuten?«
»Man muss das Leben lieben, das man zusammen mit dem anderen führt, dieselben Bedürfnisse, Erwartungen, dieselben Ziele und Wünsche haben.«
»Wie kann man das vorher wissen? Das ist unmöglich! Man kann den anderen am Anfang nicht kennen, man muss Geduld haben für die Liebe.«
»Hast du mich, was dein Alter betrifft, etwa angeschwindelt?«
»Den Menschen zu heiraten, den wir lieben, ist bei uns ein ausreichender Grund, glücklich zu sein.«
»Und bei uns ist die Liebe nicht immer ausreichend, so absurd das erscheinen mag. Ich gebe dir Recht in diesem Punkt: Wir sind manchmal sonderbar, und ich bin das perfekte Beispiel dafür.«
Ein weißer Lichtstrahl zerriss den Himmel, ein heftiger Knall

unterbrach ihr Gespräch. Das Gewitter war zurückgekommen, hatte unterwegs noch an Kraft gewonnen, und sintflutartiger Regen prasselte auf die gefährdeten Flanken des Monte Cabaceras de Naco nieder. Sehr schnell konnte der bereits voll gesogene Boden die Wassermassen nicht mehr aufnehmen, die ganze Hangteile mit sich hinabrissen. Juan hörte Susan nicht mehr zu, sein Gesicht war angespannt, verriet wachsende Besorgnis. Er versuchte, sein Fenster zu öffnen, die Windstöße aber hinderten ihn daran. Sein Kopf bewegte sich ruckartig hin und her.

»Was hast du?«, fragte sie.

»Seien Sie still!«

Das rechte Ohr an die Scheibe gepresst, schien er auf etwas zu horchen. Susan sah ihn fragend an. Er legte den Zeigefinger auf die Lippen, um ihr zu bedeuten, ruhig zu sein. Sie wollte das Zeichen nicht verstehen.

»Was machst du da, Juan?«

»Ich flehe Sie an, lassen Sie mich lauschen!«

»Worauf denn, verdammt!«

»Dies ist wirklich nicht der Augenblick zu fluchen; ich höre, wie sich die Erde bewegt.«

»Was?«

»Ruhe!«

Ein dumpfes Knacken unterbrach die Stille. Mit aller Kraft stieß Juan die Beifahrertür auf. Heftiger Wind peitschte augenblicklich den Regen in die Fahrerkabine. Juan schaute unter die Räder. Ein Riss, der genau in der Mitte der Fahrbahn verlief, ließ das Schlimmste befürchten. Er befahl Susan, die Scheinwerfer einzuschalten. Sie gehorchte. Der Lichtkegel durchschnitt den Regenvorhang. So weit der Strahl reichte, klaffte ein Spalt in der Straße.

»Klettern Sie nach hinten, wir müssen sofort von hier verschwinden.«
»Bist du verrückt, siehst du nicht, wie es gießt?«
»Besser nass, als verschüttet zu werden. Beeilen Sie sich. Steigen Sie nicht auf Ihrer Seite aus. Tun Sie, was ich Ihnen sage!«
Kaum hatte er den Satz zu Ende gesprochen, bekam der Lastwagen Schlagseite wie ein Schiff, das über Backbord sinkt. Juan packte Susan am Arm und stieß sie nach hinten auf die Ladefläche. Um ihr Gleichgewicht kämpfend, sprang sie über die Säcke mit den Lebensmitteln. Er schob sich an ihr vorbei, hob die Plane über die Heckklappe, stieß sie nach draußen und sprang mit ihr zu Boden. Dann zog er sie an den Felsen und zwang sie, sich hinzukauern. Die Augen weit aufgerissen, sah Susan den Lastwagen langsam nach hinten rutschen und über den Rand der Felswand kippen. Der Kühler richtete sich auf, ein letztes Aufbäumen, die Kegel der Scheinwerfer strahlten in den Himmel, und ihr alter Dodge verschwand in der Schlucht. Der Lärm des Regens war ohrenbetäubend. Wie gelähmt hörte Susan nichts anderes mehr. Juan wiederholte sich dreimal, bis sie reagierte. Sie mussten so schnell wie möglich weiter hinaufklettern; der Erdvorsprung, der ihnen als Zufluchtsort diente, zeigte erste Zeichen von Schwäche. Sie klammerte sich an ihn, und sie begannen, mehrere Meter hochzusteigen. Wie in ihren schlimmsten Albträumen kam es ihr vor, als würde sie mit jedem Schritt zurückrutschen, obwohl sie ihrem Körper befahl voranzugehen. Es war nicht nur ein Eindruck – die Erde gab tatsächlich unter ihren Füßen nach und zog sie mit sich nach unten. Er brüllte, sie solle durchhalten, sich an seine Beine klammern, aber ihre steifen Hände konnten Juans Hosenbein nicht festhalten.

Sie presste sich an die bewegliche Wand, Schlamm lief über sie, sie musste kräftig ausspucken, bekam nicht genug Luft. Das Dunkel vor ihren Augen wurde plötzlich von funkelnden Sternen erhellt, und sie verlor das Bewusstsein. Juan ließ sich, auf dem Rücken liegend, bis auf ihre Höhe gleiten. Er hob ihren Kopf an und presste ihn an seine Brust. Er entfernte die Erde, die in ihren Mund gedrungen war, drehte sie auf die Seite und steckte ihr zwei Finger in den Hals. Von heftigen Krämpfen geschüttelt, begann sie zu würgen. Juan zog sie fest an sich, bekam eine Wurzel zu fassen und klammerte sich mit aller Kraft daran. Er wusste nicht, wie lange er so würde durchhalten können, wusste nur, dass ihr beider Leben davon abhing.

*10. Februar 1977*

*Susan,*
*wo bist du? Ich bin in größter Sorge. Von El Salvador wird berichtet, dass sich bewaffnete Guerilleros an den Grenzen zu deinem Land sammeln. Die* New York Times *spricht von Grenzüberschreitungen in honduranisches Territorium und von vereinzelten Kämpfen. Schick mir wenigstens ein paar Zeilen, um mir zu sagen, dass du gesund und in Sicherheit bist. Ich flehe dich an, gib auf dich Acht und schreib mir schnell,*
*Philip*

Sie hielten seit zwei Stunden durch. Als der Regen für eine Weile nachließ, hatten sie sich ein kleines Stück vorarbeiten können, um besseren Halt zu finden. Susan war wieder bei Bewusstsein.

»Um Haaresbreite wäre ich in den Bergen ertrunken; niemand wird mir das jemals glauben.«

»Schonen Sie Ihre Kräfte.«
»Das wird ja langsam eine Manie, mir zu sagen, ich soll den Mund halten.«
»Wir sind noch nicht gerettet.«
»Wenn dein Gott uns gewollt hätte, wäre es schon geschehen.«
»Nicht von Gott kommt die Gefahr, sondern vom Berg und vom *aguacero,* dem Unwetter; und beide haben einen noch schwierigeren Charakter als Sie!«
»Ich bin müde, Juan.«
»Ich weiß, ich auch.«
»Danke, Juan, danke für alles, was du getan hast.«
»Wenn alle Menschen, die Sie gerettet haben, Ihnen danken würden, dann würde man seit Monaten im Tal nichts anderes mehr hören.«
»Ich glaube, der Regen lässt nach.«
»Dies ist der Augenblick, um zu Gott zu beten, dass er nicht wieder schlimmer wird.«
»Das überlasse ich lieber dir. Du dürftest wohl einen besseren Draht zu ihm haben.«
»Die Nacht wird noch lang sein. Versuchen Sie, sich auszuruhen.«
Die Stunden schleppten sich ruhig dahin, bisweilen von den Launen des Gewitters unterbrochen, das sich nicht zum Rückzug entschließen konnte. Gegen vier Uhr morgens schlief Juan ein, sein Griff lockerte sich, und Susan rutschte mit einem Aufschrei ein Stück nach unten. Juan fuhr hoch, packte sie und zog sie wieder zu sich hoch.
»Entschuldigen Sie, ich bin eingeschlafen.«
»Juan, du musst deine Kräfte für dich bewahren; beide schaffen wir es nie. Wenn du mich loslässt, hast du eine Chance.«

»Sie sollten wirklich besser den Mund halten, wenn nur dummes Zeug herauskommt.«

»Scheint eine fixe Idee von dir zu sein, dass ich die Klappe halten soll.«

Sie konnte sich ein paar Minuten zusammennehmen, dann brach sie das Schweigen, das ihr Juan auferlegt hatte, und erzählte ihm von der Angst, die sie gehabt hatte. Auch er hatte gedacht, ihr letztes Stündlein habe geschlagen. Wieder ein kurzes Schweigen, dann fragte sie ihn, woran er denke. An seine Eltern, antwortete er. Sie verstummte, und nach einer Weile brach sie in ein nervöses Lachen aus.

»Was ist so lustig?«

»Philip sitzt bestimmt vor dem Fernseher.«

»Sie denken an ihn?«

»Vergiss, was ich dir gesagt habe. Meinst du, wir bekommen ein Heldenbegräbnis, wenn wir dranglauben müssen?«

»Ist das wichtig für Sie?«

»Ich weiß nicht.« Sie zögerte einen Augenblick. »Vielleicht.« Sie dachte erneut nach. »Nein, eigentlich doch nicht. Es ist nur so, dass man, wenn man schon keine schöne Hochzeit gehabt hat, wenigstens gern mit einer schönen Beerdigung rechnen möchte.«

Sie mussten versuchen, sich noch ein paar Meter hinaufzukämpfen. Denn obwohl es nicht mehr so stark regnete, konnte der Boden unter ihren Füßen jeden Augenblick nachgeben und sie in den Abgrund reißen. Juan flehte Susan an, sich zu einer letzten Kraftanstrengung durchzuringen, und wollte den gefährlichen Aufstieg beginnen. Sie schrie, um ihn zurückzurufen: Ihr Bein war eingeklemmt. Vorsichtig, doch ohne sie loszulassen, hangelte er sich ein Stück herunter und befreite ihren Fuß,

der sich in irgendwas, das er in der Dunkelheit nicht identifizieren konnte, verfangen hatte. Nach einer erschöpfenden Kletterpartie erreichten sie endlich den Rand der oberen Serpentine. Sie überquerten die Fahrbahn und lehnten sich beide an die Steilwand. Das unberechenbare, majestätische Gewitter änderte seine Richtung und steuerte auf den hundert Kilometer entfernten Monte Ignacio zu. Sein Gefolge, die sintflutartigen Schauer, zogen in gebührendem Abstand hinter ihm her.
»Es tut mir Leid«, sagte Juan.
»Was denn?«
»Ich werde Sie um Ihre schöne Begräbnisfeier bringen. Wir sind gerettet!«
»Keine Sorge, nicht so schlimm, ich habe zwei oder drei Freundinnen, die mit dreißig Jahren auch noch nicht verheiratet sein werden. Also kann ich ruhig noch ein paar Jährchen mit meiner Beerdigung warten, ohne deshalb als alte Jungfer zu gelten!«
Juan fand keinen besonderen Gefallen an Susans Art von Humor; er richtete sich auf, um das Gespräch zu beenden. Es dämmerte noch nicht, und sie würden noch warten müssen, bis sie sich auf den Weg zum Dorf machen konnten. Jeder Schritt in der Dunkelheit wäre zu gefährlich. Sie waren beide bis auf die Haut durchnässt, und Susan begann zu zittern und mit den Zähnen zu klappern – nicht nur vor Kälte, schließlich war sie soeben dem Tod von der Schippe gesprungen. Juan begann energisch, sie trockenzureiben.
Ihre Blicke begegneten sich. Sie drehte das Gesicht zur Seite. Zähneklappernd sagte sie:
»Du bist ein hübscher Junge, Juan, aber du bist noch etwas zu jung, um meine Brüste zu betatschen; vielleicht siehst du das

anders, ich kann's ja verstehen, aber aus meiner Sicht musst du damit noch ein paar Jahre warten.«

An der Art, wie er die Augen zusammenkniff, war zu erkennen, dass er ihren ironischen Tonfall nicht ertrug. Wäre sie sich nicht der legendären Ruhe ihres Weggefährten bewusst gewesen, sie hätte gefürchtet, er würde sie ohrfeigen. Juan tat nichts dergleichen, er entfernte sich und verschwand im Dunkeln. Sie rief ihm nach in der Nacht, die nicht enden wollte:

»Juan, ich wollte dich nicht verletzen!«

Um ihre Flügel zu trocknen, hatten ein paar Grillen mit ihrem monotonen Zirpen begonnen.

»Juan, bitte sei mir nicht böse. Komm zurück, damit wir reden können.«

Bald würde es dämmern. Susan setzte sich unter einen Baum und lehnte sich an den Stamm, um das Morgengrauen abzuwarten. Sie war eingeschlafen. Als der Mann sie an den Schultern schüttelte, dachte sie zuerst, es sei Juan. Der *campesino* aber, der vor ihr kniete, hatte nicht die geringste Ähnlichkeit mit ihm. Er lächelte. Sein Gesicht war zerfurcht von Wind und Wetter, die sein Leben geprägt hatten. Benommen betrachtete sie die verwüstete Landschaft. Unter ihr am Hang erkannte sie den Baumstumpf, der ihnen Halt geboten hatte, und etwas weiter entfernt den Erdvorsprung, auf den sie sich geflüchtet hatten, und schließlich, am Grund der Schlucht, den Kühlergrill des halb im Schlamm versunkenen Dodge.

»Hast du Juan gesehen?«, fragte sie mit schwacher Stimme.

»Wir haben den Jungen noch nicht gefunden, aber wir haben uns zu zweit auf die Suche nach Ihnen gemacht.«

Sie hatten den Lastwagen gehört. Rolando war sicher, die Lichtkegel der Scheinwerfer gesehen zu haben, als der Dodge rückwärts in den Abgrund stürzte, die Heftigkeit des Gewitters aber hatte jede sofortige Hilfsaktion unmöglich gemacht; er hatte niemanden überreden können, ihn zu begleiten. Sobald sich das Wetter beruhigt hatte, hatte er zwei Bauern mit Esel und Karren losgeschickt, war aber fest davon überzeugt gewesen, dass sie die beiden im besten Fall verletzt zurückbringen würden. Der Ältere sagte zu Doña Blanca, sie müsse einen Schutzengel gehabt haben, um dieses Unwetter zu überleben.

»Wir müssen Juan suchen!«

»Da gibt es nichts zu suchen, man muss nur die Augen öffnen! Der Berg ist kahl gefegt; bis ins Tal hinein hat niemand überleben können. Schauen Sie nach rechts, das Wrack Ihres Wagens ragt aus dem Morast heraus. Wenn er es nicht aus eigener Kraft bis zum Dorf geschafft hat, ist er irgendwo unter den Schlammmassen begraben. Wir zimmern ihm ein Kreuz und stellen es dort auf, wo Sie von der Straße abgerutscht sind.«

»Die Straße ist abgerutscht, nicht wir.«

Der jüngere der beiden Männer half Susan auf den Karren, ließ die Lederpeitsche knallen, und das Tier setzte sich in Bewegung. Während sich der Esel die Serpentinen hinaufplagte, sorgte sich Susan um das Schicksal ihres Schützlings, der, wie sie sich sagte, ihr Beschützer geworden war.

Nach einer Stunde hatten sie das Dorf erreicht. Sie sprang vom Karren und rief Juans Namen. Keine Antwort. Und erst jetzt wurde sie sich der sonderbaren Stille bewusst, die in der einzigen Straße herrschte. Nicht ein Mann stand mehr an eine Häuserfassade gelehnt, um eine Zigarette zu rauchen, nicht eine Frau war unterwegs, um Wasser aus dem Brunnen zu holen. Sie dachte sofort an die Zwischenfälle, die manchmal in bewaffnete

Kämpfe zwischen Bergbauern und aus El Salvador geflohenen Banden von Guerilleros ausarteten. Aber die Grenze war relativ fern, und man hatte noch nie von Grenzüberschreitungen in diesen Regionen des Landes gehört. Panik ergriff sie. Sie schrie erneut den Namen ihres Freundes, erhielt aber keine andere Antwort als das Echo ihrer eigenen Stimme.

Juan erschien im Eingang des letzten Hauses am Ende der Straße. Sein Gesicht war lehmverschmiert, und seine abgespannten Züge verrieten Traurigkeit. Er trat langsam auf sie zu. Susan war wütend.

»Das war völlig schwachsinnig, mich einfach so allein zurückzulassen. Ich habe mich furchtbar um dich gesorgt. Mach das nie wieder; du bist nicht zehn Jahre alt, soweit ich weiß!«

Er ergriff sie beim Arm und zog sie mit.

»Folgen Sie mir, und seien Sie still.«

Sie weigerte sich und sah ihm in die Augen.

»Hör endlich auf, mir zu sagen, ich soll still sein!«

»Ich bitte Sie, machen Sie nicht solchen Lärm, wir haben keine Zeit zu verlieren.«

Er führte sie zu dem Haus, aus dem er gekommen war, und sie traten in den einzigen Raum des Gebäudes. Bunte Stoffe hingen als Sonnenschutz vor den Fenstern. Susan brauchte mehrere Sekunden, bis sich ihre Augen an das spärliche Licht gewöhnt hatten. Sie sah den Rücken von Rolando Alvarez. Er kniete am Boden, erhob sich und drehte sich nach ihr um. Seine Augen waren gerötet.

»Es ist ein Wunder, dass sie gekommen sind, Doña Blanca; sie hat ständig nach Ihnen verlangt.«

»Was ist passiert? Warum ist das Dorf wie ausgestorben?«

Der Mann führte sie zum hinteren Ende des Raums und zog ein

Tuch zur Seite, hinter dem sich, direkt an der Wand, ein Schlaflager befand.
Und jetzt wusste Susan, warum sie diese gefährliche Reise angetreten hatte. Das kleine Mädchen lag bewusstlos auf dem Lager. Ihr bleiches, schweißbedecktes Gesicht deutete auf ein schweres Fieber hin, das sie niedergestreckt hatte. Susan zog mit einem Ruck das Laken auf ihrem Körper zur Seite. Das Wenige, das von ihrem Bein geblieben war, war violett und geschwollen von Wundbrand. Sie hob das Hemdchen hoch und stellte fest, das auch die Leistengegend betroffen war. Die Infektion hatte sich im ganzen Körper ausgebreitet. Hinter ihrem Rücken erklärte die zitternde Stimme von Rolando, dass er wegen des Gewitters, das drei Tage lang getobt habe, das Kind nicht habe ins Tal bringen können. Er habe gebetet, den Motor des Lastwagens zu hören, und letzte Nacht habe er geglaubt, sein Wunsch sei erhört worden, bis er die Scheinwerfer die Schlucht habe erleuchten sehen. Man müsse Gott danken, dass die Doña verschont geblieben war. Für die Kleine aber sei es zu spät, das wisse er seit zwei Tagen, sie habe einfach keine Kraft mehr. Die Frauen des Dorfes hätten abwechselnd an ihrem Lager gewacht, seit gestern aber habe sie die Augen nicht mehr aufgeschlagen und keine Nahrung mehr zu sich genommen. Er hätte sie ein zweites Mal retten wollen und sein eigenes Bein hergegeben, wenn das möglich wäre. Susan nahm einen Lappen, tauchte ihn in eine Schale mit Wasser, wrang ihn aus und kühlte damit die feuchte Stirn der Kleinen. Sie drückte ihr einen Kuss auf die Lippen und flüsterte ihr Worte ins Ohr, wie sie ihr in den Sinn kamen:
»Ich bin's, ich bin gekommen, um dich zu heilen. Ich war unten im Tal, und ich hatte plötzlich große Lust, dich zu sehen. Wenn

es dir besser geht, erzähle ich dir alles, denn die Reise hierher war ein richtiges Abenteuer …«
Sie legte sich neben sie, strich mit den Fingern durch ihr langes schwarzes Haar, um es zu entwirren, und küsste ihre glühenden Wangen.
»… Ich wollte dir sagen, dass ich dich liebe und dass du mir gefehlt hast. Sehr. Dort unten im Tal habe ich die ganze Zeit an dich gedacht. Ich wollte schon früher kommen, doch es war unmöglich wegen des Regens. Juan ist da, auch er hatte Lust, dich zu sehen. Ich bin gekommen, um dich zu holen, damit du ein paar Tage bei mir im Tal verbringen kannst; dort möchte ich dir so viel zeigen. Ich will dich auch mit ans Meer nehmen, dann bringe ich dir das Schwimmen bei, und wir können in den Wellen baden. Du hast das Meer noch nie gesehen, aber es wird dir gefallen. Wenn die Sonne über dem Meer aufgeht, ist der Ozean wie ein Spiegel. Und dann zeige ich dir den großen Wald, der sich in der Ferne erstreckt und in dem viele herrliche Tiere wohnen.«

Susan zog das Mädchen an sich, und so konnte sie die letzten Schläge ihres Herzens an ihrer Brust spüren. Sie wiegte sie sanft hin und her und summte ein Lied nach dem anderen, bis der Tag sich neigte. Schließlich trat Juan in den Raum und kniete neben ihr nieder.
»Wir müssen sie jetzt gehen lassen und ihr Gesicht bedecken, damit sie zum Himmel aufsteigen kann.«
Susan antwortete nicht. Ihr leerer Blick fixierte einen Punkt an der Decke. Juan musste ihr aufhelfen und sie am Ellenbogen stützen. Er führte sie nach draußen. An der Tür drehte sie sich noch einmal um. Eine Frau hatte den kleinen Körper

bereits zugedeckt. Susan ließ sich an der Mauer zu Boden gleiten. Juan setzte sich neben sie, zündete eine Zigarette an und steckte sie ihr zwischen die Lippen. Beim ersten Zug musste sie husten. So blieben sie eine Weile sitzen und starrten in den Himmel.

»Glaubst du, sie ist schon da oben?«

»Ja.«

»Ich hätte früher kommen sollen.«

»Weil Sie glauben, Sie hätten etwas ändern können? Sie verstehen nichts vom Entschluss Gottes. Zweimal schon hat Er sie zu sich gerufen, und zweimal hat der Mensch Seinen Plan durchkreuzt: Alvarez, der sie aus den Schlammfluten gerettet hat, und dann Sie mit der Operation. Seine Hand aber ist immer die stärkere. Er wollte sie bei sich haben.«

Dicke Tränen rollten über Susans Wangen. Schmerz und Zorn schnürten ihr das Herz zusammen. Rolando Alvarez trat aus dem Haus und kam auf sie zu. Er setzte sich zu ihnen. Sie versteckte das Gesicht zwischen den Knien und ließ ihrem Zorn freien Lauf.

»In welcher Kirche müsste man beten, damit das Leid dieser Kinder endlich aufhört. Und, wenn sie sterben, wer sind dann die Unschuldigen auf diesem Planeten von Irren?«

Alvarez sprang auf und musterte Susan. Mit harter, unerbittlicher Stimme sagte er ihr, dass Gott nicht überall sein, dass er nicht jeden retten könne. Susan hatte den Eindruck, dass dieser Gott seit langem vergessen hatte, sich um Honduras zu kümmern.

»Erheben Sie sich und hören Sie auf, sich selbst zu bemitleiden«, fuhr er fort. »Es liegen Hunderte von toten Kindern in diesen Tälern begraben. Die Kleine war nur eine Waise, die ein Bein verloren hat. Sie müssten mehr Demut besitzen, um das zu verstehen. Es geht ihr dort bei ihren Eltern besser als hier. Dieser Schmerz gehört Ihnen nicht, und unsere Erde ist zu sehr mit Wasser durchtränkt, um auch noch Ihre Tränen aufzunehmen. Wenn Sie sich nicht beherrschen können, dann gehen Sie nach Hause zurück!«

Der Mann mit der stattlichen Figur kehrte ihr den Rücken zu und verschwand um die Ecke der Gasse. Juan überließ Susan ihrem Schweigen. Er ging Alvarez nach und fand ihn an eine Lehmwand gelehnt. Er weinte.

Es wurde ein Frühjahr der Trauer, das im Rhythmus der sich irgendwo am mittelamerikanischen Himmel kreuzenden Briefe verstrich.

Im März schrieb Philip von seiner Sorge um sie: Die New Yorker Zeitungen berichteten in ihren Kolumnen von den Ursachen und Folgen des Belagerungszustands in Nicaragua, ein Krisenherd, der sich für seinen Geschmack viel zu nahe bei ihrem Standort befand. Sie antwortete, das Sula-Tal sei fern von allem. Jeder Brief von Philip endete mit einem Wort oder Satz darüber, wie er sie vermisse. Jede Antwort von Susan umging das Thema. Philip arbeitete inzwischen für eine Werbeagentur an der Madison Avenue. Er ging jeden Morgen zu Fuß durch SoHo, stieg dann in einen Bus und saß eine halbe Stunde später in seinem Büro. Das ganze Team arbeitete auf Hochtouren, um den Wettbewerb für die Pressekampagne von Ralph Lauren zu gewinnen. Sollten sie den Zuschlag bekommen, konnte seine Karriere beginnen. Es würde sein erstes wirklich kreatives Pro-

jekt sein, und er träumte, über seinen Zeichentisch gebeugt, schon von dem Tag, an dem er die Abteilung leiten würde. Wie gewöhnlich brach er fast unter der Last der Arbeit zusammen; seine Skizzen mussten praktisch schon abgeliefert sein, bevor sie in Auftrag gegeben wurden.
Nachdem sie im Morgengrauen des Neujahrstages aus seiner Wohnung geflüchtet war, hatte Mary ihn angerufen, und seither trafen sie sich dreimal die Woche Ecke Prince/Mercer Street, um in der rauchigen und lärmenden Atmosphäre von Fanelli's, wo ein Menü noch erschwinglich war, zu Abend zu essen. Unter dem Vorwand, ihr ein interessantes Thema für ihre Artikel zu geben, erzählte er oft von Susan, wobei er die Geschichten, die sie in ihren Briefen erwähnte, noch aufbauschte. So verstrich der Abend in dem lauten, rauchigen Lokal. Wenn er mitten in einem Satz bemerkte, dass ihr die Augenlider schwer wurden, beglich er die Rechnung und begleitete sie zu Fuß nach Hause.

Mit der Zeit stellte sich jedes Mal, wenn sie sich vor ihrer Tür verabschiedeten, eine gewisse Befangenheit ein. Ihre Gesichter näherten sich einander, aber im Moment der verwirrten Erwartung eines Kusses wich Mary plötzlich zurück, um im finsteren Eingang ihres Hauses zu verschwinden. Die Hände tief in den Manteltaschen vergraben, machte sich Philip dann auf den Heimweg und dachte, was es wohl mit dieser Beziehung auf sich hatte, die sich zwischen der angehenden Journalistin und dem Werbegrafiker anzubahnen schien.

Auf den Straßen kündigte die Kleidung der Frauen den Frühlingsanfang an. Er sah weder die Knospen des Monats April noch die Blütenpracht im Juni, so sehr beanspruchte ihn die Arbeit. Am vierzehnten Juli schlug der Blitz in das New Yorker Elektrizitätswerk ein, und die ganze Stadt blieb für vierundzwanzig Stunden ohne Strom. Die »große Panne«, die in der gesamten internationalen Presse Schlagzeilen machte, stellte neun Monate später die Geburtenstatistik von New York auf den Kopf, Philip aber verbrachte die Nacht allein zu Hause und zeichnete im Licht von drei Kerzen, die auf seinem Schreibtisch standen.

Mitte August, bevor sie ihren ersten Job als Journalistin bei der Frauenzeitschrift *Cosmopolitan* antrat, verbrachte Mary ihren einwöchigen Urlaub bei Freunden in den Hamptons.

Susans Flugzeug verlässt nach einem Zwischenstopp den Airport von Miami. Der Terminal von Newark wird gerade umgebaut. Philip erwartet sie an der Gangway. Einmal ist noch keine Gewohnheit. Sie lässt ihre Reisetasche fallen und wirft sich ihm in die Arme. Lange bleiben sie so aneinander geschmiegt stehen. Er greift nach ihrer Tasche, nimmt ihre Hand und führt sie zur Bar.

»Und wenn unser Tisch besetzt ist?«

»Ich habe das Nötige veranlasst.«

»Bleib stehen, lass mich dich ansehen. Du bist älter geworden.«

»Danke für das Kompliment.«

»Nein, ich finde dich sehr attraktiv.«

Sie streicht mit den Fingern über seine Wangen, lächelt ihn zärtlich an und zieht ihn hin zu jenem Ort, der »ihrer« geworden ist. Trotz ihrer Müdigkeit strahlt sie. Er fragt sie nach ihrem Leben aus, als wolle er jede Spur der letzten Minuten ihres vorangegangenen Treffens auslöschen, sie aber erzählt nicht von ihrem Winter. Während sie ihm ihren gewöhnlichen Alltag beschreibt, greift er nach seinem Stift und zeichnet Susans Gesicht auf ein Blatt seines Spiralblocks.

»Und dein Juan, was macht der?«

»Ich habe mich schon gefragt, wann du auf ihn zu sprechen kommst. Juan ist fort. Gott allein weiß, ob ich ihn je wiedersehen werde.«

»Habt ihr euch gestritten?«

»Nein, das ist alles viel komplizierter. Wir haben ein kleines Mädchen verloren, und seitdem ist nichts mehr so, wie es war. Irgendetwas ist zerbrochen, und wir haben es nicht zu reparieren verstanden. Wir haben uns stundenlang angestarrt, als hätten wir ihren Tod zu verantworten.«

»Was ist in jener Nacht passiert?«

»Es hat heftig geregnet, die Straße ist abgerutscht, ich hätte ihn fast umgebracht.«

Mehr erzählt sie ihm nicht. Manche Geschichten gehören nur den Opfern, und das Schamgefühl derer, die ihnen geholfen haben, ist Hüter des Geheimnisses. Einen großen Seesack über der Schulter, hatte Juan sie Anfang Mai in ihrem Haus aufgesucht. Sie hatte gefragt, wohin er wolle. Mit stolzem Blick hatte er ihr angekündigt, dass er fortgehen werde. Sie hatte sofort gewusst, dass er ihr fehlen würde, wie alle, die sie aus der Nähe oder Ferne geliebt hatte und die plötzlich verschwunden waren. Sie hatte auf der Veranda ihres bescheidenen Hauses gestanden, die Hände in die Hüften gestemmt, wie um den aufsteigenden Zorn zu unterstreichen, und ihn beleidigt. Juan aber hatte nicht reagiert, und so hatte sie sich allmählich beruhigt. Sie hatte ihn in die Arme geschlossen und ihm schließlich ein Abendessen serviert.

Als der letzte Teller im Schrank eingeräumt war, hatte sie sich die Hände an ihrer Hose abgetrocknet und sich zu ihm umgedreht. Mit bedrückter Miene, den Seesack zu seinen Füßen, stand er da. Um die Situation zu entspannen, hatte sie gelächelt und ihm alles Gute gewünscht. Einen Augenblick seine Scham vergessend, war er auf sie zu getreten. Sie hatte sein Gesicht in die Hände genommen und die Lippen auf die seinen gedrückt. Im Morgengrauen hatte er sich auf den Weg gemacht zur nächsten Etappe seines Lebens. In den folgenden Wochen hatte Susan gegen ihre Traurigkeit angekämpft. Trauer über eine Tür, die sich nur noch in ihre Einsamkeit öffnete.

»Fehlt er dir?«

»Juan hatte Recht; man darf sich nur auf sich selbst verlassen; die Menschen sind frei, und Abhängigkeit ist eine Absurdität, eine Aufforderung zum Unglücklichsein.«

»Du bleibst also nicht! Oder besser – wie viele Stunden bleibst du diesmal?«

»Fang nicht wieder davon an, Philip!«

»Warum? Weil ich von deinem Gesicht ablesen kann, was du noch nicht gesagt hast: dass du nämlich in einer Stunde wieder fort bist und ich mein Leben bis zum nächsten Jahr erneut mit drei Auslassungspünktchen versehen kann. Ich wusste, dass du nicht bleiben würdest, habe die ganze Zeit erwartet, es von dir zu hören. Wie alt, glaubst du, musst du werden, um an uns zu denken, an dein Leben als Frau?«

»Ich bin vierundzwanzig, ich habe Zeit!«

»Ich versuche nur, dir begreiflich zu machen, dass du dich für alle möglichen Menschen aufopferst, dass du aber allein bist; es gibt niemanden in deinem Leben, der sich um dich kümmert, der dich beschützt oder der wenigstens mit dir ins Bett geht.«

»Ach ja? Und woher willst du das wissen? Das ist wirklich unglaublich! Findest du, ich sehe aus wie eine vertrocknete Jungfer?«

Susan hat den letzten Satz fast geschrien, und Philip erstarrte. Die Lippen zusammengekniffen, versucht er, den Gesprächsfaden wieder aufzunehmen.

»Das wollte ich damit nicht sagen, Susan. Und das ist auch kein Grund, so zu brüllen.«

»Ich brülle, weil du taub bist. Ich kann nicht für einen einzigen Mann leben, ich gebe Hunderten täglich zu essen; ich kann keine Kinder bekommen, denn ich versuche, allein in meinem Tal hundertzehn am Leben zu erhalten.«

»Ach, weil du jetzt noch zehn mehr hast? Letztes Mal waren es nur hundert!«

»Nein, ich hatte dieses Jahr achtzehn Kinder mehr, minus acht, die ich beerdigen musste, das macht zusammen hundertzehn, aber das ist jetzt achtmal weniger lustig! Ich bin umgeben von Waisenkindern, verdammt noch mal!«

»Und weil sie dir ähnlich sind, willst du so bleiben wie sie. Die Vorstellung, statt Waisenkind Mutter zu sein, reizt dich gar nicht?«

»Spielst du den Analytiker, um mir solchen Blödsinn aufzutischen? Kannst du etwa nicht verstehen, dass das Leben, das ich führe, zu gefährlich ist?«

Der Kellner tritt näher und bittet sie, sich zu beruhigen. Er zwinkert Philip zu und stellt einen riesigen Eisbecher vor Susan hin. In perfektem Spanisch erläutert er, der Becher gehe auf

Kosten des Hauses, und unter der flüssigen Schokolade würden sich eine Menge Mandelsplitter verbergen. Als er sich wieder vom Tisch entfernt, macht er Philip erneut ein verschwörerisches Zeichen, das dieser vorgibt, nicht zu bemerken.

»Was will der von mir, warum quatscht der mich auf Spanisch an?«, fragt sie verblüfft.

»Nichts, er will überhaupt nichts von dir, und sei bitte nicht so laut!«

Um ihn zu ärgern, fängt Susan an zu flüstern.

»Ich gehe nicht das Risiko ein, dass ein weiteres Kind Waise wird, ich habe weder Onkel noch Tante, die mich im Notfall ersetzen können.«

»Hör auf, Vorwand und Entschuldigung zu verwechseln. Du machst dir etwas vor. Wenn dir etwas zustoßen würde, wäre schließlich immer noch ich da. Du hast Angst, gefühlsmäßig von jemandem abhängig zu sein, Susan, lieben bedeutet nicht, auf seine Freiheit zu verzichten, sondern vielmehr, ihr einen Sinn zu geben.«

Er will nicht, dass ihr kurzes Treffen wie das letzte endet, aber er findet kein anderes Gesprächsthema.

»Außerdem schützt dich das Medaillon.«

»Du hast ein äußerst selektives Gedächtnis, wenn es dir in den Kram passt.«

Sie lächelt und bemerkt, wie sein Blick ihrer Hand folgt, die unter ihren Pullover gleitet. Sie zieht das Medaillon hervor.

»Hast du Lust, dich in der Toilette umzuziehen? Erzähl mir von deinem Leben als Mann.«

Er errötet, weil er sich dabei ertappt fühlt, sie zu begehren. Er erzählt von seinen Fortschritten innerhalb der Agentur und der zunehmenden Verantwortung, die ihm übertragen wird. Es ist zwar noch nicht offiziell, aber er ist die Nummer eins eines kleinen Teams, das sechs Projekte betreut. Wenn es in diesem Tempo weitergeht, wäre er in zwei Jahren Art-Director. Ansonsten gebe es nichts Besonderes mitzuteilen. Aber damit gibt sie sich nicht zufrieden.

»Und deine Freundin, mit der du ins Kino gehst, kratzt sie auch, wenn ihr nicht gerade einen Horrorfilm seht?«

»Das war kein Horrorfilm!«

»Ein Grund mehr, du wirst dich doch wohl nicht zieren. Wie weit bist du mit ihr?«

»Nirgendwo!«

»Hör mal zu, mein Kleiner, irgendwas muss sich in deinem Leben doch tun, oder bist du asexuell geworden?«

Er gibt ihr das Kompliment zurück. Sie habe keine Zeit, erwidert sie; sie wäre sicher hier und da an Abenden, die in einer Bar begannen, in den Armen eines Mannes gelandet, aber nur, um darin etwas Trost zu finden. Er macht dieselbe Einstellung geltend, um seine Enthaltsamkeit zu rechtfertigen. Susan geht wieder zum Angriff über, etwas sanfter diesmal, und stellt die Frage noch einmal, auf andere Weise. Er erzählt von den Abenden mit Mary Gautier Thompson, Journalistin bei der *Cosmopolitan,* die er dreimal die Woche bis vor ihre Haustür begleitet, ohne dass irgendetwas passiert.

»Sie muss sich fragen, ob du ein Problem hast.«

»Sie selbst macht ja auch keinen Vorstoß!«

»Ach, müssen jetzt wir Frauen den ersten Schritt tun?«

»Willst du mich in ihre Arme schubsen?«

»Ich habe den Eindruck, man braucht dich nicht besonders heftig zu schubsen, damit du umfällst.«

»Käme dir das gelegen?«

»Seltsam, deine Frage.«
»Es ist der Zweifel, der an einem nagt, Susan. Es ist so leicht, wenn jemand für einen entscheidet.«
»Was entscheidet?«
»Keine Hoffnung zu lassen.«
»Das ist ein anderes Thema, Philip. Für eine Geschichte bedarf es der richtigen Personen im richtigen Augenblick.«
»Es ist so einfach, sich zu sagen, dass es nicht der richtige Augenblick ist. Genau hier zwingt uns das Schicksal zu einer Entscheidung.«
»Willst du wissen, ob du mir fehlst? Die Antwort ist ja. Oft? Fast die ganze Zeit, das heißt, wenn ich Zeit habe, und das mag dir absurd erscheinen, aber ich weiß auch, dass ich nicht bereit bin.«
Sie ergreift seine Hand und drückt sie an ihre Wange. Sie schließt die Augen, und er hat den Eindruck, sie schlafe ein in der Vertrautheit des Augenblicks. Er wünscht so sehr, dass dieser Moment länger anhalten möge, aber die Stimme des Lautsprechers kündigt ihre Trennung an. Sie lässt eine Weile verstreichen, als hätte sie die Ansage nicht gehört. Erst als er eine Andeutung machen will, flüstert sie, sie wisse Bescheid, sie habe es gehört. Sie verharrt noch mehrere Minuten mit geschlossenen Augen, den Kopf auf seinen Unterarm gelegt, dann, plötzlich, schnellt sie hoch und reißt die Augen auf. Sie erheben sich beide, er legt den Arm um ihre Schultern und trägt mit der freien Hand ihre Tasche. Auf dem Gang, der sie zum Flugzeug führt, küsst sie ihn auf die Wange.
»Du solltest deine Chancen nutzen bei deiner Freundin, der großen Reporterin für das Frauenmagazin! Das heißt, wenn sie dich verdient hat. Auf jeden Fall hast du es nicht verdient, allein zu bleiben.«

»Aber es macht mir nichts aus, allein zu sein.«
»Rede keinen Unsinn, ich kenne dich viel zu gut, das Alleinsein ist dir ein Gräuel. Weißt du, Philip, dein Warten auf mich hat zwar etwas Beruhigendes, aber es wäre egoistisch, es anzunehmen. Ich bin wirklich nicht sicher, ob ich eines Tages Lust haben werde, mit jemandem zu leben. Auch wenn ich zweifelsfrei weiß, dass du der Jemand sein würdest, ist diese Wette auf die Zukunft ungerecht. Du würdest mich am Ende hassen.«
»Bist du endlich fertig! Du verpasst noch deine Maschine!«
Sie rennen los, steuern auf die Tür zu, die allzu schnell näher kommt.
»Und so ein kleiner Flirt kann wirklich nicht schaden!«
»Wer sagt, dass es bei einem Flirt bleibt?«
Sie bewegt ihren kleinen Finger und sieht ihn mit schelmischer Miene an. »Er!« Sie fällt ihm um den Hals, küsst seinen Nacken und eilt die Gangway hinauf. Sie dreht sich ein letztes Mal um und wirft ihm einen Kuss zu. Als sie in der Maschine verschwunden ist, murmelt er: »Drei Auslassungspünktchen bis zum nächsten Jahr.«

Zu Hause angekommen, beschloss er, sich nicht der Traurigkeit hinzugeben, die jedes Mal auf ihre Trennung folgte. Er griff zum Hörer und bat die Empfangsdame der Frauenzeitschrift, ihn mit Mary Gautier Thompson zu verbinden.
Sie trafen sich bei Einbruch der Dunkelheit vor dem Wolkenkratzer. Die funkelnden Lichter des Times Square tauchten die Passanten in ungewöhnliche Farben. Im Kino, im Film *Frau unter Einfluss,* berührte er ihren Arm. Zwei Stunden später liefen sie zu Fuß die 42nd Street hinunter. Beim Überqueren der Fifth Avenue nahm er sie an der Hand und zog sie über die

Fahrbahn, bevor die Ampel die wartenden Autos entließ. Ein gelbes Taxi fuhr sie nach SoHo. Im Fanelli's führten sie bei einem Chef-Salat ein angeregtes Gespräch über den Film von Cassavetes. Vor der Tür ihres Hauses ging die flüchtige Berührung der Wangen in einen Kuss und heftiges Herzklopfen über.

# Kapitel 4

Seit Tagen schon regnete es ohne Unterbrechung. Jeden Abend kündigten heftige Windböen neue Gewitter an, die sich nachts über dem Tal entluden. Die Lehmstraßen weichten auf, das Wasser gelangte in Strömen bis an die Hausmauern und leckte an den Fundamenten. Es bahnte sich auch seinen Weg durch die Dächer und floss hier und dort durch die Balken. Schreie und Lachen der Kinder, für die Susan die »Maestra« war, erfüllten morgens die Scheune, die zur Schule umfunktioniert worden war. Nachmittags nahm sie den Jeep Wagoneer – fügsamer und wendiger als ihr alter Dodge, dem sie aber immer noch nachtrauerte – und fuhr durch die Täler, um Lebensmittel und Medikamente zu verteilen, manchmal auch behördliche Dokumente, die sie auszufüllen half. Auf die kräftezehrenden Tage folgten gesellige Abende. Sie ging in eine der Bars, in denen die Männer Bier und *guajo,* ein einheimisches Gebräu, tranken. Um der Einsamkeit des honduranischen Winters zu entfliehen, der früher als gewöhnlich begonnen hatte, mit der Tristesse im Schlepptau und dem Kampf gegen eine widerspenstige Natur, suchte Susan bisweilen Trost in den Armen eines Mannes, nicht immer desselben.

*10. November 1977*

*Susan,*

*du bist es, mit der ich diese Neuigkeit am liebsten feiern würde: Meine erste große Werbekampagne ist soeben angenommen worden. In ein paar Wochen wird eines meiner Projekte in Form von rie-*

*sigen Plakaten verwirklicht sein, die über die ganze Stadt verteilt werden. Es handelt sich um ein PR-Projekt für das Museum of Modern Art. Sobald die Plakate gedruckt sind, schicke ich dir eines, damit du ab und zu an mich denkst. Ich füge einen Artikel bei, der in einer Fachzeitschrift veröffentlicht wird; ich komme eben von dem Interview.*
*Ich vermisse deine Briefe. Ich weiß zwar, du erstickst in Arbeit, aber mir ist auch klar, dass es nicht der einzige Grund für dein Schweigen ist. Du fehlst mir wirklich, ich sollte es dir wahrscheinlich gar nicht sagen, aber ich will trotzdem nicht dieses idiotische Katz-und-Maus-Spiel mit dir spielen.*
*Ich hatte mir vorgestellt, dich im Frühjahr zu besuchen; ich habe fast ein schlechtes Gewissen, es nicht schon früher vorgeschlagen zu haben. Ich bin wie alle anderen – ein maßloser Egoist. Ich möchte deine Welt kennen lernen und begreifen, was dich fern hält von unserem Leben und von all den Vertraulichkeiten unserer Kindheit. Das Paradoxe an der Allgegenwart deiner Abwesenheit ist die Tatsache, dass ich oft mit diesem Mädchen ausgehe, von dem ich dir erzählt habe, und es mir jedes Mal, wenn ich sie nach Hause begleite, so vorkommt, als würde ich mich dir entziehen. Warum ich dir das erzähle? Weil ich immer noch das absurde Gefühl habe, eine uneingestandene Hoffnung zu verraten; ich muss mich von diesem Gefühl befreien. Doch vielleicht ist das Schreiben schon eine Art der Bewusstwerdung.*
*Vielleicht kommst du ja morgen zurück; dann aber würde ich mir wünschen, nicht auf dich gewartet zu haben, nicht all die Worte zu hören, die du sagen könntest, oder sie einfach ignorieren zu können. Ich komme dich nicht im Frühling besuchen, das war keine gute Idee, auch wenn ich es liebend gern tun würde, doch ich glaube, ich muss auf Distanz zu dir gehen, was du*

*umgekehrt längst tust, wie deine immer seltener werdenden Briefe bezeugen.*
*Sei umarmt,*
*Philip*
*PS: Es ist sieben Uhr morgens. Ich überfliege den gestern Abend geschriebenen Brief beim Frühstück noch einmal. Diesmal will ich dich lesen lassen, was ich bisher in den Papierkorb geworfen habe.*

Wie vieles andere um sie herum, so veränderte sich auch Susan. Das Lager beherbergte inzwischen zweihundert Familien, und der Rhythmus all dieser eben erst vernarbten Leben verschmolz nach und nach mit dem des Dorfes. In jenem Winter wurden Philips Briefe immer rarer, und die Antworten fielen ihr immer schwerer. Das Silvesterfest feierte Susan mit ihrem Team in einem Restaurant von Puerto Cortes. Das Wetter war außergewöhnlich schön, und der feuchtfröhliche Abend endete auf einem Hafendamm. Zu Beginn des neuen Jahres schien das ganze Land seinen alten Elan wiedergefunden zu haben. Im Hafen herrschte erneut geschäftiges Treiben, und seit mehreren Wochen war das Ballett der Kräne, die über den Containerschiffen kreisten, wieder in vollem Gang. Vom frühen Morgen bis zum Einbruch der Dunkelheit wurde der Himmel von Kondensstreifen der Flugzeuge durchzogen, die die Verbindungen zwischen den verschiedenen Flugplätzen sicherten. Nicht alle Brücken waren wiederaufgebaut worden, aber die Spuren des Orkans waren fast unsichtbar geworden – oder hatte man sich nur an ihren Anblick gewöhnt? Die sternklaren Nächte verhießen ein schönes Jahr und eine gute Ernte. Das Nebelhorn eines Bananenfrachters kündigte Mitternacht an und die Abfahrt nach Europa.

Am Silvesterabend holte Philip Mary von zu Hause ab. Sie waren zu einem Empfang eingeladen, der von ihrer Zeitschrift im dreiunddreißigsten Stock eines Turms neben dem der *New York Times* gegeben wurde. Mary trug ein langes schwarzes Kleid unter ihrem Mantel, dazu eine Seidenstola. Sie waren beide gut gelaunt, und obwohl sie hin und wieder den Versuch machten, ein Taxi zu rufen, wussten sie, dass sie an einem Abend wie diesem zu Fuß bis zum Times Square laufen mussten. Die Nacht war sternenklar und für die Jahreszeit mild. Mary lächelte still vor sich hin, während Philip ihr in allen Einzelheiten von den Tricks der Werbung erzählte. An der Kreuzung der 15th Street blieben sie vor einer roten Ampel stehen.
»Ich rede zu viel, oder?«
»Warum? Sehe ich aus, als würde ich mich langweilen?«
»Dazu bist du viel zu höflich. Tut mir Leid, aber ich quelle über von Worten, die ich die ganze Woche zurückhalten musste. Ich habe so viel gearbeitet, dass ich zu wenig mit jemandem gesprochen habe.«
Sie bahnten sich einen Weg durch die dreihundert Gäste, die sich bereits in den Büros der Redaktion drängten. Das Bufett war schon gestürmt worden, und eine Brigade von Kellnern bemühte sich, es wieder aufzufüllen. Meist mussten diese Soldaten in weißer Livree unterwegs umkehren, da ihre Tabletts schon geplündert waren, bevor sie ihr Ziel erreicht hatten. Sich ernst-

haft zu unterhalten oder zu tanzen erwies sich als unmöglich, so groß war das Gedränge. Nach etwa zwei Stunden hob Mary die Hand, um Philip, der ein paar Meter entfernt mit Kollegen von ihr diskutierte, ein diskretes Zeichen zu geben. Bei dem Lärm konnte er nicht das geringste Wort verstehen, ihr Zeigefinger aber wies eindeutig in eine Richtung, zur Ausgangstür. Mit einem Kopfnicken bestätigte er den Empfang der Botschaft und kämpfte sich durch die Menge. Eine Viertelstunde später trafen sie sich an der Garderobe. Die Stille, als sie in den Gang mit den Aufzügen traten und die Tür sich hinter ihnen geschlossen hatte, war wohltuend. Während Philip auf den Knopf drückte und sich vor die Tür des mittleren der drei Aufzüge stellte, trat Mary an die Fensterfront, die einen grandiosen Blick über die Stadt bot.

»Warum, meinst du, dass der in der Mitte als Erster kommt, und nicht der rechte oder der linke?«

»Keine Ahnung, ist eine alte Gewohnheit. Und wenn ich in der Mitte stehe, ist der Weg zu allen drei Aufzügen am kürzesten.«

Kaum hatte er den Satz zu Ende gesprochen, als auch schon, begleitet von einem Klingeln, das grüne Dreieck über ihm aufleuchtete.

»Siehst du, ich habe den Richtigen angepeilt.«

Mary reagierte nicht. Sie hatte die Stirn an die Scheibe gedrückt. Philip ließ den Aufzug weiterfahren und trat neben sie.

Den Blick auf die Straße gerichtet, ließ sie die Hand in seine gleiten.

»Ein gutes neues Jahr.«

»Das haben wir uns schon vor einer halben Stunde gewünscht!«

»Das meine ich gar nicht. Es war genau dieselbe Stunde, als wir uns letzten Silvester getroffen haben, wir trieben dort unten,

statt hier oben, in der Menge dahin; das ist eigentlich der einzige Unterschied. Ich kann mich nicht beklagen; schließlich sind wir seither dreiunddreißig Etagen aufgerückt.«
»Was willst du damit sagen?«
»Philip, seit einem Jahr gehen wir dreimal die Woche abends zum Essen, seit einem Jahr erzählst du mir deine Geschichten und ich dir meine, seit einem Jahr laufen wir kreuz und quer durch SoHo, durchs Village, durch NoHo, wir sind an einem Sonntag sogar bis zum TriBeCa gekommen. Wir müssen alle Bänke des Washington Square durchgesessen, alle Brunch-Lokale, alle Bars ausprobiert haben, und jeden Abend begleitest du mich nach Hause. Und mit diesem verlegenen Lächeln verlässt du mich dann. Und jedes Mal, wenn deine Gestalt hinter die Straßenecke verschwindet, schnürt sich mir die Kehle zusammen. Ich glaube, ich kenne den Weg jetzt gut genug, und du kannst mich allein nach Hause gehen lassen.«
»Willst du, dass wir uns nicht mehr sehen?«
»Ich empfinde etwas für dich, Philip, und es ist mir unbegreiflich, dass du das nicht weißt. Wann hörst du endlich auf, nur an dich zu denken? Es wäre an dir, unsere Beziehung zu beenden, wenn es keine ist. Du kannst doch nicht dermaßen blind sein!«
»Habe ich dich verletzt?«
Mary holte tief Luft, hob den Kopf und stöhnte leicht auf.
»Nein, aber du bist gerade dabei. Und jetzt hol mir bitte diesen verdammten Aufzug zurück!«
Völlig hilflos drückte er auf den Knopf, und die Tür öffnete sich augenblicklich.
»Gott sei Dank«, seufzte sie. »Ich war kurz vor dem Ersticken!«
Sie trat in die Kabine, Philip stellte den Fuß in die Tür und wusste nicht, was er sagen sollte.

»Lass mich gehen, Philip. Ich finde deine Naivität wunderbar, doch allmählich wird deine Dummheit grausam.«
Sie stieß ihn zurück, und die Türen schlossen sich. Er ging wieder ans Fenster, als wollte er beobachten, wie sie das Gebäude verließ. Er setzte sich auf den Sims und betrachtete die Menschen tief unten.

Seit zwei Wochen hatte Susan eine Liaison mit dem Leiter der Ambulanz, die gleich hinter dem Hafen eingerichtet worden war. Aufgrund der Entfernung sah sie ihn nur alle drei Tage, aber ihre gemeinsamen Abende reichten aus, um ihr wieder Grübchen – ein untrügliches Zeichen dafür, dass sie glücklich war – auf die Wangen zu zaubern. Die Stadt war für sie gleichsam eine »Sauerstofftherapie«. Der Lärm der Lastwagen, der Staub, das Gehupe und Geschrei in den Straßen, das Poltern der Kisten, die auf den Boden geworfen wurden, all dieses überschäumende Leben berauschte und befreite sie aus der Benommenheit eines langen Albtraums. Anfang Februar gab sie ihren Leiter der Ambulanz zu Gunsten eines Piloten der Hondurian Airlines auf, der mit einer zweimotorigen Maschine mehrmals täglich Tegucigalpa anflog. Wenn er abends nach San Pedro zurückkam, machte er sich einen Spaß daraus, das Dorf im Tiefflug zu überqueren. Dann sprang sie in ihren Jeep, jagte hinter dem Flugzeug her und versuchte, natürlich vergebens, vor ihm einzutreffen.
Er erwartete sie am Zaun des kleinen Flugplatzes, zwanzig Kilometer von der Stadt entfernt. Mit seinem Bart und seiner Lederjacke glich er einer Ikone der Fünfzigerjahre, was ihr nicht

missfiel, denn es tat ihr bisweilen gut, sich zu einem Leben wie im Film hinreißen zu lassen.
Wenn er im Morgengrauen seinen Dienst antrat, raste sie über die Piste zum Dorf zurück. Die Fenster weit geöffnet, sog sie den Geruch nach feuchter Erde, vermischt mit dem der Kiefern, tief in sich ein. Die Sonne ging hinter ihr auf, und wenn sie sich umdrehte und den von ihren Rädern aufgewirbelten Staub sah, fühlte sie sich lebendig. Nachdem die rot-weißen Tragflächen zum zwanzigsten Mal über sie hinweggeflogen waren und die Maschine nur noch ein kleiner Fleck am Horizont war, machte sie kehrt und fuhr nach Hause zurück. Der Film war zu Ende.

Einen Blumenstrauß in der Hand, drückte er auf die Klingel. Nach wenigen Sekunden summte der Türöffner. Erstaunt stieg er die ausgetretenen Stufen zum dritten Stock hinauf. Die Holzbohlen knarrten unter seinen Sohlen. Als er klingelte, öffnete sich sofort die alte blaue Wohnungstür.
»Hast du jemanden erwartet?«
»Nein, warum?«
»Du hast nicht einmal gefragt, wer unten geklingelt hat.«
»Niemand in ganz New York klingelt so kurz wie du.«
»Du hattest Recht.«
»Wovon sprichst du?«
»Davon, was du neulich gesagt hast. Es stimmt, ich bin ein Trottel. Du bist eine großzügige, kluge, amüsante und hübsche Frau, du machst mich glücklich, und ich bin blind und taub.«
»Auf deine Komplimente kann ich verzichten, Philip!«
»Was ich sagen will, ist, dass es mich halb verrückt macht, nicht

mit dir reden zu können, dass ich keinen Hunger mehr habe, seitdem ich nicht mehr mit dir zum Essen gehe, dass ich mein Telefon seit zwei Wochen wie ein Idiot anstarre.«

»Weil du einer bist!«

Er wollte etwas antworten, doch sie hinderte ihn daran, drückte die Lippen auf die seinen und schob ihre Zunge in seinen Mund. Er ließ die Rosen auf den Boden fallen, um sie in die Arme schließen zu können, und wurde sofort in die kleine Wohnung gezogen.

Sehr viel später in der Nacht glitt Marys Hand durch den Türspalt und griff nach dem Blumenstrauß, der noch immer auf der Fußmatte lag.

Die Schule nahm sie immer mehr in Anspruch, ihre Klasse zählte inzwischen durchschnittlich – je nach Belieben des Schulbusfahrers und des Eifers der Kinder – dreiundsechzig Schüler. Sie waren sechs bis dreizehn Jahre alt, und Susan musste ein abwechslungsreiches Programm zusammenstellen, damit sie Lust hatten, am nächsten und übernächsten Tag wiederzukommen. Am frühen Nachmittag aß sie einen Maisfladen in Gesellschaft von Sandra, einer vor wenigen Tagen eingetroffenen neuen Mitarbeiterin. Sie hatte sie in San Pedro abgeholt und innerlich gebetet, dass sie nicht aus einer Maschine mit rotweißen Tragflächen steigen würde. Vorsichtshalber hatte sie im Innern der Baracke, die als Terminal diente, auf ihre Kollegin gewartet; der gefürchtete Flugkapitän stellte die Motoren seiner kleinen Maschine erst gar nicht ab und blieb im Cockpit sitzen. Sandra war jung und hübsch. Da sie noch keine Bleibe hatte,

sollte sie für ein paar Tage oder Wochen bei Susan wohnen ...
Eines Morgens, als sie gemeinsam ihren Kaffee tranken, musterte Susan sie von Kopf bis Fuß.
»Ich rate dir, hier besonders auf Reinlichkeit zu achten. Bei der Hitze und der Feuchtigkeit hast du sonst bald überall Pickel.«
»Ich schwitze nicht!«
»O doch, meine Liebe! Du wirst wie alle anderen schwitzen, glaube mir. Übrigens, du wirst mir gleich helfen, den Jeep zu beladen. Wir haben heute Nachmittag fünfzehn Säcke Mehl auszuteilen.«
Sandra wischte sich die Hände an ihren Jeans ab und machte sich auf den Weg zum Lager. Susan folgte ihr. Als sie sah, dass die großen Türen weit offen standen, rannte sie los und war noch vor Sandra da. Sie trat über die Schwelle und lief wutschäumend an den Regalen entlang.
»Mist, Mist, verdammter Mist!«
»Was ist los?«, fragte Sandra.
»Man hat uns Säcke geklaut.«
»Viele?«
»Keine Ahnung, zwanzig, dreißig. Wir müssen eine Bestandsaufnahme machen.«
»Das bringt doch gar nichts. Davon kommen sie auch nicht zurück.«
»Das bringt was, weil ich es sage und weil ich hier die Verantwortliche bin. Ich muss einen Bericht schreiben. Das hat gerade noch gefehlt!«
»Beruhige dich. Es ändert gar nichts, wenn du dich aufregst.«
»Jetzt sei endlich still, Sandra. Hier hab ich zu bestimmen, und bis auf weiteres hast du gefälligst deine Kommentare für dich zu behalten.«

Sandra packte sie am Arm und näherte ihr Gesicht dem Susans. Auf ihrer Stirn trat deutlich sichtbar eine bläuliche Ader hervor.

»Mir gefällt es nicht, wie du mit mir sprichst, mir gefällt deine ganze Art nicht. Ich dachte, dies sei eine humanitäre Organisation und nicht ein Militärcamp. Wenn du dich für einen Soldaten hältst, dann kannst du deine Säcke allein zählen.«

Damit machte sie auf dem Absatz kehrt, und Susan konnte schreien, so laut sie wollte, Sandra dachte gar nicht daran zurückzukommen. Den Dorfbewohnern, die sich neugierig vor der Scheune zu versammeln begannen, machte Susan Zeichen mit der Hand, wie um sie zu verscheuchen. Die Männer entfernten sich schulterzuckend, die Frauen bedachten sie mit missbilligenden Blicken. Sie nahm die beiden Säcke, die noch am Boden lagen, und räumte sie ins Regal. Bis zum Einbruch der Dunkelheit machte sie sich weiter in der Scheune zu schaffen, fest entschlossen, Wut und Tränen niederzukämpfen. Als sie sich beruhigt hatte, setzte sie sich nach draußen vor die Scheune. An die Wand gelehnt, spürte sie, wie das Holz seine am Tag gespeicherte Wärme an ihren Rücken abgab. Es war ein wohltuendes Gefühl. Mit der Fußspitze zeichnete sie Buchstaben in den Staub, ein großes P, das sie eine Weile betrachtete, bevor sie es mit dem Fuß verwischte, dann ein großes J, und sie murmelte: »Warum bist du gegangen, Juan?« Als sie in ihr Haus zurückkam, war Sandra fort.

*12. Februar 1978*

*Susan,*

*dies ist der Anfang einer Schlacht, wie du sie noch nie erlebt hast, einer Schneeballschlacht. Ich weiß, du lachst über unsere Unwetter, doch der Schneesturm, der sich vor drei Nächten über uns ausgetobt hat, ist unbeschreiblich, und ich sitze seither in meiner Wohnung fest. Die ganze Stadt ist durch eine zum Teil meterhohe Schneedecke lahm gelegt. Als heute Morgen endlich die Sonne wieder zum Vorschein kam, haben Groß und Klein die Gehsteige bevölkert, daher mein erster Satz. Es ist eiskalt, aber ich glaube, ich werde später riskieren, mich mit Lebensmitteln einzudecken. Wie unglaublich schön die Stadt ist! Deine Briefe fehlen mir. Wann kommst du? Vielleicht könntest du diesmal versuchen, zwei oder drei Tage zu bleiben?*

*Das Jahr lässt sich gut und viel versprechend an. Die Geschäftsführung ist mit meiner Arbeit zufrieden. Du würdest mich nicht wiedererkennen, ich gehe fast jeden Abend aus, wenn ich nicht bis zum Morgengrauen arbeite, was häufig vorkommt. Es ist eigenartig, dir von meinem Beruf zu erzählen, als wären wir plötzlich in die Welt der Erwachsenen eingetreten, ohne es bemerkt zu haben. Eines Tages werden wir von unseren Kindern erzählen und realisieren, dass wir die Eltern geworden sind. Fang nicht wieder an, Grimassen zu schneiden, ich kann es bis hierher sehen! Wenn ich sage »unsere Kinder«, so ist das nicht wörtlich gemeint, ich will nicht sagen die deinen und meinen, es ist nur eine Redensart, ich hätte genauso schreiben können »unsere Enkel«, aber du hättest sofort gedacht, dass du gar nicht so alt würdest, um Großmutter zu werden. Du und deine pessimistischen Gewissheiten! Wie dem auch sei, die Zeit hier vergeht wie im Flug, und ich warte auf den Frühling, der mir mit großem Optimismus ankündigen wird, dass deine Ankunft näher rückt. Und ich verspreche dir, dieses Jahr wird es keine Polemik geben, ich werde nur zuhören, was du mir zu erzählen hast, und wir genießen diese kostbare Zeit, auf die ich jedes Mal warte wie auf Weihnachten im Sommer. In Erwartung dieser schönen Zeit soll es Küsse regnen,*

*Philip*

Am Valentinstag fuhr Philip mit Mary zum Busbahnhof. Sie nahmen den 33er, der Manhattan mit Montclair verbindet, und stiegen nach einer Stunde Fahrt an der Kreuzung Grove Street/Alexander Avenue aus. Bei einem Spaziergang durch die Stadt zeigte er ihr die Plätze seiner Kindheit. Als sie vor seinem alten Haus standen, fragte sie, ob er seine Eltern vermisse, seitdem sie in Kalifornien lebten; er antwortete ihr nicht. An der Nachbarfassade war das Fenster von Susans einstigem Zimmer erleuchtet. Ein anderes kleines Mädchen war vielleicht gerade dabei, seine Hausaufgaben zu machen.

»War es ihr Haus?«, fragte Mary.

»Ja, wie hast du das erraten?«

»Ganz einfach an deinem Blick, er war so entrückt und fern.«

»Weil die Zeit weit zurückliegt.«

»Vielleicht gar nicht so weit, Philip.«

»Ich lebe jetzt in der Gegenwart …«

»Eure Vergangenheit ist so intensiv, dass sie mich manchmal daran hindert, eine Zukunft für uns zu sehen. Ich träume nicht von der perfekten Liebe, aber ich will nicht im Konditional leben und noch weniger im Imperfekt.«

Um von dem Thema abzulenken, fragte er sie, ob sie sich vorstellen könne, eines Tages hier zu leben. Sie antwortete mit einem Lachen und sagte, mit mindestens zwei Kindern an den Rockzipfeln wäre sie vielleicht bereit, sich in der Provinz niederzulassen. Oben von den Hügeln, erklärte Philip, könne man sogar Manhattan sehen, das mit dem Wagen in einer halben Stunde zu erreichen sei. Eine Stadt aus der Ferne zu sehen oder darin zu leben waren nach Marys Ansicht zwei Paar Schuhe. Sie hatte schließlich nicht Journalismus studiert, um in einer amerikanischen Kleinstadt zu leben, auch wenn der Big Apple in

Reichweite liege. Auf jeden Fall waren sie beide noch ziemlich weit vom Rentenalter entfernt.

»Aber hier kannst du für dieselbe Miete in einem Haus mit Garten leben, du atmest saubere Luft und kannst trotzdem in New York arbeiten. Du hast alle denkbaren Vorteile.«

»Worauf willst du hinaus, Philip? Machst du etwa Pläne, du, der unverbesserliche Sponti?«

»Hör auf, dich über mich lustig zu machen.«

»Du hast keinen Humor, aber du bringst mich zum Lachen, das ist alles. Du bist nie in der Lage, mir am Morgen zu sagen, ob wir am Abend zusammen zum Essen gehen, und jetzt fragst du mich, ob ich mich mit dir in der Provinz niederlassen könnte. Entschuldige, aber was für ein Sprung ins Ungewisse!«

»Nur Schwachköpfe ändern nie ihre Meinung.«

Sie schlenderten zurück ins Zentrum, wo er sie zum Essen einlud. Als sie Platz genommen hatten, griff sie nach seiner Hand.

»Also bist du in der Lage, deine Meinung zu ändern?«, fragte Mary.

»Das ist heute irgendwie ein besonderer Tag, es soll ein Fest sein, kannst du nicht das Thema wechseln?«

»Du hast Recht, Philip, das ist ein ganz besonderer Tag. Du führst mich zum Fenster der Frau, von der dein Leben besessen ist.«

»Glaubst du das wirklich?«

»Nein, Philip, du bist es, der das glaubt.«

»Aber ich sitze hier heute Abend mit dir, nicht mit ihr.«

»Und ich, Philip, ich denke an morgen Abend.«

Vierzehn Tage später und mehrere Tausend Kilometer von dort entfernt saßen eine andere Frau und ein anderer Mann zusammen beim Abendessen. Der Diebstahl im Lager war noch immer nicht geklärt. Die Tür war fortan mit Kette und Vorhängeschloss versehen, zu dem nur Susan einen Schlüssel besaß, was innerhalb ihres Teams für gewissen Unmut gesorgt hatte. Sandra verhielt sich ihr gegenüber zunehmend feindselig und widersetzte sich derart impertinent ihren Anordnungen, dass Susan ihr hatte drohen müssen, einen Bericht nach Washington zu schicken, damit man sie zurückholte. Melanie, einer Ärztin, die in Puerto Cortes arbeitete, gelang es schließlich, die Gemüter zu besänftigen, und das Leben der honduranischen Einheit des Peace Corps konnte wieder seinen gewohnten Lauf nehmen. Thomas, der Leiter der Ambulanz, mit dem sie die kurze Affäre gehabt hatte, hatte sie unter einem beruflichen Vorwand gebeten, ihn aufzusuchen.

Sie war am frühen Abend in die Stadt gefahren und wartete draußen vor dem Gebäude auf ihn. Als er herauskam, zog er seinen weißen Kittel aus und warf ihn auf den Rücksitz des Jeeps. Er hatte einen Tisch auf der Terrasse eines Hafenrestaurants reserviert. Sie nahmen Platz und bestellten zwei *salva vida*, bevor sie die Speisekarte studierten.

»Wie läuft's bei euch?«, fragte sie.

»Zu wenig Material, zu wenig Personal, das Team ist völlig überarbeitet, wie immer. Und bei dir?«

»Ich habe den Vorteil oder Nachteil, dass wir nur sehr wenige sind.«

»Soll ich dir ein paar Leute schicken?«

»Nicht vereinbar mit dem, was du gerade gesagt hast.«

»Du hast das Recht, die Schnauze voll zu haben, Susan, du hast das Recht, müde zu sein, und du hast auch das Recht aufzuhören.«

»Lädst du mich zum Essen ein, um mir so einen Mist aufzutischen?«

»Erstens habe ich nicht gesagt, dass ich dich einlade … Alle finden, dass seit ein paar Wochen irgendwas mit dir nicht stimmt. Du bist aggressiv, und wie ich höre, ist dein Stern im Dorf am Sinken. Wir sind nicht hier, um uns unbeliebt zu machen, du musst dich besser in den Griff bekommen.«

Der Kellner brachte zwei Teller mit *tamal,* sie schlug das Bananenblatt auseinander und breitete das Püree mit dem Schweinefleisch darin aus. Thomas gab reichlich von der pikanten Sauce dazu und bestellte noch zwei Bier. Die Sonne war zwei Stunden zuvor untergegangen, und das Licht des fast vollen Mondes hatte etwas Geheimnisvolles. Sie wandte den Kopf ab und betrachtete den Widerschein der Kräne, der auf der Wasseroberfläche tanzte.

»Bei euch Typen hat man anscheinend kein Recht darauf, mal einen Fehler zu machen!«

»Ebenso wenig wie Ärzte – Männer oder Frauen! Du bist ein Glied in der Kette, auch wenn du die Führung hast. Wenn du versagst, ist die ganze Mechanik im Eimer!«

»Bei uns wurde eingebrochen, und das macht mich ganz krank. Ich kann nicht zulassen, dass wir hier sind, um ihnen zu helfen, und dass die sich gegenseitig beklauen.«

»Mir gefällt nicht, wie du ›die‹ sagst. Glaubst du etwa, bei uns in den Krankenhäusern wird nicht geklaut?«

Er nahm seine Serviette, wollte sich die Finger abwischen. Sie griff nach seinem Zeigefinger, steckte ihn in den Mund und sah

ihn hinterlistig an. Als sein Finger sauber war, ließ sie ihn wieder los.
»Hör auf mit deiner Moralpredigt. Lass mich in Ruhe«, sagte sie lächelnd.
»Du bist dabei, dich zu verändern, Susan.«
»Lass mich heute Abend bei dir schlafen. Ich hab keine Lust zurückzufahren.«
Er beglich die Rechnung, und sie gingen. Auf dem Weg zum Wagen schlang sie den Arm um seine Taille und legte den Kopf an seine Schulter.
»Die Einsamkeit wird zu einem großen Problem für mich, und zum ersten Mal in meinem Leben habe ich das Gefühl, sie nicht mehr in den Griff zu bekommen.«
»Geh zurück nach Hause.«
»Willst du nicht, dass ich bleibe?«
»Ich spreche nicht von heute Abend, sondern von deinem Leben. Du solltest in dein Land zurückkehren.«
»Ich gebe nicht auf.«
»Gehen ist nicht immer aufgeben, es ist auch eine Art, das Erlebte zu bewahren, wenn man geht, bevor es zu spät ist. Lass mich ans Steuer, ich fahre.«
Der Motor spuckte eine schwarze Rauchwolke aus, als er ansprang. Thomas schaltete die Scheinwerfer ein, deren weiße Lichtkegel über die Mauern strichen.
»Wie wär's mit einem Ölwechsel, sonst lässt dich die Kiste noch im Stich.«
»Keine Sorge, ich bin es gewöhnt, im Stich gelassen zu werden.«
Susan lümmelte sich auf ihren Sitz, steckte die Beine aus dem Fenster, stellte die Füße auf den Außenspiegel und schwieg

den Rest der Fahrt. Als Thomas den Wagen vor seinem Haus parkte, machte Susan keine Anstalten auszusteigen.

»Erinnerst du dich an die Träume deiner Kindheit?«, fragte sie.

»Ich kann mich kaum an die der letzten Nacht erinnern«, antwortete er.

»Nein, ich meine, was du geträumt hast, einmal zu werden, wenn du erwachsen bist.«

»Ja, ich erinnere mich, ich wollte Arzt werden, und jetzt bin ich Leiter einer Ambulanz. Im Kreuzfeuer sozusagen, aber nicht im Zentrum.«

»Ich wollte Malerin werden, um die Welt in den schönsten Farben zu malen, und Philip wollte Feuerwehrmann werden, um Menschen zu retten. Jetzt ist er kreativ in der Werbung, und ich arbeite im humanitären Bereich. Irgendwas müssen wir beide durcheinander gebracht haben.«

»Das scheint nicht der einzige Bereich zu sein, in dem ihr etwas durcheinander bringt.«

»Was soll das heißen?«

»Du redest viel von ihm, und jedes Mal, wenn du seinen Namen aussprichst, wird deine Stimme melancholisch; das ist ziemlich eindeutig.«

»Eindeutig inwiefern?«

»Ach, tu doch nicht so! Du liebst diesen Mann, und das macht dir schreckliche Angst.«

»Komm, lass uns endlich reingehen. Mir wird allmählich richtig kalt.«

»Wie bringst du es fertig, so viel Mut für andere aufzubringen und so wenig für dich selbst?«

Am nächsten Morgen in aller Herrgottsfrühe schlüpfte sie

geräuschlos aus dem Bett und schlich auf Zehenspitzen davon.

Der Monat März verging wie im Flug. Jeden Abend, wenn er das Büro verließ, machte er sich auf den Weg zu Marys Wohnung. Wenn er bei ihr übernachtete, sparten sie jeden Morgen zehn kostbare Minuten. Am Freitag wechselten sie dann das Bett, um das Wochenende in seinem Atelier in SoHo, das sie ihr »Landhaus« getauft hatten, zu verbringen. In den ersten Apriltagen blies ein eisiger Nordwind durch die Stadt. Die Knospen der Bäume waren noch nicht aufgesprungen, und nur der Kalender wies darauf hin, dass eigentlich der Frühling begonnen hatte.

Mary avancierte bei der *Cosmopolitan* zur Journalistin, und sie fand, dass es Zeit wurde, einen neuen Ort für ihre jeweiligen Möbel und ein gemeinsames Leben zu finden. Sie vertiefte sich in die Annoncen auf der Suche nach einer Wohnung in Midtown. Die Mieten waren dort noch erschwinglich, und sie hätten beide einen kürzeren Weg zur Arbeit.

Susan verbrachte die meiste Zeit am Steuer ihres Jeeps, fuhr von Dorf zu Dorf, um Saatgut und Lebensmittel zu verteilen. Der Weg führte sie manchmal zu weit weg, als dass sie abends ins Dorf hätte zurückkehren können, und sie unternahm jetzt immer öfter mehrtägige Reisen, um bis an die äußersten Grenzen der Täler zu gelangen. Zweimal traf sie auf sandinistische

Truppen, die sich in den Bergen verschanzt hatten, und wunderte sich, dass sie sich so weit von der Grenze entfernten. Der Monat April schien nicht enden zu wollen. Inzwischen verriet selbst ihr Körper, wie sehr ihr dieses Leben zusetzte. Schlafstörungen führten dazu, dass sie jeden Abend ausging und morgens kaum aus dem Bett kam. Eines Tages, die Sonne stand im Zenit, machte sie sich mit ihrem Jeep und zehn Sack Maismehl auf den Weg zu Alvarez. Sie traf gegen drei Uhr ein, und nachdem die Säcke ausgeladen waren, aßen sie zusammen in seinem Haus. Er fand, dass sie schlecht aussah, und fragte, ob sie nicht für ein paar Tage in die Berge kommen und sich erholen wolle. Sie versprach, über das Angebot nachzudenken, schlug aber die Einladung, im Dorf zu übernachten, aus und machte sich noch am frühen Abend auf den Heimweg. Da sie wusste, dass sie nicht würde einschlafen können, fuhr sie an ihrem Haus vorbei zur Taverne, die trotz der späten Stunde noch geöffnet war.
Sie trat in die Bar und klopfte energisch den Staub von Jeans und Pullover. Sie bestellte einen doppelten Rum. Der Mann hinter der Theke griff nach der Flasche und stellte sie vor sie hin. Er musterte sie und schob ein Glas neben die Flasche.
»Bedien dich selbst. Zum Glück hast du noch deine Brüste und deine langen Haare, denn sonst würde man glauben, du wärest ein Mann.«
»Was ist der Sinn dieser tief schürfenden Bemerkung, wenn ich fragen darf?«
Er beugte sich zu ihr vor, senkte die Stimme und sagte belehrend und doch wie ein Komplize:
»Du bist zu oft in Begleitung von Männern oder nicht lange genug in Begleitung desselben Mannes. Die Leute hier reden schon über dich.«

»Und was reden sie so, die Leute hier?«
»Sprich nicht in diesem Ton mit mir, Doña Blanca! Ich wiederhole dir nur laut, was die anderen hinter vorgehaltener Hand flüstern.«
»Natürlich, denn wenn ihr Männer euern Schwanz zeigt, seid ihr die großen Frauenhelden, aber wenn eine Frau nur eine Busenspitze zeigt, ist sie gleich eine Hure. Aber, weißt du, damit ein Mann mit einer Frau schläft, muss er erst mal eine haben.«
»Verletze nicht die Herzen der Frauen im Dorf, das ist alles, was ich sage.«
»Einige haben es mir zu verdanken, dass es noch schlägt; also können sie mich mal!«
»Niemand von uns hat dich um Almosen oder um Hilfe gebeten. Wenn es dir hier nicht gefällt, dann geh zurück nach Hause. Sieh dich doch an, wie du aussiehst! Wenn ich denke, dass du die *maestra* bist, die den Kindern etwas beibringen soll, dann frage ich mich, was sie lernen.«
Ein alter Mann, der an der Theke lehnte, machte ihm ein Zeichen zu schweigen; Susans Augen verrieten, dass er zu weit gegangen war. Mit einer energischen Geste nahm der Kellner die Flasche wieder an sich und stellte sie ins Regal; den Rücken ihr zugewandt, verkündete er, das Glas gehe aufs Haus. Der Alte deutete ein mitfühlendes Lächeln an, das seine Zahnstummel entblößte, doch sie hatte sich schon umgedreht, um aus dem Lokal zu flüchten. Draußen stützte sie sich auf die Balustrade und entledigte sich von allem, was ihr Magen enthielt. Dann kauerte sie sich hin, um wieder zu Atem zu kommen. Später, auf dem Weg nach Hause, hob sie das Gesicht zum Himmel, wie um die Sterne zu zählen, doch ihr wurde schwindelig. Völlig erschöpft schleppte sie sich auf ihre Veranda.

*10. Mai 1978*

*Philip,*

*wir haben uns diesen Winter nicht sehr oft geschrieben, manche Zeiten sind eben schwieriger als andere. Ich möchte unbedingt von dir hören, möchte wissen, wie es dir geht, ob du glücklich bist. Dein Plakat hängt über meinem Bett, ich habe den Blick von unserem Hügel auf Manhattan wiedererkannt. Manchmal vertiefe ich mich so sehr hinein, dass ich mir einbilde, eines der kleinen Lichter sei das vom Fenster deines Zimmers. Du arbeitest gerade an einer Zeichnung. Du streichst mit der Hand durch dein zerzaustes Haar, so wie du's immer getan hast, und kaust an deinem Stift, denn du wirst dich nie ändern. Es berührt mich sehr, diese Momentaufnahme unserer Kindheit zu sehen. Ich bin wirklich ein sonderbarer Mensch. Du fehlst mir, und es fällt mir so schwer, es zuzugeben. Glaubst du, dass Liebe Angst machen kann, sodass man die Flucht ergreift? Ich habe den Eindruck, gealtert zu sein.*

*Die Geräusche in meinem Haus wecken mich nachts und lassen mich nicht wieder einschlafen. Mir ist kalt, dann wieder heiß, und jeden Morgen beim Aufstehen lastet mir das auf der Seele, was ich am Vortag nicht erledigt habe. Das Wetter ist mild, und ich könnte dir die Landschaft beschreiben, die mich umgibt, dir von jeder Minute meines Tagesablaufs erzählen, nur um weiter mit dir zu reden. Ich komme dich dieses Jahr früher besuchen, schon Mitte Juni, und ich kann es kaum erwarten, dich zu sehen, denn ich muss dir etwas wirklich Wichtiges erzählen, ein Geheimnis, das ich heute und für immer mit dir teilen will. Bis dahin umarme und küsse ich dich. Pass auf dich auf,*

*Susan*

*2. Juni 1978*

*Susan,*

*was mir am meisten fehlt, ist deine Stimme. Singst du immer noch so oft? Die Musik deines Briefes schien mir jedoch aus traurigen Noten komponiert zu sein. Der Sommer ist da, und die Caféterrassen sind bevölkert. Ich ziehe bald um in eine Wohnung etwas weiter nördlich. Der Verkehr hier wird immer schlimmer, und so habe ich einen kürzeren Weg zum Büro. Weißt du, hier ist eine Viertelstunde wertvoll wie ein Edelstein. Alle sind so in Eile, dass es inzwischen fast unmöglich ist, auf dem Bürgersteig stehen zu bleiben, ohne von dem Menschenstrom niedergetrampelt zu werden. Ich frage mich oft, wohin diese Menge rennt, die anscheinend niemand mehr aufhalten kann, und ob du nicht Recht hattest, dort zu leben, wo die Luft noch einen würzigen Duft hat. Dein Leben muss schön sein, ich warte ungeduldig, was du mir davon zu erzählen hast. Ich ersticke in Arbeit, habe aber gute Nachrichten zu diesem Thema. Was ist es, was du mir so Wichtiges mitzuteilen hast? Ich werde wie immer auf dich warten. Bis sehr bald,*

*Philip*

# Kapitel 5

Um zehn Uhr morgens verließ die Boeing 727 der Eastern Airlines den Flughafen von Tegucigalpa. Wegen der schwierigen Wetterbedingungen startete sie mit zwei Stunden Verspätung. Im Terminal betrachtete Susan besorgt die schwarze Wolkenwand, die immer näher kam. Als die Hostess schließlich die große gläserne Tür des Boarding Gate öffnete, folgte Susan den anderen Passagieren, die durch den Regen auf die Gangway zusteuerten. Als die Maschine in Startposition war, drehte der Flugkapitän die Motoren voll auf, um besser gegen die Seitenwinde ansteuern zu können. Die Räder lösten sich vom Boden, und das Flugzeug stieg besonders steil an, um möglichst schnell durch die Wolkendecke zu stoßen. Fest an ihren Sitz geschnallt, wurde Susan von den Turbulenzen durchgeschüttelt, weit heftiger, als wenn sie mit ihrem Jeep über die holprigen Pisten jagte. Beim Überqueren des Gebirges nahm der Sturm noch an Stärke zu. Dann schlug ein Blitz in den Rumpf der Maschine ein, und um zehn Uhr dreiundzwanzig registrierte der Flugschreiber die Meldung des Kopiloten an die Flugkontrolle, Motor zwei sei ausgefallen, sie verlören an Höhe. Zu dem Schwindelgefühl, das Susan ergriffen hatte, gesellte sich nun noch eine unbeschreibliche Übelkeit. Sie hielt beide Hände fest auf den Bauch gepresst, während das Flugzeug weiter absackte. Es dauerte drei endlos lange Minuten, bis der zweite Motor wieder funktionierte und die Maschine erneut an Höhe gewann. Der Rest des Fluges verlief in tiefem Schweigen, wie es nach großer Angst oft vorkommt.

Bei ihrem Zwischenstopp in Miami musste Susan rennen, um

ihren Anschlussflug nicht zu verpassen. Das Fortkommen in den Gängen war mühsam, zumal ihre Reisetasche sehr schwer war. Plötzlich wurde ihr wieder übel, sie musste stehen bleiben und nach Luft ringen. Als sie schließlich am Boarding Gate eintraf, war es zu spät. Ihr Flugzeug rollte schon zur Startbahn.

~

Philip sah hin und wieder aus dem Fenster des Busses, der ihn zum Flughafen Newark brachte. Er hatte seinen Spiralblock auf den Knien. Das Mädchen, das neben ihm saß, beobachtete aus den Augenwinkeln, wie er ein Frauenporträt zeichnete.

~

Sie nahm die nächste Maschine zwei Stunden später. Auch als sie schon über den Wolken waren, hielt ihre Übelkeit an. Sie schob ihr Tablett mit dem Essen beiseite und versuchte zu schlafen.

~

Die Bar war leer wie meist um diese Tageszeit, außer zu Ferienbeginn oder bei Kongressen. Er setzte sich an »ihren« Tisch. Zum Mittagessen füllte sich das Lokal, dann leerte es sich wieder, und das Personal wechselte. Der eben eingetroffene Kellner erkannte ihn sofort wieder und grüßte freundlich. Philip setzte sich ihm gegenüber an die Theke, und während er ihm zuhörte, fertigte er aus einer neuen Perspektive eine Skizze von der Bar an, die sechste, nicht mitgerechnet jene, die er neben seinem Arbeitstisch an die Wand geheftet hatte. Als die Zeichnung fertig war, zeigte er sie dem Kellner, der seine weiße Weste ablegte und sie ihm reichte. Mit verschwörerischer Miene zog Philip sie an. Sie tauschten die Rollen, und der Barmann setzte sich auf einen Hocker, um genussvoll eine Zigarette zu rauchen, während Philip ihm vom vergangenen Jahr erzählte.

Während all dieser Stunden blieb ein Tisch frei, der an dem Fenster mit den gekippten Stühlen. Susan traf mit der Neun-Uhr-Maschine ein.

»Wie bringst du es fertig, jedes Mal diesen Tisch zu bekommen?«

»Erstens, weil du mich ganz am Anfang darum gebeten hast, und zweitens weil ich talentiert bin. Ich hatte dich schon mit der letzten Maschine erwartet. Und so sonderbar es erscheinen mag – der Tisch war nie besetzt, wenn ich kam.«

»Die Leute wissen, dass er uns gehört.«

»Womit fangen wir heute an – mit der Begutachtung der äußeren oder der inneren Werte?«

»Habe ich mich diesmal so verändert?«

»Nein, du hast nur ganz einfach das Gesicht von jemandem, der eine längere Reise hinter sich hat.«

Der Kellner stellt das gewohnte Eis vor sie hin. Susan lächelt und schiebt es diskret zur Seite.

»Du siehst gut aus, erzähl mir von dir.«

»Isst du es nicht?«

»Ich habe einen verkorksten Magen, der Flug war die Hölle, ein Motor fiel aus, ich hatte Angst.«

»Und?«, fragt er besorgt.

»Na, du siehst ja, ich bin da. Irgendwann hat er wieder funktioniert.«
»Willst du vielleicht etwas anderes?«
»Nein, nichts, ich habe keinen Hunger. Du hast mir dieses Jahr nicht oft geschrieben.«
»Du auch nicht.«
»Aber ich habe eine Entschuldigung.«
»Welche?«
»Ich weiß nicht. Du hast doch immer gesagt, dass ich Entschuldigungen kultiviere. Also muss ich mich von Zeit zu Zeit ihrer bedienen.«
»Vorwand, ich hatte von Vorwand gesprochen. Was ist los? Muss man dir die Worte aus der Nase ziehen?«
»Nichts, alles in Ordnung. Und deine Arbeit?«
»So wie es aussieht, werde ich spätestens in einem Jahr zweiter Geschäftsführer sein. Wir haben im letzten Jahr wirklich tolle Kampagnen auf die Beine gestellt; vielleicht bekomme ich sogar einen Preis. Ich habe im Augenblick drei meiner Kampagnen in der Frauenpresse laufen. Ich wurde sogar schon von einem französischen Modehaus angesprochen. Sie wollen mit mir verhandeln, was meine Position in der Agentur natürlich stärkt.«
»Gut, sehr gut, ich bin stolz auf dich. Auf jeden Fall machst du einen zufriedenen Eindruck.«
»Und du einen erschöpften, Susan. Du bist doch nicht etwa krank?«
»Nein, ich schwöre dir, Philip, ich habe nicht mal einen kleinen Floh. Apropos, hast du im Moment einen ›kleinen Floh‹ …«
»Hör auf! Ja, und sie heißt Mary.«
»Stimmt, ich hatte ihren Namen vergessen.«
»Jetzt schau nicht so verächtlich aus der Wäsche. Ich bin glück-

lich mit ihr. Wir mögen dieselben Bücher, dieselben Filme, dasselbe Essen und haben auch schon einen gemeinsamen Freundeskreis.«

Susan verzieht den Mund zu einem spöttischen Lächeln.

»Das ist ja wirklich praktisch und scheint mir eine richtige kleine, gesellschaftlich etablierte Beziehung zu werden. Wie aufregend!«

Sie hebt die Brauen und nähert das Gesicht dem seinen, um gesteigerte Aufmerksamkeit zu demonstrieren, ohne dabei aber ihren ironischen Gesichtsausdruck zu verlieren.

»Ich weiß, was du denkst, Susan. Das sieht vielleicht nicht nach großer Leidenschaft aus, aber es tut wenigstens nicht weh. Ich laufe nicht den ganzen Tag mit zusammengeschnürtem Magen herum, weil sie nicht an meiner Seite ist, denn ich weiß, dass ich sie am Abend sehe. Ich starre nicht den ganzen Nachmittag aufs Telefon und frage mich, wer von uns beiden als Letzter angerufen hat. Ich muss nicht Angst haben, weil ich mich bei der Wahl eines Restaurants oder einer Kleidung vergriffen oder etwas gesagt haben könnte, was sie ein vernichtendes Urteil über mich fällen lässt. Bei ihr wache ich morgens nicht mit bangem Herzen auf, denn wenn ich die Augen öffne, liegt sie an mich gekuschelt da. Ich lebe nicht in irgendeiner Erwartung, ich lebe im Augenblick. Sie liebt mich, so wie ich bin. Es ist vielleicht noch keine flammende Liebe, die uns verbindet, aber es ist Zuneigung. Mary teilt mit mir den Alltag, und unser Verhältnis nimmt eine Form an, es existiert.«

»Zack, das saß. Und jetzt sieh zu, wie du damit fertig wirst!«

»Das war nicht gegen dich gerichtet.«

»Warne mich bitte das nächste Mal, bevor du zuschlägst, denn dafür, dass es keine Absicht war, war es gar nicht schlecht.

Ich möchte nicht wissen, wie es sich anfühlt, wenn du es mit Absicht machst. Du sprichst wirklich sehr gut von ihr. Und weiter?«

Da er den Blick senkt, sieht er nicht den finsteren Ausdruck in ihren Augen, als er ihr ankündigt, dass er Mary heiraten wolle. Sie wischt ihre Tränen mit dem Handrücken ab.

»Ich freue mich für dich. Es zwickt zwar ein bisschen im Herzen, dich teilen zu müssen, aber trotzdem bin ich wirklich glücklich.«

»Und du – was gibt's Neues in deinem Leben?«

»Nichts, nichts Neues. Der alte Trott, auch wenn es ein bisschen paradox ist. Von hier aus gesehen scheint alles außergewöhnlich, aber bei mir gehört es zum Alltag. Zwischen einer Geburt und einem Todesfall gilt es ganze Dörfer zu ernähren, das ist alles. Ich muss gehen. Ich habe die Maschine, die ich nehmen wollte, nicht erwischt, und die letzte nach Washington geht in einer halben Stunde, für sie habe ich meinen Koffer aufgegeben.«

»Lüg mich nicht an. Du reist immer nur mit dieser Tasche. Willst du nicht über Nacht bleiben?«

»Nein, ich habe morgen früh um sieben einen Termin.«

Er zahlt die Rechnung. Als er aufsteht, fällt sein Blick auf das Eis, das in dem Becher geschmolzen ist. Die Farben haben sich vermischt, und die Mandelsplitter sind untergegangen. Er legt den Arm um ihre Schultern, und sie gehen zum Boarding Gate. Beim Abschied sieht er ihr prüfend in die Augen.

»Bist du sicher, dass alles in Ordnung ist?«

»Aber ja, ich bin nur kaputt, das ist alles. Und jetzt hör endlich auf, sonst setze ich mich zwei Stunden vor den Spiegel, um zu sehen, was nicht stimmt.«

»Hattest du mir nicht geschrieben, du wolltest mir etwas sehr Wichtiges sagen?«
»Nicht dass ich wüsste, Philip, auf jeden Fall kann es so wichtig nicht gewesen sein, weil ich es vergessen habe.«
Sie reicht der Hostess ihr Ticket, dreht sich um und schließt ihn noch einmal in die Arme. Sie drückt ihre Lippen auf die seinen. Wortlos wendet sie sich ab und geht auf die Gangway zu. Philip schaut ihr nach und ruft:
*»Last call!«*
Sie bleibt stehen und dreht sich langsam um. Ein arrogantes Lächeln zeichnet sich auf ihrem Gesicht ab. Sie macht kehrt und steuert langsam auf ihn zu. Als sie nur noch wenige Meter von ihm entfernt ist, herrscht sie ihn an:
»Was soll das bedeuten, *last call?«*
»Du hast es sehr gut verstanden, Susan.«
Der Hostess, die sie daran hindern will, hinter die Sperre zurückzukehren, macht sie ein unwirsches Handzeichen. Sie nähert ihr Gesicht dem seinen und zischt mit wütender Stimme:
»Du kannst mich mal mit deinem *last call!* Du bist es, der ein Risiko eingeht, nicht ich! Heirate doch, mach ihr ein Kind, wenn es dir Spaß macht. Aber sollte ich mein Leben ändern und eines Tages beschließen, dich zu holen, dann finde ich dich, selbst auf den Toiletten, darauf kannst du Gift nehmen. Und dann bist du es, der sich scheiden lässt, nicht ich!«
Sie packt ihn am Hals, zieht ihn gewaltsam an sich, küsst ihn und schiebt die Zunge tief in seinen Mund. Dann stößt sie ihn mit der gleichen Heftigkeit von sich und geht zu ihrem Flugzeug. Am Ende des Korridors brüllt sie: *»Last call!«*

Guatemala wurde von den neu aufflammenden Kämpfen im benachbarten Nicaragua erfasst. Im Landesinnern gingen Gerüchte um, die Kämpfe könnten über die Grenzen schwappen. Das ärmste Land Mittelamerikas würde eine neuerliche Katastrophe nicht verkraften. Die Anwesenheit des Peace Corps beruhigte die Bevölkerung. Würde sich etwas Schwerwiegendes zusammenbrauen, hätte Washington sie repatriiert. Der honduranische Winter mit seiner zerstörerischen Gewalt kündigte sich an. Was nicht repariert oder gesichert worden war, verschwand, fortgetragen von den Wassermassen oder den heftigen Stürmen. Susan kämpfte gegen eine körperliche Erschöpfung an, die sich ihrer täglich mehr bemächtigte. Ihr Gesundheitszustand war normal, ihre seelische Verfassung aber entsprach der Regenzeit.

Mitte November reiste Philip mit Mary übers Wochenende auf die Insel Martha's Vineyard. Ein langer Spaziergang in der Abenddämmerung führte sie ans Meer. Es war die Stunde, zu der die Wale vorbeizuschwimmen pflegten. Sie setzten sich an den Strand, hielten sich umschlungen und betrachteten das Schauspiel. Als die Dunkelheit hereinbrach und schwarze Wolken sich über ihnen aufzutürmen begannen, beschlossen sie, so schnell wie möglich in ihre Pension zurückzukehren.

Unter den Donnerschlägen und Blitzen, die den Himmel über ihrem Haus zerrissen, umarmte Susan niemanden mehr und wartete in ihrem Bett vergeblich auf den Schlaf.

Drei Wochen später, Anfang Dezember, wurde der Belagerungszustand im benachbarten Nicaragua aufgehoben, und das ganze Land atmete auf.

~

Weihnachten brachen Philip und Mary zu einem Urlaub nach Brasilien auf. Aus zehntausend Meter Höhe sah Philip hinab und versuchte, sich eine bestimmte Küste unter dem Wolkenschleier vorzustellen. Irgendwo unten beherbergte ein Häuschen mit Wellblechdach eine Susan, die am Heiligen Abend und an den zwanzig folgenden Tagen ans Bett gefesselt war.

~

An den ersten Februartagen kehrte die Sonne zurück. Der Himmel und die allgemeine Stimmung hellten sich gleichzeitig auf. Susan war seit acht Tagen wieder auf den Beinen. Ihr Körper kam zu Kräften, und ihre Wangen hatten ihren gewohnten Farbton. Im Dorf hieß es, ihre »Schlafkrankheit« habe ihr gut getan. Die Bauern hatten sich um das Lager gekümmert, mehrere Frauen hatten sich beim Schulunterricht und in der Ambulanz abgelöst. Die jungen Männer wiederum hatten die Verteilung der Lebensmittel übernommen, die sonst Susan oblag. Alle waren in der letzten Zeit sehr bemüht gewesen, was die Dorfgemeinschaft gefestigt hatte. Susan trat aus ihrem Haus und ging die Hauptstraße entlang. Als sie auf der Höhe der Kinderkrippe angelangt war, kam ihr der Briefträger entgegen. Der Brief, den er ihr aushändigte, war am dreißigsten Januar in

Manhattan aufgegeben worden und hatte fast zwei Wochen bis hierher gebraucht.

*29. Januar 1979*

*Susan,*
*ich komme aus Rio zurück und habe zweimal dein Land überflogen. Ich habe mir vorgestellt, unten liege dein Haus und du würdest vor deiner Tür stehen. Wie ist es möglich, dass ich dich nie besucht habe? Vielleicht einfach nur, weil es nicht sein sollte, weil du es nicht wolltest, weil ich nie den Mut dazu hatte. So weit von mir und doch so nah, und so sonderbar es dir erscheinen mag, du bist die Erste (fast hätte ich geschrieben: meiner Familie), der ich diese Worte schreiben muss. Ich werde heiraten, Susan, am Silvesterabend habe ich Mary einen Antrag gemacht.*
*Die Hochzeit findet am zweiten Juli in Montclair statt, ich bitte dich, komm. Das ist in einem halben Jahr, und du hast Zeit, es dir einzurichten; diesmal keine Entschuldigung und kein Vorwand. Sei da, ich brauche dich an meiner Seite, du bist das Wertvollste, was ich habe. Ich zähle auf dich.*
*Ich küsse dich, so wie ich dich liebe,*
*Philip*

Sie faltete den Brief sorgfältig zusammen und steckte ihn in die Brusttasche ihrer Bluse. Sie hob das Gesicht zum Himmel und presste die Lippen so sehr zusammen, dass sie weiß wurden. Schließlich fasste sie sich und betrat langsam die Kinderkrippe.

Noch einmal durchwühlte sie ihren einzigen Schrank, um die Sachen auszuwählen, die sie mit nach Montclair nehmen würde. Und es war ungefähr die zwanzigste Fliege, die der Verkäufer Philip zur Auswahl vorlegte.
Sie schloss ihre Haustür ab.
Hinter ihm schloss sich die Tür des Schneiders; eine riesige Pappschachtel mit seinem Hochzeitsanzug auf dem Arm, machte er sich auf den Weg nach Hause.
Der Bauer fuhr sie zum Flugplatz, von dem aus sie das winzige Flugzeug nach Tegucigalpa nehmen würde. Was machte es ihr jetzt noch aus, ob es rotweiße Tragflächen hatte oder nicht, dazu war viel zu viel Wasser unter den Brücken von Honduras geflossen.
Es war Jonathan, sein Arbeitskollege und Trauzeuge, der ihn zum Friseur fuhr.
Durch das kleine Fenster sah sie in der Ferne einen Fluss glitzern.
Durch das Fenster des Buick sah er die Passanten über die Straßen von Montclair schlendern.
Er ging nervös den Mittelgang der Kirche hinauf und wartete auf die Bestätigung, dass für den nächsten Tag alles geregelt war.
Sie lief im Terminal des Flughafens von Tegucigalpa auf und ab und wartete ungeduldig darauf, an Bord der Boeing gehen zu können, die mit vier Stunden Verspätung nach Florida fliegen würde.
Wie die Tradition es wollte, verbrachte er den Abend vor der Hochzeit nicht mit Mary. Jonathan setzte ihn am Grand Hotel ab, in dem seine Eltern eine Suite für ihren Sohn reserviert hatten.

Sie saß in der Maschine, die bereits durch die Wolkendecke gebrochen war.
Sie aß im Flugzeug das ihr auf dem Tablett gereichte Essen.
Er wollte früh schlafen und nahm auf seinem Bett sitzend ein frugales Mahl ein.
Sie traf in Miami ein und streckte sich, den Riemen ihrer großen grünen Tasche um die Hand gewickelt, auf einer der Bänke des Eastern-Airlines-Terminals aus.
Er knipste die Nachttischlampe aus und versuchte einzuschlafen.
Am frühen Morgen betrat sie die Toilettenräume des Flughafens und stellte sich vor den großen Spiegel. Sie spritzte sich kaltes Wasser ins Gesicht und versuchte, ihr Haar zu bändigen.
Er stand vor dem Spiegel, putzte sich die Zähne, wusch sein Gesicht und brachte sein Haar mit den Fingern in Ordnung.
Sie warf einen letzten Blick in den Spiegel, schnitt eine zweifelnde Grimasse und verließ den Waschraum.
Er verließ das Schlafzimmer und steuerte auf die Fahrstühle zu.
Sie ging in die Cafeteria und bestellte einen großen Kaffee.
Am Hotelbuffet traf er auf seine Freunde.
Sie entschied sich für einen Doughnut.
Er legte ebenfalls einen Doughnut auf seinen Teller.
Gegen zehn Uhr ging er in sein Zimmer, um sich fertig zu machen.
Susan reichte der Hostess ihre Bordkarte.
»Haben Sie vielleicht einen Friseur an Bord?«
»Wie bitte?«
»Sehen Sie mich an: Ich fahre vom Flughafen direkt zu einer Hochzeit! Man wird mich bestenfalls über den Dienstboteneingang hereinlassen.«

»Bitte gehen Sie weiter, Sie halten die Leute auf.«

Sie zuckte die Schultern und betrat die Gangway.

Er nahm den Bügel aus dem Schrank und entfernte die Schutzhülle von seinem Smoking, dann zog er sein Oberhemd aus einem weißen Karton und entfaltete es.

Den Kopf ans Fenster gelehnt, schlief sie in ihrem Sitz ein.

Als all seine Kleidungsstücke auf der Tagesdecke seines Betts ausgebreitet waren, ging er ins Badezimmer.

Sie stand auf und begab sich in den hinteren Teil der Maschine.

Er suchte sein Rasierzeug und verteilte den Schaum auf seinen Wangen und seinem Kinn. Mit dem Zeigefinger zeichnete er die Konturen seines Mundes und streckte seinem Spiegelbild die Zunge heraus.

Im Toilettenraum strich sie mit dem Finger unter ihren Lidern entlang, öffnete ihr Täschchen und fing an, sich zu schminken.

Der Steward kündigte über Lautsprecher an, dass jetzt der Anflug auf Newark begann. Sie sah auf die Uhr, sie würde zu spät kommen.

In Begleitung seines Trauzeugen stieg er in die schwarze Limousine, die vor dem Hotel parkte.

Auf dem Gepäckband näherte sich ihre große unförmige Tasche, sie legte den Riemen über die Schulter und steuerte auf den Ausgang zu.

Er traf auf dem Vorplatz der Kirche ein und schüttelte, als er die Stufen hinaufging, die Hände mehrerer Gäste.

Sie kam an der Bar vorbei, sah den kleinen Tisch am Fenster.

Er trat durch das Portal ins Kircheninnere und blickte zum Altar.

Philip ging langsam den Mittelgang entlang und suchte Susan unter den Gästen, die sich erhoben hatten, fand sie aber nicht.

Susan warf ihre Tasche auf den Rücksitz des Taxis, das am Bordstein hielt. In einer Viertelstunde würde sie in Montclair sein.

Alle Hochzeitsgäste drehten sich bei den ersten Klängen der Orgel um. Mary erschien am Arm ihres Vaters im Eingangsportal. Langsam schritt sie auf den Chor zu, ohne dass ihr Gesicht eine Gefühlsregung verriet. Sie sahen einander fest in die Augen, als wäre eine Schnur zwischen ihren Blicken gespannt. Die schwere Flügeltür wurde geschlossen. Als Mary auf Philips Höhe angelangt war, flog sein Blick ein letztes Mal über die Versammlung, auf der Suche nach einem Gesicht, das er nicht entdecken konnte.

Das gelbe Taxi parkte an dem menschenleeren Vorplatz der Kirche. Gab es eine Art von Magie, die bei Beerdigungen und Hochzeiten Straßen und Bürgersteige rings um die Kirchen leer fegte? Todmüde von der langen Reise hatte sie das Gefühl, die Stufen würden ihr unter den Füßen weggleiten. Vorsichtig stieß sie die Seitentür auf, trat ins Kircheninnere und stellte ihre Tasche am Fuß einer Statue ab. Vom Anblick des Brautpaars, das dem Altar zugewandt stand, seltsam berührt, bewegte sie sich geräuschlos den rechten Gang entlang und hielt hinter jeder Säule kurz inne. Auf halbem Weg zum Altar verstummte plötzlich die Orgel, um einen langen Augenblick der Andacht zu ermöglichen. Erschrocken blickte sie sich um. Der Priester setzte seine Liturgie fort und sie ihren Weg nach vorn. Sie ging bis zur ersten Säule. Von hier aus konnte sie Philip im Profil sehen. Von Mary sah sie nur den Rücken und die seidene Schleppe ihres Kleides. Als der Augenblick des Ringtausches kam, füllten sich Susans Augen mit Tränen. Leise und auf Zehenspitzen

wich sie zurück, und ihre rechte Hand tastete bei jedem Schritt ungeschickt nach der nächsten Banklehne hinter ihr. Beim Engel Gabriel angelangt, nahm sie ihre Tasche wieder an sich, trat aus der Kirche, eilte die Stufen hinab und stieg in das nächstbeste Taxi. Sie kurbelte das Fenster herunter und starrte auf die Kirchentüren. Zwischen zwei Schluchzern murmelte sie gleichzeitig wie der Priester: »Wenn jemand einen berechtigten Grund weiß, der gegen diese Verbindung spricht, so möge er jetzt die Stimme erheben oder für immer schweigen …«
Das Taxi fuhr los.

Über das Klapptischchen in dem Flugzeug gebeugt, das sie nach Hause zurückbrachte, schrieb sie einen Brief.

*12. Juli 1979*

*Mein Philip,*
*ich weiß, dass du mir sehr böse sein musst, weil ich nicht zu deiner Hochzeit erschienen bin. Diesmal gibt es weder Entschuldigung noch Vorwand, das schwöre ich dir. Ich habe alles getan, um zu kommen, aber im letzten Augenblick hat mir ein Unwetter einen Strich durch die Rechnung gemacht. Ich war während der ganzen Zeremonie in Gedanken bei dir. Du musst umwerfend gewesen sein in deinem Smoking, und ich bin sicher, dass auch deine Frau strahlend schön war. Wer wäre es nicht, wenn er dich heiratet? Mit geschlossenen Augen bin ich dir Schritt für Schritt durch dieses traumhafte Ereignis gefolgt. Ich weiß, du wirst glücklich sein, und irgendwie tut mir dieses Glück auch gut.*
*Ich habe beschlossen, den Posten anzunehmen, den man mir an-*

*geboten hat. Ich breche am Freitag auf, um in den Bergen ein neues Zentrum einzurichten. Nimm es mir nicht übel, wenn ich in den nächsten Monaten nicht schreibe, aber ich lebe fortan zwei Tagesreisen von dem, was man kaum Zivilisation nennen kann, entfernt, und einen Brief aufzugeben ist ebenso unmöglich, wie einen in Empfang zu nehmen. Aber weißt du, ich freue mich auf diese neue Herausforderung. Ich nehme die Sehnsucht nach den Leuten meines Dorfes mit, nach dem Haus, das Juan mir gebaut hat, und den Erinnerungen, die es birgt. Ich werde wieder bei null anfangen müssen, aber das Vertrauen, das sie mir schenken, ist reicher Lohn.*

*Ein glückliches Leben wünsche ich dir, mein Philip, und trotz meiner Abwesenheit und trotz all meiner Unzulänglichkeiten liebe ich dich seit je und für immer,*

*Susan*

*PS: Vergiss nicht, was ich dir am Flughafen gesagt habe.*

# Kapitel 6

Der Regen rieselte über die Holzschindeln. Unter der Dachschräge, im Schein von nur einer Lampe, korrigierte er seine letzten Entwürfe. Wie jeden Samstag arbeitete er auf, was während der Woche liegen geblieben war. Er hatte sein Büro im Adirondacks-Stil eingerichtet. Über die ganze rechte Wand zog sich ein Bücherregal. Links luden zwei alte Ledersessel – um einen kleinen runden Tisch aus Birkenholz und eine gusseiserne Stehlampe gruppiert – zum behaglichen Sitzen ein. Sein Schreibtisch, der in der Mitte des Raums unter dem Oberlicht stand, hatte die Form eines großen weißen Kubus. Sechs Personen hatten bequem daran Platz. Von Zeit zu Zeit hob er den Kopf zur Dachluke, deren Fensterscheibe unter den Windstößen vibrierte.

Bevor er sich wieder in seine Zeichnungen vertiefte, warf er einen Blick auf Susans Foto im Regal. Unendlich viel Zeit schien seit dem Tag seiner Hochzeit verstrichen zu sein. Auf dem Tisch stand die kleine alte Schatulle, die all ihre Briefe enthielt. Sie war mit einem Schloss versehen, doch der Schlüssel lag immer auf dem Deckel. Wie viele Jahre hatten sie nichts mehr voneinander gehört? Sieben, acht, neun vielleicht? In der Ecke des Raums führte eine schmale Treppe hinunter in den ersten Stock mit den Schlafzimmern. Die weiße Holztreppe gegenüber der Eingangstür unterteilte das Erdgeschoss in zwei Lebensbereiche. Mary hatte den ganzen Nachmittag am großen Esstisch ihrer Küche verbracht, hatte in einem Magazin geblättert und ihre Gedanken schweifen lassen. Durch die offene Schiebetür sah sie Thomas, ihren fünfjährigen Sohn, der in ein Computer-

spiel vertieft war. Sie wandte den Blick ab und schaute auf die runde Wanduhr über dem Gasherd. Es war achtzehn Uhr. Sie legte das Magazin beiseite, stand auf und machte sich daran, das Essen zuzubereiten. Philip würde, wie jeden Abend, in einer halben Stunde aus seinem Arbeitszimmer kommen und ihr beim Tischdecken helfen. Nachdem sie ihm zur Begrüßung einen Kuss auf die Wange gedrückt hatte, setzten sich ihre beiden »Männer« an ihre gewohnten Plätze. Thomas war von den dreien der gesprächigste und kommentierte ausgiebig seine letzte Partie gegen die Außerirdischen, die den Planeten einzunehmen drohten.
Nach dem Essen unternahm Philip den x-ten Versuch, seinem Sohn das Schachspielen beizubringen, doch Thomas wollte nicht einsehen, dass sich der Läufer nur diagonal bewegt. Und war nicht das einzig »Lustige«, mit allen Bauern gleichzeitig vorzurücken, um die Türme der Festung anzugreifen? Der Versuch endete mit einer Partie schwarzer Peter. Später, wenn der Kleine im Bett wäre und seine allabendliche Geschichte erzählt bekommen hätte, käme Philip erneut herunter, um seiner Frau eine gute Nacht zu wünschen; er würde noch einmal hinaufgehen. »Ich arbeite lieber jetzt noch ein Stündchen, damit ich den ganzen Sonntag Zeit für euch habe«, würde er argumentieren, und Mary würde lächeln. Er käme »später« zu ihr ins vorgewärmte Bett in ihre zärtlichen Arme.

In der Nacht hatte es irgendwann aufgehört zu regnen, und die feuchten Bürgersteige schimmerten im matten Morgenlicht. Thomas war aufgestanden und hinunter ins Wohnzimmer gegangen. Mary hörte die Stufen knarren. Sie streifte den Bademantel über, den sie am Fußende des Bettes hatte liegen lassen.

Der Kleine war schon unten angelangt, als es an der Eingangstür klingelte. Er griff nach der Klinke, um zu öffnen.
»Tom, wie oft habe ich dir schon gesagt, dass du nicht an die Tür gehen sollst.«
Der Junge drehte sich um und sah seine Mutter mit großen unschuldigen Augen an. Sie kam herunter, schob ihn zur Seite und öffnete. Vor ihr stand eine Frau in einem strengen marineblauen Kostüm, stocksteif, als hätte sie ein Lineal verschluckt. Mary hob die linke Braue – eine Mimik, die immer Ausdruck von Erstaunen war und mit der sie ihren Sohn zum Lachen brachte und ihrem Mann ein Lächeln entlocken konnte.
»Bin ich hier bei Mr Nolton?«, fragte die Unbekannte.
»Und genauso bei Mrs Nolton!«
»Ich muss Ihren Mann sprechen, mein Name ist …«
»Früh am Sonntagmorgen, warum auch nicht.«
Die Frau unternahm gar nicht erst den Versuch, sich richtig vorzustellen oder sich für den morgendlichen Überfall zu entschuldigen. Sie müsse Philip so bald wie möglich sprechen, beharrte sie. Mary wollte wissen, warum sie ihn am einzigen Tag in der Woche, an dem er ausschlafen konnte, aus dem Bett zerren sollte. Da ein »Ich muss ihn sprechen« in ihren Augen nicht ausreichte, forderte sie die Dame trocken auf, zu einer angemesseneren Stunde zurückzukommen.
Die Frau drehte sich kurz zu dem Wagen um, der vor dem Grundstück parkte, und wiederholte ihr Anliegen.
»Ich weiß, es ist sehr früh für Sie, aber wir sind die ganze Nacht gereist, und unser Rückflug geht in wenigen Stunden. Wir können nicht warten.«
Mary richtete den Blick auf den Wagen. Am Steuer saß ein korpulenter Mann, daneben eine Frau, die den Kopf an die Seiten-

scheibe presste. Die Entfernung war zu groß, als dass Mary, selbst wenn sie die Augen zusammenkniff, ihre Züge hätte erkennen können. Trotzdem hatte sie das Gefühl, dass ihre Blicke sich kreuzten. Der ungebetene Gast nutzte diese wenigen Sekunden ihrer Unaufmerksamkeit, um mehrmals Philips Namen zu rufen, woraufhin ihr Mary wütend die Tür vor der Nase zuschlug.

»Was ist los?«

Philip war auf dem Treppenabsatz erschienen, Mary schnellte herum.

»Ich weiß nicht, eine Irre, die nach dir verlangt«, sagte sie gereizt, »und die nicht damit rausrücken will, dass sie eine Ex von dir ist, vielleicht ist es aber auch ihre Freundin, die im Wagen vor unserem Grundstück wartet.«

»Ich verstehe kein Wort. Wo ist Thomas?«, fragte er benommen und kam die Treppe herunter.

»Im Senat, er gibt heute Morgen eine Pressekonferenz!«

Philip trat gähnend auf Mary zu, küsste sie auf die Stirn und öffnete die Tür. Die Frau hatte sich nicht von der Stelle bewegt.

»Entschuldigen Sie, dass ich Sie so früh wecke, aber ich muss Sie unbedingt sprechen.«

»Ich höre«, gab er kühl zurück.

»Es ist vertraulich!«, fügte sie hinzu.

»Das ist der Fall, wenn meine Frau dabei ist.«

»Ich habe genaue Anweisungen.«

»Worum geht es?«

»Nur unter vier Augen.«

Philip warf Mary einen fragenden Blick zu, sie antwortete mit einem Heben der Braue, rief ihren Sohn, er solle frühstücken kommen, und verschwand in der Küche. Er ließ die Dame in

Marineblau ins Wohnzimmer treten; sie zog die Schiebetür zu, knöpfte ihre Kostümjacke auf und nahm auf dem Sofa Platz.

Philip war noch nicht wieder erschienen. Mary räumte den Frühstückstisch ab und starrte auf die Wanduhr, deren Zeiger sich immer langsamer zu bewegen schienen. Sie stellte ihre Tasse ins Spülbecken und beschloss, dieses nicht enden wollende Gespräch zu unterbrechen. Als sie schon auf dem Flur war, öffnete sich plötzlich die Tür. Philip tauchte als Erster auf, und Mary wollte etwas sagen, doch seine schroffe Geste ließ sie verstummen. Die Frau grüßte mit einem knappen Kopfnicken und wartete vor dem Eingang. Philip hastete die Treppe in den ersten Stock hinauf, um gleich darauf in Leinenhose und großmaschigem Pullover wieder zu erscheinen. Er eilte an seiner verdutzten Frau vorbei, ohne sie eines Blickes zu würdigen. Als er schon draußen war, drehte er sich um und rief ihr zu, sie solle drinnen warten. Sie hatte ihn noch nie so autoritär erlebt.
Durch das kleine Fenster neben der Eingangstür sah sie ihn der Frau folgen, die in ihrem Leben weit mehr als nur diesen einen Sonntag auf den Kopf stellen sollte.
Die Frau, die rechts neben dem Fahrer gewartet hatte, stieg aus dem Wagen. Philip blieb stehen und sah sie lange an. Sie wich seinem Blick aus, öffnete die hintere Tür und nahm auf dem Rücksitz Platz. Er ging um den Wagen herum und setzte sich neben sie. Es begann erneut zu nieseln. Mary konnte nicht erkennen, was sich im Innern des Wagens abspielte, und noch weniger vermochte sie ihre Angst niederzukämpfen.
»Was treiben die da, verdammt noch mal!«
»Wer?«, fragte Thomas, den Blick weiterhin auf den Computerbildschirm gerichtet.

»Dein Vater«, murmelte sie.
Doch der Junge war zu sehr in sein Spiel vertieft, um seiner Mutter Beachtung zu schenken. Nach Philips Gestik zu urteilen, musste er sehr erregt sein. Das sonderbare Gespräch nahm kein Ende, und Mary wollte sich schon anziehen und sich einmischen, als sie Philip plötzlich aussteigen sah. Halb vom Wagen verdeckt, machte er ein Zeichen mit der Hand, das wie ein Abschied aussah. Mary stöhnte vor Ungeduld auf, als sie ihren Mann erneut in den Chrysler steigen sah.
»Tom, hol mir dein Fernglas, aber schnell!«
Die Stimme seiner Mutter ließ keinen Zweifel, dass sich jede Diskussion erübrigte. Er drückte auf die Taste »Pause« und stürzte die Treppe hinauf. Er wühlte in seiner Spielzeugkiste, fand den gewünschten Gegenstand, aber auch das unerlässliche Zubehör, an das seine Mutter nicht gedacht hatte. Wenige Minuten später erschien er ausstaffiert mit Helm, Kampfweste, grünem Tarnnetz, umgehängter Patronentasche und Überlebensgürtel, versehen mit Gummimesser, Feldflasche, Revolver und Walkie-Talkie. So pflanzte er sich vor seiner Mutter auf und salutierte mit seinem linken Arm.
»Ich bin bereit«, sagte er und stand stramm.
Sie schenkte der Aufmachung ihres Sohns keine Beachtung und entriss ihm das Fernglas. Sehr viel besser aber konnte sie damit auch nicht sehen, da die Vergrößerung schwach und das Glas verkratzt war. Ihren Mann, der von der anderen Person halb verdeckt war, erahnte sie nur. Er saß weit vorgebeugt, als wollte er den Kopf auf die Knie legen. Und plötzlich riss ihr vor Sorge der Geduldsfaden, und sie trat auf die Veranda. Der Motor des Chrysler sprang an, und Mary fühlte ihr Herz schneller schlagen. Die Wagentür öffnete sich, und Philip stieg wieder aus; sie

sah nur seinen Kopf, sein Körper war noch immer vom Wagen verdeckt. Er machte erneut ein schüchternes Handzeichen, trat einen Schritt zurück, und der Wagen fuhr langsam davon. Philip blieb unbewegt auf der Straße stehen, während der Regen in immer dickeren Tropfen auf den Asphalt prasselte.
Und dann traute Mary ihren Augen nicht.
Philips ausgestreckter Arm wurde von einer kleinen Hand verlängert. Das Bündel, das sie in der anderen trug, schien nicht schwer zu sein.

Und so sah Mary sie zum ersten Mal mit ihrem roten Ball in diesem fahlen Licht, in dem die Zeit zu erstarren scheint. Ihr schwarzes wirres Haar fiel ihr bis auf die Schultern, der Regen rann über ihre Mestizenhaut. Sie schien sich in ihrem engen Kleidchen unwohl zu fühlen.
Begleitet von grollendem Donner, kamen die beiden langsam auf das Haus zu. Als sie unter dem Vordach angelangt waren, wollte Mary etwas fragen, doch Philip hatte den Kopf gesenkt, um seine Traurigkeit zu verbergen.
»Das ist Lisa, die Tochter von Susan.«
Vor der Eingangstür ihres Hauses blickte ein kleines neunjähriges Mädchen zu Mary auf.
»Mum ist tot.«

# II

# Kapitel 7

Mary wich zur Seite, um sie ins Haus zu lassen. Als sie eintraten, nahm Thomas sofort wieder eine stramme Haltung ein. Mary musterte Philip.

»Offensichtlich ist mir ein Teil der Geschichte entgangen, aber den wirst du mir jetzt sicher erzählen!«

Seine Kehle war wie zugeschnürt, und er machte gar nicht erst den Versuch zu sprechen. Er reichte ihr nur stumm den Umschlag, den er in der Hand hielt, und ging, ohne sich weiter aufzuhalten, nach oben, um das Kind umzuziehen. Mary sah sie im Gang verschwinden und entfaltete den Brief in der Hoffnung, darin eine Erklärung zu finden.

*Mein Philip,*

*wenn du diese Worte liest, dann weißt du, ich hatte Recht. Mein elender Charakter hat mich daran gehindert, es dir im richtigen Augenblick zu sagen, aber ich habe schließlich doch auf dich gehört und das Kind akzeptiert, von dem ich nicht weiß, wer sein Vater ist. Richte nicht über mich, denn das Leben hier ist so anders als alles, was du dir vorstellen kannst, und so hart, dass man manchmal Trost in einem flüchtigen Abenteuer sucht. Um vor der Verzweiflung, der Selbstaufgabe und vor jener Todesangst zu flüchten, die mich heimsucht, vor diesem albernen Grauen angesichts der Verlassenheit, musste ich manchmal die Wärme ihres Lebens in mir spüren, um mich daran zu erinnern, dass auch ich lebendig war. Wer täglich mit dem Tod zu tun hat, erlebt eine tiefe, alles beherrschende Einsamkeit – wie eine ansteckende Krankheit. Hundertmal habe ich mir gesagt, dass ich in einer solchen*

*Welt kein neues Leben schenken darf, doch je mehr sich mein Leib rundete, umso mehr wollte ich dir glauben. Mit Lisa schwanger zu sein, das war, wie Sauerstoff am Grunde des Wassers einzuatmen, es war ein vitales Bedürfnis. Und wie du siehst, hat die Natur über meinen Verstand triumphiert. Erinnerst du dich an das Versprechen, das du mir in Newark gegeben hast? Wenn mir etwas zustoßen würde, wärest du immer da … Mein Philip, wenn du diese Zeilen liest, ist mir etwas Endgültiges zugestoßen! Ich habe dir geglaubt und Lisa in der Gewissheit angenommen, dass du an meine Stelle trittst, wenn ich nicht mehr weiterkann. Verzeih mir diesen miesen Trick. Ich kenne Mary nicht, aber aus deinen Erzählungen weiß ich, dass sie großherzig genug ist, sie zu lieben. Lisa ist ein wildes Kind, und ihre ersten Lebensjahre waren nicht gerade fröhlich. Zähme sie, schenk ihr die Liebe, die ich ihr jetzt nicht mehr geben kann. Ich vertraue sie dir an. Sag ihr eines Tages, dass du ihre Mutter nie vergessen hast und ihr – hoffentlich – tief verbunden geblieben bist. Ich denke an euch, und ich umarme dich, mein Philip. Ich nehme die besten Erinnerungen meines Lebens, das heißt Lisas Blick und unsere Jugendtage, mit mir,*
*Susan*

Mary zerknüllte den Brief und versuchte, das Gefühl der Ablehnung, das in ihr aufkam, in dem Papierball einzuschließen. Ihr Blick fiel auf ihren Sohn, der noch immer stramm stand. Sie zwang sich zu einem Lächeln: »Abtreten!« Thomas machte auf dem Absatz kehrt und ging in sein Zimmer.
Sie saß am Küchentisch. Ihr Blick wanderte vom Fenster zu dem Brief, den ihre Finger umklammert hielten. Philip kam allein zurück.

»Sie hat gebadet und wollte gleich ins Bett, denn sie sind die ganze Nacht über gereist. Essen wollte sie nicht, ich glaube, es ist besser, sie nicht zu drängen. Ich habe sie im Gästezimmer untergebracht.«

Mary schwieg. Er öffnete den Kühlschrank und schenkte sich ein Glas Orangensaft ein – einfache Gesten, mit denen er versuchte, seine Fassung wiederzugewinnen. Mary musterte schweigend ihren Mann.

»Wir haben keine Wahl, ich kann sie nicht der Fürsorge überlassen, ich denke, sie hat schon genug unter Ungerechtigkeit und Verlassenheit gelitten.«

»Wurde sie denn verlassen?«, fragte Mary sarkastisch.

»Ihre Mutter ist tot, und sie hat keinen Vater, siehst du da einen Unterschied?«

»Nun, ich denke, du wirst dich anbieten, diesen Unterschied zu machen.«

»Zusammen mit dir, Mary!«

»Warum nicht? Ich verbringe Stunden, Tage, ganze Wochenenden und Abende damit, auf dich zu warten. Wie ein Idiot habe ich meine journalistische Karriere aufgegeben, um mich um dein Haus und deinen Sohn zu kümmern. Ich bin die perfekte Hausfrau geworden. Warum also sollte ich jetzt mit meinen Dummheiten aufhören?«

»Hast du denn den Eindruck, dass dein Leben nur aus Opfern besteht?«

»Darum geht es nicht, bislang habe ich dieses Leben immerhin noch selbst gewählt, doch mit dem, was du jetzt vorhast, nimmst du mir dieses letzte Privileg.«

»Ich möchte, dass wir dieses Abenteuer gemeinsam erleben.«

»Ist das deine Definition von Abenteuer? Seit zwei Jahren bitte ich dich inständig, ein anderes Abenteuer mit mir einzugehen: ein zweites Kind. Und seit zwei Jahren antwortest du mir jedes Mal, es sei nicht der richtige Zeitpunkt, wir hätten nicht die Mittel. Zwei lange Jahre haben dich meine Gefühle nicht gekümmert. Diese Beziehung – eigentlich sollte es unsere sein – ist im Laufe der Jahre deine Beziehung geworden. Was mir bleibt, ist, deine Zeiteinteilung zu akzeptieren, deine Vorlieben, deine Sorgen, deine Zwänge, deine Launen und jetzt auch noch das Kind einer anderen, und welcher anderen!«

Philip antwortete nicht. Er rang die Hände und sah seine Frau kopfschüttelnd an. Ihre Gesichtszüge waren angespannt, und die kleinen Fältchen in den Augenwinkeln, die sie mit Cremes, Kompressen und viel Zeit vor dem Spiegel vergebens zu vertuschen suchte, kündigten den Ausbruch von Zornestränen an. Noch ehe sie flossen, strich sie sich mit dem Handrücken über die Lider, so als wolle sie damit den überflüssigen Tränen zuvorkommen.

»Wie konnte das passieren?«

»Sie ist bei einem Wirbelsturm in den Bergen ums Leben gekommen ...«

»Das ist mir gleichgültig, und das war auch nicht meine Frage. Wie hast du ein so absurdes Versprechen geben können? Warum hast du mir nie davon erzählt? Dabei habe ich doch ständig Susan hier und Susan da gehört, und an manchen Tagen hatte ich das Gefühl, wenn ich den Schrank im Badezimmer öffne, würde sie mir gegenüberstehen.«

Philip bemühte sich um einen ruhigen Ton. Dieses Versprechen gehe auf ein Gespräch vor zehn Jahren zurück. Er habe es so dahingesagt, um in einer fruchtlosen Diskussion Recht zu behalten. Er habe nie darüber gesprochen, weil er es vergessen habe, und er habe sich nie vorstellen können, dass eine solche Situation eintreten würde, ebenso wenig wie er sich habe vorstellen können, dass Susan irgendwann ein Kind bekommen würde. In den letzten Jahren seien ihre Briefe mehr als selten geworden, und eine Tochter habe sie nie erwähnt. Aber am allerwenigsten habe er sich vorstellen können, dass sie sterben würde.

»Soll ich es den anderen erzählen?«, fragte Mary.

»Wem?«

»Den anderen in der Stadt, meinen Freundinnen?«

»Ist das wirklich dein Hauptproblem?«

»Für mich ist das eines von vielen Problemen, die sich stellen. Dir mag ja unser gesellschaftliches Leben völlig gleichgültig sein, aber ich habe fünf Jahre gebraucht, um es aufzubauen, und das ist nicht dir zu verdanken.«

»Sag ihnen, dass es nichts nützt, jeden Sonntag zur Messe zu gehen, wenn man nicht genug Herz hat, um mit einer solchen Situation fertig zu werden.«

»Aber du wirst dich ja nicht um sie kümmern, du wirst weiterhin in deinem Büro oben arbeiten, mein Leben dagegen wird völlig auf den Kopf gestellt!«

»Nicht mehr, als wenn wir noch ein Kind bekommen hätten.«

»Nicht noch ein Kind, sondern unser Kind, verdammt noch mal!«

Mary sprang auf.

»Ich gehe auch ins Bett!«, schrie sie und lief die Treppe hinauf.

»Aber es ist doch erst neun Uhr morgens!«

»Na und? Heute ist es doch wohl egal, ob noch etwas Anormales passiert!«

Oben angelangt, lief sie auf ihr Schlafzimmer zu, hielt plötzlich inne, zögerte und öffnete lautlos die Tür zum Gästezimmer. Die Kleine lag im Bett, wandte den Kopf ihr zu und sah sie wortlos an. Mary lächelte verlegen und schloss die Tür wieder. Sie ging in ihr Zimmer, legte sich aufs Bett und starrte die Decke an. Um ihren Zorn zu beherrschen, ballte sie die Hände zu Fäusten. Philip kam zu ihr, setzte sich neben sie auf die Bettkante und ergriff ihre Hand.

»Es tut mir Leid. Wenn du wüsstest, wie Leid es mir tut.«

»O nein, es tut dir nicht Leid! Die Mutter hast du nicht bekommen, nun hast du die Tochter. Mir tut es Leid, denn ich wollte weder die eine noch die andere.«

»Du hast kein Recht, so etwas zu sagen, gerade heute nicht.«

»Ich wüsste wirklich nicht, was ich mir gerade heute verkneifen sollte zu sagen, Philip. Seit zwei Jahren ziehst du ein langes Gesicht, gehst der Frage aus dem Weg, distanzierst dich mit tausend guten Gründen – es sind ja schließlich die deinen – von unserer Beziehung. Deine Susan schickt dir ihre Tochter, und alle Probleme sind wie durch Zauberhand gelöst, alle bis auf eine Kleinigkeit: Diese Geschichte ist ein Teil deines und nicht meines Lebens.«

»Susan ist tot, Mary, das ist nicht meine Schuld. Du kannst meinen Schmerz vollständig ignorieren, aber nicht ein Kind, Herrgott noch mal, nicht ein Kind!«

Mary richtete sich auf, und ihre Stimme bebte vor Zorn und Ohnmacht, als sie brüllte: »Sie geht mir auf die Nerven, deine Susan!« Philip sah zum Fenster, um nicht dem Blick seiner Frau zu begegnen. »So sieh mich doch an, verdammt noch mal! Wenigstens dazu solltest du den Mut haben!«

Lisa, die von draußen unverständliche Laute vernahm, vergrub das Gesicht in ihrem Kissen. Sie presste es so fest hinein, dass ihr Haar mit dem Bezug zu verschmelzen schien. Die Schreie waren nicht so laut wie das Donnergrollen bei manchen Gewittern, doch sie lösten dieselbe Angst aus. Sie hätte gerne aufgehört zu atmen, aber sie wusste, es war unmöglich, denn alle Versuche der zwei vorangegangenen Wochen waren gescheitert. Und so biss sie sich immer heftiger auf die Zunge, so wie ihre Mutter es ihr beigebracht hatte: »Wenn du den Geschmack von Blut auf deiner Zunge spürst, heißt das, dass du noch lebst, und wenn du in Gefahr bist, darfst du nur an eine einzige Sache denken, darfst nicht aufgeben, dich nicht zurückziehen, musst versuchen zu überleben.« Sie schmeckte das Blut in ihrem Mund und konzentrierte sich ganz auf dieses Gefühl und konnte so ihre Angst niederkämpfen. Philips ruhige Stimme, manchmal unterbrochen von Schweigen, drang vom anderen Ende des Flurs zu ihr herüber. Bei jedem Wutausbruch der Frau drückte sie ihr Gesicht noch etwas tiefer in das Kissen, so als fürchte sie, der Strom von Worten könne sie mitreißen. Bei jedem neuen Aufbrausen schloss sie die Augen noch etwas fester, sodass manchmal Sterne unter ihren Lidern tanzten.

Sie hörte eine Zimmertür zuschlagen und Männerschritte die Treppe hinabeilen.

Philip ging ins Wohnzimmer und setzte sich aufs Sofa, die Ellenbogen auf die Knie gestützt, den Kopf zwischen den Händen. Thomas wartete einige Minuten, ehe er das Schweigen brach:

»Spielst du eine Runde mit mir?«

»Nicht jetzt, mein Junge.«

»Wo sind die anderen?«

»Jede in einem Zimmer.«
»Bist du traurig?«
Die Frage wurde nicht beantwortet. Thomas, der auf dem Teppich saß, zuckte die Schultern und wandte sich wieder seinem Spiel zu. Die Welt der Erwachsenen war manchmal eigenartig. Philip setzte sich hinter ihn und schlang die Arme um ihn.
»Alles wird in Ordnung kommen«, sagte er mit sanfter Stimme. Dann griff er nach einem der beiden Joysticks.
»Bei welchem Spiel willst du verlieren?«
In der ersten Kurve drängte Thomas' Lamborghini den Toyota seines Vaters in den Graben.
Gegen Mittag kam Mary wieder herunter. Wortlos ging sie in die Küche, öffnete den Kühlschrank und begann, das Mittagessen zuzubereiten. Sie aßen zu dritt. Lisa war schließlich eingeschlafen. Thomas entschloss sich, das Schweigen zu brechen:
»Bleibt sie? Es ist nicht normal, wenn sie meine große Schwester wird, ich war schließlich der Erste.«
Mary ließ die Salatschüssel fallen, die sie gerade zum Tisch tragen wollte. Sie warf Philip, der nicht auf die Frage seines Sohnes antwortete, einen vernichtenden Blick zu. Thomas betrachtete belustigt den Salat, der auf den Fliesen ausgebreitet lag, und biss herzhaft in seinen Maiskolben. Er wandte sich zu seiner Mutter um:
»Aber es kann auch gut sein!«, fuhr er fort.
Philip hatte sich erhoben, um die Glasscherben vom Boden aufzusammeln.
»Was findest du gut?«, fragte er ihn.
»Ich wollte immer gerne einen Bruder oder eine Schwester haben, aber ich wollte nicht von einem Baby, das schreit, geweckt werden, und keine stinkenden Windeln riechen! Sie ist

zu alt, um mir mein Spielzeug zu klauen … Die Farbe ihrer Haut ist hübsch, die anderen in der Schule werden neidisch sein …«

»Ich glaube, wir haben deinen Standpunkt verstanden!«, unterbrach ihn Mary, ohne ihn seinen Satz beenden zu lassen.

Der Regen fiel jetzt noch dichter und machte alle Hoffnung auf einen Sonntagsspaziergang zunichte. Wortlos bereitete Mary ein Sandwich zu. Sie strich Mayonnaise auf eine Scheibe Toastbrot, legte ein Salatblatt darauf, dann eine Scheibe Schinken, zögerte, nahm an Stelle des Schinkens ein Stück Hühnchen, zögerte erneut, gab die Scheibe Schinken auf das Hühnchen und schließlich eine zweite Scheibe Brot auf das Ganze. Sie legte ihre Komposition auf eine Untertasse, deckte sie mit Klarsichtfolie ab und stellte sie in den Kühlschrank.

»Wenn die Kleine nach dem Aufwachen Hunger hat, steht ein Teller für sie im Kühlschrank«, sagte sie.

»Gehst du weg?«, fragte Thomas.

»Ich bin heute Nachmittag mit meiner Freundin Joanne verabredet, komme aber rechtzeitig zurück, um dich zu baden.«

Damit ging sie nach oben und zog sich um. Bevor sie das Haus verließ, küsste sie ihren Sohn, wobei sie Philip, der auf der Treppe stand, einen finsteren Blick zuwarf. Der Rest des Tages verging wie ein herbstlicher Sonntag; die langen Minuten unterschieden sich nur durch das abnehmende Tageslicht. Gegen siebzehn Uhr kam Mary zurück und widmete sich Thomas. Als sie sich zum Abendessen an den Tisch setzten, schlief Lisa noch immer.

Im Bad ließ Mary sich reichlich Zeit und wartete, bis Philip im Bett lag. Im Schlafzimmer machte sie sofort das Licht aus und legte sich an den äußersten Rand des Bettes. Philip ließ einige Minuten verstreichen, dann brach er das Schweigen.

»Hast du es Joanne erzählt?«

»Ja, ich habe mir alles von der Seele geredet, falls du das meinst.«

»Und was hat sie gesagt?«

»Was sollte sie schon sagen? Dass das alles grauenhaft ist!«

»Grauenhaft, ja, das ist das richtige Wort!«

»Sie meinte damit, was mir widerfährt, Philip, so, und jetzt lass mich schlafen.«

Philip hatte das Licht im Flur angelassen, damit Lisa, wenn sie aufwachte, den Weg zur Toilette fände. Um drei Uhr morgens schlug sie die Augen auf. Ihr Blick glitt durch das dunkle Zimmer, sie versuchte zu verstehen, wo sie war. Der zum Fenster geneigte Baum bewegte heftig seine Zweige wie Arme, die zu lang für ihn waren. Die Blätter schlugen gegen die Scheiben, als wollten sie die dicken Tropfen abschütteln, die auf ihnen lagen. Sie erhob sich, trat auf den Flur hinaus und schlich leise die Treppe hinab. In der Küche öffnete sie den Kühlschrank. Sie griff nach dem Teller, hob eine Ecke der Frischhaltefolie an, schnupperte an dem Sandwich und stellte es wieder zurück.

Sie nahm eine Scheibe Toastbrot aus dem Paket und eine Banane aus der Obstschale, die sie mit einer Gabel zerdrückte und mit Rohrzucker vermischte. Dann bestrich sie das Brot sorgfältig damit und verschlang es gierig. Anschließend stellte sie alles zurück an seinen Platz und wusch trotz der Spülmaschine ihren Teller und was sonst noch im Spülbecken stand, ab.

Im Hinausgehen warf sie einen letzten Blick auf die Küche und kehrte zurück in ihr Bett.

Acht Tage vergingen, in denen sich für Mary ein Leben abzeichnete, das nicht mehr das ihre war. Da Lisas Geburt in der Botschaft registriert worden war, wurde ihre amerikanische Staatsbürgerschaft nicht in Frage gestellt. Susans Brief, in dem sie Philip zum Vormund der kleinen Lisa – geboren am neunundzwanzigsten Januar 1979 um acht Uhr zehn im Sula-Tal in Honduras, Mutter Susan Jensen, Vater unbekannt – bestellt hatte, war schließlich nach vielen bürokratischen Hindernissen anerkannt worden. Obwohl Susans Kollegen die gute Idee gehabt hatten, das Schreiben vor der Abreise nach New Jersey auf der amerikanischen Botschaft notariell beglaubigen zu lassen, verbrachten Philip und Lisa den Montag in den Mühlen der Bürokratie. Sie mussten durch lange Gänge laufen, eine große weiße Marmortreppe hinaufgehen, die in eine riesige, holzgetäfelte Halle mündete, ähnlich der des Präsidentenpalastes, von dem Susan ihr manchmal erzählt hatte. Anfangs hatte sie sich ein wenig gefürchtet, denn hatte ihre Mutter ihr nicht immer gesagt, Paläste seien gefährliche Orte mit viel Militär und Polizei? Sie hatte sie nie mitnehmen wollen, wenn sie dorthin hatte gehen müssen. Aber der Präsident, der in diesem Palast wohnte, war offenbar nicht besonders wichtig, denn es gab nur zwei Soldaten an dem Tor, an dem man sich in seine Taschen schauen lassen musste wie am Flughafen. Um der Langeweile zu entgehen, zählte sie die Marmorfliesen am Boden, es gab mindestens tausend, fünfhundert weiße und fünfhundert braune. Sie konnte ihre Berechnungen nicht beenden, da der Mann hinter der Glasscheibe ihnen schließlich den Weg erklärt hatte, das heißt eine andere Treppe, diesmal mit einem rot-schwarz gemusterten Teppich. Sie waren von einem Büro zum nächsten gewandert, um verschiedenfarbige Papiere einzusammeln und dann an einem anderen Schalter anzustehen. Es war wie eine riesige Schnitzeljagd für Erwachsene, doch nach den traurigen Gesichtern zu urteilen, hatten die Organisatoren dieses Spiels selbst nicht viel Freude daran. Gab Philip auf dem Formular die richtigen Antworten, so stempelte die Frau oder der Mann hinter der Scheibe es ab und gab ihm einen neuen Fragebogen, den er ausfüllen und in einem anderen Zimmer abgeben musste. Dann gingen sie durch einen weiteren Gang, manchmal auch denselben zurück, zum Beispiel durch den mit den einunddreißig Lampen an der Decke – zwischen jeder von ihnen lagen zehn schwarz-weiße Bodenfliesen –, es war der längste und breiteste, dann kam wieder eine Treppe, und ein Erwachsener, der ihnen den Weg zur nächsten Etappe wies. Philip wollte sie immer bei der Hand nehmen, aber Lisa ging hartnäckig einige Schritte neben oder vor ihm her. Sie verabscheute es, festgehalten zu werden, ihre Mutter hatte so etwas nie getan. Als sie wieder im Auto saßen, schien Philip zufrieden, er hatte gewonnen. Sie fuhren mit dem letzten rosafarbenen Papier davon, das ihn zu ihrem vorläufigen gesetzlichen Vormund bestimmte. In sechs Monaten müssten sie wiederkommen und einen Richter treffen, der die endgültige Adoption bewilligen würde. Lisa schwor sich, dann zu fragen, was die Worte »Vormund« und »endgültige Adoption« zu bedeuten hätten, aber »später, nicht jetzt«! Zu Hause schien Mary noch immer verärgert, sie hatte sich überhaupt nicht für ihr Papier interessiert. Sicherlich deshalb, weil sie nicht gewonnen hat, sie macht bestimmt nicht so ein Gesicht, nur weil sie nicht mit uns gespielt hat, dachte die Kleine.

Am Dienstag wurde Lisa in der Schule eingeschrieben. Sie hätte sich nie vorgestellt, dass es so riesige Schulen gab. Susan hatte ihr von der Universität erzählt ... Sie fragte sich, ob sich Philip vielleicht in ihrem Alter getäuscht hatte. Der große Hof hatte einen Belag, der unter den Füßen ein wenig nachgab. In einer Ecke gab es Leitern in allen Farben, ein Karussell und zwei Rutschbahnen, die sie beharrlich betrachtete. Als sie über den überdachten Teil des Schulhofs gingen, ertönte eine Glocke. Sie klang ganz anders als die, die befahl, sich in einen Schutzbunker zu begeben, weil sich ein Wirbelsturm näherte. Es war eine ganz kleine Schelle, die sich einfältig aufzuspielen suchte, indem sie lauter klingeln wollte, als sie konnte. Doch das war vergebene Mühe, da hatte Lisa schon ganz anderes gehört. Wenn die Dorfglocke zur Messe läutete oder alle auf dem Platz zusammenrief, drangen die Vibrationen in ihre Brust und ließen ihr Herz wild schlagen, ohne dass sie gewusst hätte, warum. Ihrer Mutter, die ihr immer wieder einzureden versucht hatte, dass sie lernen müsse, ihre Angst zu beherrschen, sagte sie, es sei der Sand in der Luft, der ihr die Tränen in die Augen triebe. Als die Glocke scheppernd verklang, stürzte eine Horde Kinder nach draußen. Vielleicht gab es doch irgendeine Gefahr.

Das Erdgeschoss des Gebäudes bestand aus einem überdachten Hof, auf dem sich die Schüler bei Regen aufhielten. Sie gingen die große Treppe hinauf in den ersten Stock, wo von einem langen Gang Klassenzimmer mit identischen Pulten abgingen. Lisa fragte sich, wie sie so viele gleiche Pulte hatten finden können! Sie musste vor einer gelben Tür warten, während Philip in dem Büro mit der Schulleiterin sprach. Kurz darauf wurde sie ihr vorgestellt. Es war eine hochgewachsene Frau, deren weißes Haar zu einem Knoten frisiert war. Ihr breites Lächeln vermochte ihre Strenge nicht zu verdecken. Gegen Mittag verließen sie die Schule. An dem Gittertor blieb Philip stehen und hockte sich vor die Kleine.

»Lisa, du musst antworten, wenn die Leute mit dir sprechen. In den letzten zwei Tagen habe ich deine Stimme kaum gehört.«

Das Mädchen zuckte die Schultern und zog den Kopf ein.

In dem MacDonald's, wo Philip mit ihr zu Mittag essen wollte, war sie fasziniert von den Werbetafeln, die über den Kassen hingen. Als sie sich dem Tresen näherten, fragte er sie, was sie wolle, doch sie wandte den Kopf ab und war offenbar nicht am Essen interessiert. Nur die große rote Rutschbahn vor dem Haus schien ihre Aufmerksamkeit zu fesseln. Philip fragte noch einmal, doch Lisa schwieg, den Blick beharrlich nach draußen gerichtet. Er beugte sich zu ihr hinab, legte den Finger unter ihr Kinn und hob es an.

»Von mir aus könntest du gerne hingehen, aber es regnet.«

»Na und?«, sagte sie.

»Du wirst ganz nass.«

»Bei mir zu Hause regnet es immer und viel mehr, und wenn man alles, was man machen will, nicht tun würde aus Angst, nass zu werden, dann wäre man bald tot. So tötet einen der Regen nicht, aber davon verstehst du nichts, du kennst ihn nicht, ich schon!«

Die Bedienung bat sie, zur Seite zu treten, wenn sie keine Bestellung aufgeben wollten, die Gäste hinter ihnen wurden ungeduldig. Lisa hatte den Kopf wieder abgewandt und fixierte die Rutsche wie ein Gefangener die Linie eines imaginären Horizonts jenseits seiner Gitterstäbe.

»Wenn ich hinunterrutsche, bin ich, unten angekommen, vielleicht wieder zu Hause. So ist das in meinem Traum, und wenn ich ganz fest daran glaube, passiert es vielleicht auch!«

Philip entschuldigte sich bei der Bedienung, nahm Lisa bei der Hand, und sie gingen beide nach draußen. Es regnete jetzt noch heftiger, und auf dem Parkplatz hatten sich bereits große Pfützen gebildet. Philip trat absichtlich hinein und ließ das Wasser in seine Schuhe dringen. An der Leiter der Rutschbahn nahm er Lisa auf den Arm und stellte sie auf die dritte Stufe.

»Ich denke, es wäre lächerlich, dir zu sagen, dass du aufpassen sollst; zu Hause bist du sicher nie hingefallen.«

»Doch!«

Unbeeindruckt von den Windböen, kletterte sie die Sprossen hinauf. Er spürte, dass sie glücklich war, ohne an den nächsten Augenblick zu denken, so wie ein Tier, das man in seiner natürlichen Umgebung freilässt.

Vor einer großen roten Rutschbahn, deren leuchtende Farbe durch den finsteren Himmel gedämpft war, stand ein nasser Mann mit weit geöffneten Armen und wartete auf ein kleines Mädchen, das mit geschlossenen Augen herunterrutschte, damit sein Traum in Erfüllung ginge. Und jedes Mal fing er sie auf, drückte sie an sich und stellte sie wieder auf die dritte Sprosse.

Sie unternahm drei Versuche, dann zuckte sie die Schultern und nahm seine Hand.

»Es funktioniert nicht, wir können gehen!«

»Willst du jetzt etwas essen?«

Sie schüttelte den Kopf und zog ihn zum Wagen. Als sie auf den Rücksitz kletterte, flüsterte sie ihm ins Ohr.

»Es war trotzdem gut!«

Der Regen ließ allmählich nach. Als sie nach Hause kamen, saß Mary im Wohnzimmer. Sie sprang auf und verstellte ihnen den Weg zur Treppe.

»So geht ihr nirgendwohin, der Teppichboden ist erst letzte Woche geschäumt worden, ihr braucht also wirklich nicht gleich wieder anzufangen. Zieht eure Schuhe und eure Kleider aus. Ich hole Handtücher von oben.«
Philip schlüpfte aus seinem Hemd und half Lisa dabei, ihres auszuziehen. Sie fand es völlig unsinnig, überall Teppiche hinzulegen, wenn man nicht darauf laufen konnte. Bei ihr zu Hause war alles viel praktischer, der Boden war aus Holz und man konnte machen, was man wollte; einmal mit dem Wischlappen darüber, und er war wieder sauber. Mary frottierte Philip die Haare, und er rieb die von Lisa trocken. Sie erkundigte sich, ob sie mit offenem Autodach durch eine Waschanlage gefahren seien, und befahl ihnen, nach oben zu gehen und sich umzuziehen. Da sie wegen des Wetters nicht nach draußen konnte, verbrachte Lisa den Tag damit, das Haus zu erkunden.

Sie ging in Philips Arbeitszimmer, baute sich vor ihm auf und musterte ihn. Dann trat sie hinter den großen Tisch und sah zu, wie er die Umrisse seiner Entwürfe nachzog, wandte sich schließlich ab, um das Zimmer in Augenschein zu nehmen. Ihr Blick fiel auf ein Foto von Susan, das sie lange betrachtete. Sie hatte ihre Mutter nie so jung gesehen, und auch die Ähnlichkeit zwischen ihnen, die sich allmählich herausbildete, war ihr vorher nie aufgefallen.
»Glaubst du, dass ich irgendwann älter sein werde als sie?«
Philip blickte von seinem Entwurf auf.
»Als dieses Foto aufgenommen wurde, war sie zwanzig, ich habe es am Abend vor ihrer Abreise gemacht. Ich war ihr bester Freund, weißt du. Als ich so alt war wie du, habe ich ihr das Medaillon geschenkt, das sie immer um den Hals trug. Wenn

du genau hinschaust, kannst du es erkennen. Wir hatten keine Geheimnisse voreinander.«

Lisa musterte ihn überheblich.

»Dann wusstest du also von meiner Geburt?«

Damit wandte sie sich ab und verließ das Zimmer. Philips Blick ruhte noch eine Weile auf der Tür, ehe er die Schatulle mit Susans Briefen anschaute. Er legte die Hand auf den Deckel, zögerte und verzichtete dann aber darauf, ihn zu öffnen. Traurig lächelte er das Foto im Regal an und griff wieder zu seinem Stift.

Lisa ging ins Badezimmer hinunter und öffnete den Schrank, in dem Mary ihre Kosmetika aufbewahrte. Sie nahm das Parfümfläschchen, drückte auf den Sprühknopf und schnupperte. Sie verzog das Gesicht, stellte den Flakon zurück und verließ das Bad. Der nächste Besuch galt Thomas' Zimmer, das jedoch nicht von Interesse war. In der Kiste lag nur Spielzeug für Jungen. Das Gewehr an der Wand ließ sie erschauern. Gab es hier auch Soldaten, die kamen, um das Haus in Brand zu stecken und die Bewohner zu ermorden? Welche Gefahr mochte es in einer Stadt geben, deren Zäune nicht niedergerissen waren und deren Mauern keine Einschusslöcher aufwiesen?

Mary hatte das Abendessen zubereitet, und sie saßen um den Küchentisch. Thomas, dem man als Erstem etwas auf den Teller gegeben hatte, bahnte mit seiner Gabel eine zweispurige Straße durch das Püree. Die Erbsen hatte er zu einem Konvoi aufgereiht, auf dem Weg zu einer Werkstatt, die unter der Schinkenscheibe zu vermuten war. Einer nach dem anderen umrundeten seine grünen Lastwagen die Essiggurke, die als Stützpfeiler diente, und die Kunst der Übung bestand darin, den Spinat-Wald, in dem viele Gefahren lauerten, zu umgehen. Philip skizzierte auf seinem Papierset Marys Züge, während Lisa auf dem ihren den zeichnenden Philip malte.

Am Mittwoch nahm er sie zum Einkaufen in einen Supermarkt mit. Lisa hatte noch nie etwas Vergleichbares gesehen. In diesem Geschäft gab es mehr Nahrungsmittel, als sie je in ihrem ganzen Dorf gesehen hatte.
Alle Unternehmungen in dieser Woche dienten der Erkundung jener Welt, die ihre Mutter ihr manchmal als »das Land von früher« beschrieben hatte. Lisa – begeistert, bisweilen auch eifersüchtig oder verängstigt – fragte sich, wie sie Teile dieser Welt mitnehmen könnte, wenn sie in die staubigen Gassen zurückkehren würde, zu ihren Menschen, die ihr so sehr fehlten. Abends vor dem Einschlafen ließ sie all die tröstlichen Bilder in sich aufsteigen: die kleine ungepflasterte Straße, die ihr Haus mit der Krankenstation verband, welche ihre Mutter hatte bauen lassen, oder die freundlichen Blicke der Dorfbewohner, die sie bei jeder Begegnung grüßten. Der Elektriker, der nie Geld von ihrer Mutter annehmen wollte, hieß Manuel. Sie erinnerte sich an die Stimme der Lehrerin Señora Cazalès, die einmal wöchentlich ins Dorf kam, um ihnen im Lebensmitteldepot Unterricht zu erteilen. Sie brachte ihnen Fotos von außergewöhnlichen Tieren mit. Und in den Armen von Enrique, dem Mann mit dem Karren, den alle scherzhaft den »Transporteur« nannten, sank sie in den Schlaf.
Im Traum hörte sie auf der trockenen Erde die Hufe ihres Esels schlagen. Sie folgte ihm bis zum Bauernhof, durchquerte die Rapsfelder, deren hohe gelbe Blüten sie vor der glühenden Sonne schützten, und gelangte schließlich zur Kirche. Die Türen waren, nachdem sich der Türstock durch den vielen Regen ver-

zogen hatte, stets angelehnt. Sie ging zum Altar vor, und die Dorfbewohner zu beiden Seiten des Mittelgangs betrachteten sie lächelnd. In der ersten Reihe nahm ihre Mutter sie in die Arme und drückte sie an sich. Der Duft ihrer Haut, eine Mischung aus Schweiß und Seife, stieg ihr in die Nase. Das Licht nahm langsam ab, als ginge der Tag zu schnell zur Neige, und plötzlich verdunkelte sich der Himmel. Umgeben von einem opalfarbenen Schimmer, kam der Esel in die Kirche und betrachtete die überraschte Gemeinde. Plötzlich brach das Gewitter los, hallte im Kirchengemäuer wider. Das dumpfe Grollen des Wassers, das den Berg hinabstürzte, wurde lauter. Die Köpfe gesenkt, die Hände gefaltet, knieten die Bauern nieder und beteten noch inbrünstiger. Sie hatte Mühe, ihren Kopf zu wenden, so als würde das Gewicht der Luft sie daran hindern. Die hölzernen Türflügel zersplitterten, und der reißende Strom drang in das Kirchenschiff. Der Esel trieb auf den Fluten, versuchte verzweifelt, die Nüstern über Wasser zu halten, und stieß einen letzten Schrei aus, bevor er versank. Als sie die Augen öffnete, saß Philip neben ihr und hielt ihre Hand. Er streichelte ihr Haar und murmelte besänftigende Worte, mit denen man Kinder zum Schweigen bringen will, obwohl allein Schreie sie von der Angst befreien könnten. Doch welcher Erwachsene erinnert sich noch an diese Schrecken?
Sie setzte sich abrupt im Bett auf und strich sich über die Stirn, um die Schweißperlen abzuwischen.
»Warum ist Mum nicht mit mir zurückgekommen? Wozu soll mein Albtraum gut sein, wenn sie nicht mit mir aufwacht?«
Philip wollte sie in die Arme nehmen, doch sie stieß ihn zurück.
»Alles braucht seine Zeit«, sagte er, »du wirst sehen, nur ein bisschen Zeit, und es geht besser.«

Er blieb bei ihr, bis sie wieder eingeschlafen war. Als er ins Schlafzimmer zurückkam, machte er, um Mary nicht aufzuwecken, kein Licht. Er tastete sich zum Bett und schlüpfte unter die Decke.

»Was hast du gemacht?«

»Hör auf, Mary!«

»Aber was habe ich denn gesagt?«

»Eben nichts!«

Dieser Samstag war dem vorangegangenen zum Verwechseln ähnlich, wieder schlug prasselnder Regen gegen die Scheiben. Philip hatte sich in seinem Arbeitszimmer eingeschlossen. Im Wohnzimmer vernichtete Thomas einige Außerirdische, die wie halbe Kürbisse geformt waren und den Bildschirm hinabschwebten. Mary saß in der Küche und blätterte in einer Zeitschrift. Ihr Blick richtete sich auf die Treppe, deren Stufen im Halbdunkel des ersten Stocks verschwanden. Durch die geöffnete Schiebetür zum Wohnzimmer erahnte sie den Rücken ihres über sein Spiel gebeugten Sohns. Sie betrachtete Lisa, die ihr gegenübersaß und zeichnete. Als sie sich zum Fenster umwandte, fühlte sie sich plötzlich von der Traurigkeit dieses trüben Nachmittags überwältigt. Lisa hob den Kopf und sah die Tränen, die über Marys Wangen rannen. Ihr prüfender Blick ruhte eine Weile auf ihr, und der Zorn, der in ihr aufstieg, verzerrte ihr Gesicht. Sie sprang vom Stuhl, auf dem sie gesessen hatte, ging mit entschlossenem Schritt zum Kühlschrank und riss ihn auf. Sie nahm Eier und eine Flasche Milch heraus und knallte die Tür zu. Dann holte sie eine Schüssel, gab beides hinein und verrührte die Mischung mit einer Kraft, die Mary erstaunte. Ohne jegliches Zögern fügte sie

Zucker, Mehl und die restlichen Zutaten, die sie aus dem Regal nahm, hinzu.
»Was machst du da?«
Die Kleine sah Mary direkt in die Augen, ihre Unterlippe zitterte.
»In meinem Land regnet es, aber es ist nicht so ein Regen wie hier, sondern ein richtiger Regen, der so viele Tage andauert, dass man sie nicht mehr zählen kann. Und bei uns ist der Regen so heftig, dass er immer irgendwann einen Weg unter das Dach findet, und dann läuft er in dein Haus hinein. Der Regen ist klug, das hat Mum mir gesagt, du weißt es nicht, aber er will mehr, immer mehr.«
Der Zorn der Kleinen wuchs mit jedem Wort. Sie zündete das Gas an, ließ die Pfanne heiß werden und fuhr fort.
»Also sucht er, wie er weiterkommen kann, und wenn du nicht aufpasst, dann erreicht er sein Ziel. Er gleitet in deinen Kopf, um dich zu ertränken, und wenn ihm das gelungen ist, flieht er durch deine Augen, um jemand anderen zu ertränken. Lüg nicht, ich habe den Regen in deinen Augen gesehen, auch wenn du versucht hast, ihn zurückzuhalten, es war zu spät, du hast ihn hereingelassen, du hast verloren!«
Und während sie ihren Monolog zornig fortsetzte, goss sie den Teig in die Pfanne und sah zu, wie er goldgelb briet.
»Dieser Regen ist gefährlich, weil er in deinem Kopf Teile des Gehirns wegspült, schließlich gibst du auf, und dann stirbst du. Ich weiß, dass das stimmt. Ich habe in meinem Land Leute gesehen, die gestorben sind, weil sie aufgegeben haben. Dann musste Enrique sie auf seinem Karren wegbringen. Mum hatte ein Geheimnis, um uns vor dem Regen zu schützen, damit er uns nichts antun konnte ...«

Sie nahm alle Kraft zusammen und schleuderte den Pfannkuchen aus der Pfanne in die Luft. Goldgelb drehte er sich um sich selbst und stieg langsam höher, bis er an der Decke klebte, und zwar genau über Lisa.
»Das ist Mums Geheimnis, sie hat Sonnen unter die Decke gemacht. Sieh doch«, rief sie und zeigte auf den Pfannkuchen, der an der Decke klebte, »so sieh doch! Siehst du die Sonne?«
Und ohne eine Antwort abzuwarten, backte sie einen zweiten Pfannkuchen und schleuderte ihn zu dem ersten hinauf. Mary wusste nicht, wie sie reagieren sollte, bei jedem Pfannkuchen, der aufstieg, hob die Kleine stolz den Zeigefinger zur Decke:
»Siehst du die Sonnen? Also darfst du jetzt nicht mehr weinen!«
Von dem Duft angelockt, steckte Thomas die Nase zur Tür herein. Er hielt den Atem an und betrachtete die Szene. Zuerst Lisa, die ihn in ihrer Erregung an eine Comic-Figur erinnerte, dann seine Mutter. Zu seinem Erstaunen aber sah er nicht einen Pfannkuchen.
»Habt ihr mir keinen übrig gelassen?«
Lisa tauchte verschmitzt den Zeigefinger in den süßen Teig und steckte ihn in den Mund. Sie warf einen kurzen Blick zur Decke.
»In zwei Sekunden bekommst du einen! Rühr dich nicht vom Fleck!«
Als der Pfannkuchen auf die Schulter des Jungen fiel, zuckte er zusammen. Er sah zur Decke und brach in schallendes Gelächter aus, als würde er von tausend Händen gekitzelt. Lisa spürte, wie die Wut in ihr langsam abklang, stellte die Pfanne auf den Herd und lächelte. Gerne hätte sie das Lachen, das jetzt auch in ihr aufstieg, unterdrückt, aber es war ihr unmöglich.

Das Gelächter der beiden Kinder hallte im Zimmer wider, und bald stimmte auch Mary ein. Philip war in die Küche getreten, wo ihn ein überraschendes Schauspiel erwartete.

Er roch den süßen Duft und sah sich um.

»Ihr habt Pfannkuchen gebacken und mir keinen übrig gelassen?«

»Doch, doch«, sagte Mary mit feuchten Augen, »rühr dich nicht von der Stelle!«

Lisa lehnte am Kühlschrank und hielt sich den Bauch. Thomas lag auf dem Fußboden, schnappte nach Luft und wimmerte.

Es war Philips Lachen, das Mary stutzig machte. Ihr Blick wanderte von ihrem Sohn zu ihm, von ihm zu Lisa und wieder zurück. Sie betrachtete die drei, war Zuschauer in einer Komplizenschaft, die ebenso spontan wie teuflisch war und von der sie sich bereits ein wenig ausgeschlossen fühlte. Plötzlich kam ihr die Heiterkeit zum Bewusstsein, die ihr Haus erfüllte, und auch das zärtliche Lächeln auf Philips Lippen, als er Lisa betrachtete, entging ihr nicht. Das Gesicht der Kleinen glich – die dunklere Haut ausgenommen – voll und ganz dem der Frau auf dem Foto, das in seinem Arbeitszimmer stand. Bei dem Blick, den sie mit Philip wechselte, verstand Mary sofort …

In ihr Haus war ein Kind gekommen, das Sonnen unter der Zimmerdecke erfand, um den »Regen aus den Augen zu vertreiben«, und sie wollte dieses Kind nicht. Und es trug alle Vernunft und Unvernunft einer anderen Frau in sich, die seit je die geheimen Gefühle jenes Mannes beschäftigte, den sie liebte.

Philip sah sie an, und sein Lächeln wurde zärtlich. Er ging in die Garage und kam mit einer Leiter unter dem Arm zurück, stellte sie auf und stieg hinauf. Oben angekommen, nahm er die Pfannkuchen ab:

»Dürfte ich einen Teller haben? Wir können schließlich nicht alle hier oben essen, wir haben nur eine Leiter. Ich weiß nicht, wie es euch geht, aber ich habe langsam Hunger.«
Das Abendessen verlief in einer bis dahin ungewohnten Ausgelassenheit zwischen Vater und Sohn, aber auch zwischen Mary und Lisa.

Nach der *Murphy-Brown*-Folge gingen sie schlafen. Auf dem Flur ermahnte Mary Lisa, sie solle sich die Zähne putzen. Wenn sie im Bett liege, komme sie, um mit ihr zu schmusen. Es folgte ein kurzer Augenblick der Stille. Mary spürte, dass sich Lisa nicht vom Fleck gerührt hatte. Hinter ihrem Rücken fragte die Kleine:
»Was ist das, schmusen?«
Mary drehte sich um, um sie anzusehen, und versuchte, ihre Verwirrung zu verbergen, doch ihre Stimme war unsicher:
»Wie meinst du das, was ist das, schmusen?«
Lisa hatte die Hände in die Hüften gestemmt.
»Na ja, was ist das – schmusen?«
»Lisa, das musst du doch wissen! Ich komme zu dir und gebe dir vor dem Einschlafen einen Kuss.«
»Und warum solltest du mir einen Kuss geben? Ich habe doch heute gar nichts Gutes getan!«
Mary betrachtete die Kleine, wie sie unbeweglich dastand. Die selbstsichere Haltung ließ sie zugleich stark und zerbrechlich wirken wie ein kleines Tier, das sich aufplusterte, um seinen Verfolger einzuschüchtern. Sie ging zu ihr und begleitete sie zum Waschbecken. Während sich Lisa die Zähne putzte, setzte sie sich auf den Wannenrand und betrachtete das Gesicht des Mädchens im Spiegel.

»Putz nicht zu fest, ich habe schon bemerkt, dass dein Zahnfleisch nachts blutet, ich werde mit dir zum Zahnarzt gehen.«

»Und warum sollte man zum Arzt gehen, wenn man nicht krank ist?«

Lisa wischte sich sorgfältig den Mund ab und legte das Handtuch auf den Heizkörper. Mary streckte ihr die Hand entgegen, aber Lisa tat so, als hätte sie es nicht bemerkt, und ging aus dem Bad. Mary folgte ihr in ihr Zimmer und wartete, bis sie unter der Decke lag, um sich dann auf die Bettkante zu setzen. Sie strich ihr übers Haar, beugte sich zu ihr hinab und hauchte ihr einen Kuss auf die Stirn.

»Schlaf jetzt, übermorgen fängt die Schule an, dann musst du in Form sein.«

Lisa antwortete nicht. Noch lange, nachdem sich die Tür geschlossen hatte, lag sie mit offenen Augen da, die das Halbdunkel absuchten.

Lisas erstes Schuljahr begann mit dem Schweigen einer Erwachsenen, die noch lange im Körper eines Kindes gefangen bleiben sollte. Niemand vernahm ihre Stimme, selbst ihre Lehrer nur dann, wenn sie ihr eine Frage stellten, was selten vorkam, da die meisten der Ansicht waren, dass sie das Jahr ohnehin wiederholen würde, und sich deshalb nicht für sie interessierten. Auch zu Hause sprach sie kaum, antwortete mal mit einem Kopfnicken, mal mit einem Knurren, das tief aus ihrer Kehle kam. Sie wäre gerne kleiner gewesen als die Ameisen, die sie auf ihrem Fensterbrett fütterte. Sie verbrachte viele Abende in ihrem Zimmer, wo sie die ganze Zeit über nur eines tat: Sie setzte die Bilder aus ihrem Leben von »früher« zusammen, bis sie eine lange Kette von Erinnerungen bildeten, ein Hoffnungsfaden, auf dem sie herumspazierte. Und in dieser Welt, die die ihre war, hörte sie das Knirschen der Steine unter den Rädern des Jeeps, das Susans Rückkehr ankündigte; dann tauchte aus ihrer tiefsten Erinnerung jener berauschende Geruch nach feuchter Erde auf, vermischt mit dem der Kiefernnadeln, und manchmal vernahm sie in der Ferne im Rauschen der Bäume wie durch einen Zauber auch die Stimme ihrer Mutter.

Oft war es abends die von Mary, die sie in die Gegenwart zurückholte, in eine fremde Welt, aus der nur der Blick zur Wanduhr Ausflucht bot. Da ihr Zeiger die Minuten zählte und verstreichen ließ, würden zwangsläufig irgendwann Jahre daraus.

~

Weihnachten stand vor der Tür, und die mit Lichtergirlanden geschmückten Dächer zeichneten sich gegen den dunklen Himmel ab. Auf dem Rückweg von New York, wohin sie Mary zu den letzten Einkäufen begleitet hatte, konnte Lisa nicht umhin, ihren Standpunkt darzulegen:

»Die Hälfte der Glühbirnen, die hier zu nichts nutze sind, sollte man zu mir nach Hause schicken, dann gäbe es dort in allen Häusern Licht.«

»Zu Hause«, entgegnete Mary, »bist du da, wo wir wohnen, in einer kleinen Straße von Montclair, und dort haben schon alle Familien Licht. Es ist nichts Schlimmes daran, gut zu leben, hör auf, die ganze Zeit daran zu denken, was dort fehlt, woher du kommst, und hör auf zu sagen, dass du dort zu Hause bist. Du bist keine Honduranerin, sondern meines Wissens Amerikanerin, dein Land ist hier.«

»Wenn ich volljährig bin, kann ich meine Staatsangehörigkeit wählen!«
»Es gibt Menschen, die ihr Leben aufs Spiel setzen, um bei uns zu leben, du solltest glücklich sein.«
»Das ist, weil sie kein Recht haben zu wählen!«

~

In den folgenden Monaten bemühte sich Philip, ein Familienleben aufzubauen. Seine Arbeit nahm ihn zwar immer mehr in Anspruch, aber er nutzte jede freie Minute, um etwas Unterhaltsames mit ihnen zu unternehmen. So etwa die Reise an Ostern nach Disneyworld, die trotz der täglichen Auseinandersetzungen zwischen Mary und Lisa allen in guter Erinnerung blieb. Dennoch hatte Philip den Eindruck, dass sich mit der Zeit immer stärker zwei Fronten unter einem Dach herausbildeten, auf der einen Seite Lisa und er, auf der anderen seine Frau und sein Sohn.

~

Zu Sommerbeginn 1989 fuhr er mit Lisa an den Ontario-See. Nach der langen, schweigsam verlaufenen Autofahrt wurden sie vom Aufseher des Angler-Camps zu ihrer Hütte geführt. Er hatte Lisa zugezwinkert, sie jedoch tat so, als würde sie nichts bemerken. Die andere Seite des Sees gehörte schon zu Kanada. Nachts erzeugten die Lichter von Toronto einen orangefarbenen Schimmer, der von den bauchigen Wolken zurückgeworfen wurde. Nach dem Abendessen saßen sie auf der Veranda, die oberhalb des ruhigen Wassers lag. Lisa brach das Schweigen:

»Wozu ist die Kindheit gut?«
»Warum fragst du mich das?«
»Warum antworten Erwachsene auf Fragen, auf die sie keine Antwort wissen, immer mit einer anderen Frage? Ich gehe jetzt ins Bett!«
Sie stand auf, doch er ergriff ihr Handgelenk und zwang sie, sich wieder zu setzen.
»Weil man dadurch Zeit gewinnt. Glaubst du denn, das wäre eine einfache Frage?«
»Das ist immer noch keine Antwort!«
»Es gibt so viele verschiedene Kindheiten, dass die Antwort schwer zu formulieren ist. Lass mir etwas Zeit und sag mir inzwischen deine Definition.«
»Ich habe dir die Frage gestellt, nicht umgekehrt.«
»Ich habe meine ganze Kindheit mit deiner Mutter verbracht.«
»Danach habe ich nicht gefragt.«
»Du willst doch, dass ich von ihrer Kindheit erzähle! Sie fühlte sich eingeengt wie alle Kinder, die das Leben zu schnell heranwachsen lässt. Wie du war sie eine Geisel ihrer kindlichen Erscheinung und dieser verdammten Sanduhr, deren Körner nicht schnell genug rannen. Sie verbrachte ihre Tage damit, auf morgen zu warten, und ihre Nächte, vom Älterwerden zu träumen.«
»War sie unglücklich?«
»Ungestüm. Und die Ungeduld tötet die Kindheit.«
»Und dann?«
»Dann, denn das war ja deine Frage, wird die Kindheit zu einem unerträglich langen Hindernislauf, so wie im Moment für dich, nicht wahr?«
»Und warum kann man nicht gleich erwachsen werden?«
»Weil die Kindheit ihre Vorzüge hat. Sie ist die Grundlage für

unsere Träume und unser Leben. Aus dieser Erinnerung wirst du später deine Kraft schöpfen, deinen Zorn und deine Leidenschaft nähren, und sie wird dir oft helfen, deine Ängste und deine Grenzen zu überwinden.«

»Ich mag meine Kindheit nicht mehr.«

»Ich weiß, Lisa, und ich verspreche dir, alles zu tun, um sie farbenprächtig zu gestalten. Trotzdem wird es immer einige Regeln schwarz auf weiß geben.«

Bei Tagesanbruch setzten sie sich ans äußerste Ende des Stegs. Zur Geduld entschlossen, bat er sie, als sich ihre Angelschnur zum vierten Mal verhedderte, wenigstens so zu tun, als würde es ihr Freude machen. Er erinnerte sie daran, dass sie sich das Angeln für ihre gemeinsame Reise ausgesucht hatte. Mit einem trockenen Zungenschnalzen entgegnete sie: »Am Meer!«, und fügte sogleich hinzu: »Nicht an einem See!« Sie ließ ihren Schwimmer im Wasser treiben und betrachtete die kleinen Wellen, die offenbar alle an dem Pfeiler zusammenlaufen wollten.

»Erzähl mir von dort.«

»Was soll ich dir erzählen?«

»Wie du dort gelebt hast.«

Sie zögerte einen Moment und antwortete dann sanft: »Mit Mum.« Dann schwieg sie. Philip biss sich auf die Unterlippe. Er legte die Angel beiseite und setzte sich neben sie, um sie in den Arm zu nehmen.

»Meine Frage war nicht gerade sehr intelligent, tut mir Leid, Lisa.«

»Doch, denn du wolltest ja, dass ich dir von ihr erzähle! Willst du wissen, ob sie von dir gesprochen hat? Nie! Sie hat nie von dir gesprochen!«

»Warum bist du so boshaft?«
»Ich will nach Hause! Ich liebe euch nicht genug!«
»Lass uns Zeit, nur ein wenig Zeit ...«
»Mum sagt, die Liebe kommt sofort oder nie.«
»Deine Mutter war recht allein mit ihren spontanen Entscheidungen!«

Am nächsten Tag biss an ihrer Angel ein Fisch an, der so groß war, dass er sie fast ins Wasser gezogen hätte. Aufgeregt legte Philip die Arme um sie, um die Beute zu sichern. Nach einem heftigen Kampf zogen sie ein dickes Paket Algen an Land. Philip betrachtete es enttäuscht, doch dann bemerkte er, wie sich Lisas Züge erhellten. Und sogleich offenbarte sich einer der Vorzüge der Kindheit: Auf dem Steg ertönte helles Lachen.
Manchmal hatte sie nachts Albträume, dann nahm er sie in die Arme und wiegte sie. Und während er ihr so friedliche Nächte schenkte, dachte er an jene Albträume, die ihn noch als Erwachsener heimsuchten. Gewisse Wunden der Kindheit verheilen nie. Sie geraten in Vergessenheit, um uns erwachsen werden zu lassen und dann umso heftiger wieder aufzureißen.
Nach einer Woche machten sie sich wieder auf den Heimweg. Thomas freute sich über Lisas Rückkehr und wich nicht mehr von ihrer Seite. Sobald sich Lisa in ihr Zimmer zurückzog, gesellte er sich zu ihr. Er setzte sich am Fenster auf den Fußboden, denn er wusste, dass er nur bleiben durfte, wenn er sich nicht bemerkbar machte. Von Zeit zu Zeit warf sie ihm einen gerührten Blick zu und vertiefte sich dann wieder in ihre Gedanken. Wenn sie gute Laune hatte, durfte er sich zu ihr aufs Bett setzen, und sie erzählte ihm Geschichten aus einer anderen

Welt, in der Gewitter Angst machen und der Wind Staub aufwirbelt, der sich mit den Kiefernnadeln vermischt.

Der Sommer verging. Lisa wiederholte die Klasse, und der Schulanfang war der Beginn einer düsteren Jugend. Sie hatte wenig oder gar keinen Kontakt zu ihren Klassenkameraden, die für ihren Geschmack zu jung waren. Da sie meist in ihre Bücher, die sie selbst aussuchte, vertieft war, spürte sie gar nicht, wie einsam sie war.

Eines Tages im Dezember hörte Thomas, wie ein Mädchen seine Schwester als »dreckige Ausländerin« beschimpfte, und versetzte ihr daraufhin einen heftigen Tritt vors Schienbein. Das Mädchen nahm seine Verfolgung auf, jagte ihn durch die Gänge der Schule und warf ihn zu Boden. Bei dem Sturz platzte seine Oberlippe auf, Blut lief über sein Kinn. Lisa kam herbeigelaufen, und als sie ihn so daliegen sah, packte sie das Mädchen, das sie beleidigt hatte, grob bei den Haaren, drückte sie an die Wand und versetzte ihr einen Fausthieb von unkontrollierter Wucht. Das Mädchen drehte sich einmal um die eigene Achse und sank mit blutender Nase zu Boden. Thomas rappelte sich entsetzt auf, er erkannte Lisas Gesicht nicht wieder. Sie stieß eine Reihe von Drohungen auf Spanisch aus und würgte ihr Opfer. Thomas stürzte sich auf Lisa und flehte sie an, den Griff zu lockern. Bebend vor Wut, ließ Lisa schließlich von dem Mädchen ab, versetzte ihr einen letzten Fußtritt und ging, ohne sich noch einmal umzudrehen. Sie wurde vierzehn Tage von der Schule verwiesen und bekam Stubenarrest. Ihre Tür blieb geschlossen, und sie ließ nicht einmal Thomas herein, wenn er ihr

Obst bringen wollte. Zum ersten Mal war es Mary, die den häuslichen Frieden wiederherstellte. Mit journalistischem Gespür gelang es ihr, das Schweigen ihres Sohnes zu brechen, und er erzählte ihr die ganze Geschichte. Am nächsten Tag machte sie einen Termin mit der Schulleitung aus und verlangte die sofortige Wiederaufnahme ihrer Stieftochter und eine Entschuldigung derer, die sie beleidigt hatte. Nie wieder wurde Lisa beschimpft, und Thomas lief mehrere Tage stolz mit seiner geschwollenen, bläulich verfärbten Lippe herum.

Im Januar feierte Lisa ihren elften Geburtstag. Nur zwei ihrer Klassenkameradinnen waren der Einladung zu einem Fest gefolgt, das Mary organisiert hatte. Abends aß die Familie die Reste des kaum angerührten Buffets. Lisa verließ ihr Zimmer nicht. Nachdem sie die Küche aufgeräumt und die Girlanden im Wohnzimmer abgenommen hatte, ging Mary mit einem Teller zu ihr. Sie setzte sich ans Fußende des Bettes und erklärte ihr, dass sie sich in der Schule kontaktfreudiger zeigen müsse, wenn sie Freundinnen finden wollte.

Die ersten Frühlingstage hatten die Sonne mitgebracht, doch die Luft war morgens noch eisig. An einem Spätnachmittag saß Mary mit Joanne beim Tee im Wohnzimmer, als Lisa von der Schule heimkam. Sie schlug die Eingangstür zu, murmelte »guten Tag« und wollte in ihr Zimmer gehen. Auf der sechsten Stufe wurde sie von Marys energischer Stimme zurückgehalten. Sie drehte sich um und zeigte so ihre dreckbespritzten Hosenbeine, die perfekt zu ihrem schlammverschmierten Gesicht passten. Der Zustand der Schuhe unterschied sich in nichts von dem der restlichen Kleidung.

»Badest du neuerdings in matschigen Pfützen, oder warum kommst du jeden Tag in einem solchen Zustand nach Hause? Soll ich einen Waschsalon kaufen?«, fragte Mary verärgert.

»Ich wollte mich gerade umziehen«, antwortete Lisa ungeduldig.

»Ich sage es dir heute zum letzten Mal«, schrie Mary, als Lisa auf der obersten Stufe verschwand. »Und du kommst gleich wieder runter und machst dir ein Sandwich. Ich kann nicht dulden, dass du nichts isst! Hast du mich verstanden?«

Ein träges »Ja«, gefolgt vom Schlagen der Tür, war vom Ende des Flurs zu hören. Mary setzte sich wieder zu ihrer Freundin und seufzte tief. Joanne, wie immer äußerst gepflegt und strahlend in ihrem beigefarbenen Kostüm, strich vorsichtig mit der Hand über ihr Haar, um sich zu vergewissern, dass es nicht in Unordnung geraten war, und lächelte wohlwollend.

»Das ist bestimmt nicht immer leicht, du tust mir richtig Leid«, sagte sie.

»Ja, und wenn ich mit ihr fertig bin, ist Thomas dran, der sie in allem imitiert.«

»Mit ihr muss es besonders schwierig sein.«

»Warum?«

»Na, du weißt schon, was ich meine, wir reden in der Stadt alle darüber, und wir bewundern dich sehr.«

»Wovon sprichst du, Joanne?«

»Ein pubertierendes Mädchen ist immer schwierig für die Mutter, aber Lisa kommt noch dazu aus einem anderen Land, sie ist nicht wie die anderen. Die Unterschiede zu ignorieren und

sie zu zähmen, wie du es machst, zeugt von einer bewundernswerten Großzügigkeit für eine Stiefmutter.«
Die Bemerkung hallte in Marys Kopf wider, als wäre ein Hammer auf ihren Schädel niedergegangen.
»Das heißt, die Beziehung zwischen Lisa und mir ist schon Stadtgespräch?«
»Natürlich sprechen wir darüber, eine Geschichte wie die deine kommt nicht alle Tage vor – Gott sei Dank für uns! Entschuldige diese Bemerkung, das war nicht gerade taktvoll von mir. Nein, was ich meine, ist, dass wir mit dir fühlen, das ist alles.«
Schon bei den ersten Worten spürte Mary Ärger in sich aufsteigen, der sich in dumpfe Wut verwandelte. Sie kochte innerlich. Ihr Gesicht kam dem ihrer Freundin so nahe, dass es fast bedrohlich wirkte:
»Und wo bekundet ihr euer Mitgefühl? Beim Friseur? Im Wartezimmer des Gynäkologen, bei der Diätberaterin oder auf der Couch des Psychiaters? Vielleicht besser noch auf dem Massagetisch, während ihr euch durchkneten lasst. Sag es mir, ich möchte es wissen, wann ist eure Langeweile so groß, dass ihr mit mir fühlt? Ich wusste, dass euer Leben sterbenslangweilig ist und dass die Zeit die Dinge nicht besser macht, aber dass es so schnell so schlimm werden würde!«
Joanna wich zurück und sank noch tiefer in das Sofa.
»Rege dich doch nicht auf, Mary, das ist lächerlich, es war nichts Böses an dem, was ich gesagt habe, du hast alles falsch verstanden, Im Gegenteil, ich spreche nur von der Zuneigung, die wir für dich empfinden.«
Mary stand auf, packte Joanne beim Arm und zwang sie, sich ebenfalls zu erheben.

»Weißt du, Joanne, du kannst mich mal mit deiner Zuneigung, und um dir nichts zu verheimlichen, ihr könnt mich alle mal, aber du, die Präsidentin der Clubs der Frustrierten, ganz besonders. Hör mir gut zu, ich werde dir eine kleine Lektion erteilen, und wenn du dein Spatzengehirn genug anstrengst, wirst du sie vielleicht sogar fehlerfrei deinen Freundinnen wiederholen können. Gezähmt werden Tiere, Kinder werden erzogen! Aber es stimmt, wenn ich deine Brut auf der Straße treffe, fällt mir auf, dass du den Unterschied nicht begriffen hast. Versuch es trotzdem, dann wirst du dich viel weniger langweilen, du wirst sehen. Und jetzt verschwinde, sonst werfe ich dich raus.«
»Bist du jetzt völlig verrückt geworden?«
»Ja«, brüllte Mary, »darum bin ich auch schon so lange verheiratet. Ich erziehe meine beiden Kinder und bin noch dazu glücklich! Raus jetzt! Verschwinde!«
Sie schlug die Tür heftig hinter Joanne zu, dass das ganze Haus bebte. Um wieder Atem zu schöpfen und die aufkommende Migräne zu verscheuchen, lehnte sie den Kopf an die Wand. Sie hatte sich kaum von ihrer Aufregung erholt, als hinter ihr die Treppenstufen knarrten. Sie drehte sich um.
In einem sauberen Jogginganzug trat Lisa in die Küche und kam kurz darauf mit einem Teller in der Hand wieder heraus. Sie hatte sich ein Sandwich aus vier mit Mayonnaise bestrichenen Toastbrotscheiben mit Schinken und Hühnchen gemacht. Es war so hoch, dass sie es mit einem Stäbchen des chinesischen Restaurants zusammenhielt, in dem Mary Essen bestellte, wenn sie keine Lust zum Kochen hatte. Auf der Treppe, genau an der Stelle, wo sie von Mary zurechtgewiesen worden war, blieb sie stehen, drehte sich mit einem stolzen Lächeln um und verkündete:

»Jetzt habe ich Hunger!«
Dann kehrte sie in ihr Zimmer zurück.

Den Juli verbrachten alle vier in den Rocky Mountains. Dort fand Lisa etwas von der Freiheit wieder, die ihr so sehr fehlte, und kam Thomas dabei näher. Ob sie die Felsen hinaufkletterte, in die Bäume stieg, Tiere beobachtete oder die verschiedensten Insekten einfing, ohne sich stechen zu lassen – immer ging sie bis ans Ende ihrer Kräfte und erregte die Bewunderung von Thomas, der sie mit jedem Tag mehr als seine große Schwester ansah. Ohne es sich einzugestehen, litt Mary unter der Verbundenheit der beiden Kinder, ging sie doch auf Kosten der Zeit, die sie sonst mit ihrem Sohn verbracht hätte. Schon früh morgens nahm Lisa ihn mit, und ein Tag voller Abenteuer begann. Bei ihrem Spiel war sie die Verantwortliche eines Lagers des Peace Corps, und Thomas mimte die Orkanopfer. Seit der Gewitternacht, in der er sie beruhigt und ihre Angst entdeckt hatte, ohne es zu verraten, war er zum Lagergehilfen aufgestiegen. Am nächsten Morgen vermischte sie die noch feuchte Erde mit Kiefernnadeln und sog den Duft tief ein. Während des Frühstücks präsentierte sie Philip ihre Mischung und erklärte zu Marys großer Verzweiflung voller Stolz, etwa so – aber natürlich noch besser – rieche es bei ihr zu Hause.

Der Monat verging schnell, und als sie wieder in die New Yorker Vorstadt zurückgekehrt waren, fühlten sich die Kinder irgendwie eingeengt. Der Schulanfang ging mit den monotonen, kürzer werdenden Tagen einher, und selbst die Rottöne des

Herbstes vermochten nichts mehr gegen den grauen Himmel auszurichten, der erst im nächsten Frühjahr seine Leuchtkraft wiederfinden würde.

~

Zu Weihnachten bekam Lisa einen großen Malkasten geschenkt, der Stifte, Rötel, Pinsel und mehrere Tuben Guaschfarbe enthielt. Auf einer an die Wand ihres Zimmers gehefteten Papiertischdecke begann sie sofort ein riesiges Fresko zu malen. Das Bild, das von Talent zeugte, zeigte ihr Dorf, den Dorfplatz mit der Kirche und die kleine Straße, die zur Schule führte, das heißt zu dem Lebensmitteldepot, dessen Türen geöffnet waren und vor dem der Jeep parkte. Im Vordergrund sah man Manuel, Señora Cazalès und ihr eigenes, am Rande der Felsen gelegenes Haus mit ihrem Esel davor. »Das ist mein Bergdorf. Mum ist drin«, erklärte sie.
Mary zwang sich, das »Werk« zu betrachten, und antwortete unter Philips erzürntem Blick spontan: »Sehr gut, mit etwas Glück tauche ich in zwanzig Jahren auch auf dem Bild auf. Natürlich habe ich dann Falten, aber dein Stil wird sich wesentlich verbessert haben. Wenn du willst, schaffst du es, da bin ich mir ganz sicher … Wir haben schließlich Zeit.«
Am sechzehnten Januar 1991 um neunzehn Uhr vierzehn schlug Amerikas Herz im Rhythmus der Raketen, die auf Bagdad niedergingen. Am Ende eines Ultimatums, das um Mitternacht abgelaufen war, hatten die USA gemeinsam mit ihren wichtigsten westlichen Partnern dem Irak den Krieg erklärt, um Kuwait zu befreien. Zwei Tage später schloss die Eastern Airlines ihre Tore, die Fluggesellschaft beförderte keine Passagiere

mehr nach Miami und auch an keinen anderen Ort. Einhundert Stunden nach Beginn der Bodenkämpfe stellten die alliierten Armeen die Feindseligkeiten ein. Einhundertfünfzig amerikanische Soldaten, achtzehn britische, zehn ägyptische, acht aus den Vereinigten Arabischen Emiraten und zwei französische waren getötet worden. Der technologische Krieg hatte hunderttausend irakischen Militärs und Zivilisten das Leben gekostet. Ende April schnitt Lisa einen Artikel aus der *New York Times* aus, den sie fast auswendig lernte und in ein großes Album klebte. Er berichtete von einem Wirbelsturm, der die Küste von Bangladesch verwüstet und fünfundzwanzigtausend Menschen getötet hatte. Im späten Frühjahr wurde Lisa von einem Streifenwagen der städtischen Polizei nach Hause gebracht. Sie war dabei ertappt worden, wie sie eine Fahne auf einen Baumstamm hinter dem Bahnhof malte. Philip konnte eine Anzeige verhindern, indem er den Polizisten anhand eines Lexikons nachwies, dass es sich nicht um die irakische, sondern um die honduranische Flagge handelte. Lisa bekam das Wochenende über Stubenarrest, und Mary beschlagnahmte für einen Monat ihren Malkasten.
Das Jahr 1991 schmückte sich mit der Erfüllung der demokratischen Hoffnungen, deren Entstehung es erlebt hatte: Am siebzehnten Juni wurden in Südafrika die Apartheidsgesetze abgeschafft, am fünfzehnten läutete die Wahl von Boris Jelzin zum Präsidenten der russischen Föderation das Ende der UdSSR-Ära ein. Im November kündigten die ersten Kämpfe der siebenhundert jugoslawischen Panzer, die Vukovar, Osijek und Vinkovci einschlossen, den Anfang eines neuen Krieges an, der bald das Herz Europas erschüttern sollte.

Das Jahr 1992 begann mit einem eisigen Winter. In wenigen Wochen würde Lisa dreizehn Jahre alt werden. Von den Hügeln von Montclair aus sah man über das in einen grau-weißen Mantel gehüllte New York. Philip hatte die Lichter in seinem Arbeitszimmer gelöscht und sich zu seiner Frau gelegt, die schon zu schlafen schien. Schüchtern strich seine Hand über ihren Rücken, bevor er sich umdrehte.

»Dein Blick fehlt mir«, sagte sie ins Dunkel hinein. Sie schwieg eine Weile und beschloss dann, sich ihm in dieser Januarnacht anzuvertrauen: »Ich sehe, wie deine Augen leuchten, wenn du Lisa ansiehst. Wenn du doch nur ein Viertel dieses Strahlens für mich übrig hättest! Seit Susans Tod ist dein Blick auf mich erloschen, mit ihr ist etwas in deinem Inneren gestorben, das ich nicht wieder zum Leben erwecken kann.«

»Du irrst dich. Ich gebe mir alle Mühe, aber es ist nicht immer einfach, und ich bin nicht vollkommen.«

»Ich kann dir nicht helfen, Philip, denn die Tür ist verschlossen. Zählt die Vergangenheit für dich so viel mehr als die Gegenwart und die Zukunft? Es ist so einfach, aus Nostalgie zu verzichten. Welch erhabener passiver Schmerz, welch bewundernswerter, langsamer Tod, aber dennoch ein Tod. Als wir uns kennen lernten, hast du von deinen Träumen erzählt, von deinen Sehnsüchten, ich glaubte, du hättest mich gerufen, und ich bin gekommen, aber jetzt bist du Gefangener deiner Fantasiewelt, und ich habe den Eindruck, aus meinem eigenen Leben vertrieben worden zu sein. Ich habe dich niemandem weggenommen, Philip; du warst allein, als ich dich kennen lernte, erinnerst du dich?«

»Warum sagst du das?«

»Weil du aufgibst, und zwar nicht meinetwegen.«

»Warum willst du dich Lisa nicht nähern?«

»Dazu gehören immer zwei, und sie möchte es auch nicht. Für dich ist die Sache einfach, der Platz des Vaters war frei.«

»Aber in ihrem Herzen ist aller Platz der Welt.«

»Das sagst gerade du? Du, der du all meiner Liebe zum Trotz keinen Platz in deinem Herzen zu machen wusstest!«

»Bereite ich dir so viel Kummer?«

»Noch viel mehr, Philip. Es gibt keine schlimmere Einsamkeit als die, die man zu zweit empfindet. Ich wollte gehen, obwohl ich dich liebe. Welch ungeheurer Widerspruch, welch eine Demütigung. Aber weil ich dich liebe, bin ich noch da, und du siehst mich nicht, du siehst nur dich, deinen Schmerz, deine Zweifel, deine Ungewissheit. Und obwohl du nicht mehr liebenswert bist, liebe ich dich.«

»Du wolltest mich verlassen?«

»Jeden Morgen beim Aufstehen, wenn unser Tag beginnt, denke ich daran. Wenn ich sehe, wie du, in dein Schweigen und deiner Zurückgezogenheit eingemauert, deinen Kaffee trinkst, wie du dich in Einsamkeit hüllst, wie du unter der viel zu lange laufenden Dusche den Geruch meiner Haut abspülst, wie du beim ersten Klingeln zum Telefon eilst, als würde es dir ein Fenster öffnen, durch das du noch etwas mehr entfliehen kannst. Und ich bleibe zurück, die Arme schwer beladen mit jenem Glück, in dem ich uns baden wollte.«

»Ich bin nur ein wenig verloren, weißt du?«, warf er leise ein.

»Du hast nichts gelernt, Philip, ich beobachte, wie du dich selbst altern siehst, wenn dein Finger die Falten nachzeichnet, die sich auf deinem Gesicht bilden. Ich habe dich vom ersten Tag an auch als alten Mann geliebt, darum wusste ich, dass ich mein Leben mit dir verbringen wollte, denn die Vorstellung, an deiner Seite alt zu werden, machte mich glücklich; zum ersten Mal in meinem Leben hatte ich keine Angst mehr vor der Ewigkeit, vor den Angriffen der Zeit. Wenn du in mir warst, spürte ich deine Stärke und deine Schwäche, und ich liebte beides. Aber ich kann unser Leben nicht allein entwerfen, niemand kann das. Man kann sein Leben nicht erfinden, mein Liebling, man muss den Mut haben, es zu leben. Ich werde für ein paar Tage wegfahren. Denn wenn ich mich allzu sehr meinen Gefühlen für dich hingebe, werde ich mich irgendwann verlieren.«

Philip nahm Marys Hand in die seine und küsste sie.

»Mit ihr ist meine Kindheit gestorben, und es gelingt mir nicht, um sie zu trauern.«

»Susan ist nur ein Vorwand, genauso wie deine Kindheit. Du kannst diesen Teil deines Lebens ewig verlängern, das kann jeder. Man erträumt sich ein Ideal, man ersehnt es, lauert darauf, und dann, an dem Tag, da es Gestalt annimmt, hat man Angst, es zu leben, fürchtet, den eigenen Träumen nicht gewachsen zu sein oder sie mit einer Wirklichkeit in Einklang zu bringen, für die man verantwortlich wird. Es ist leicht, sich zu weigern, erwachsen zu werden, so leicht, die eigenen Fehler zu vergessen und sein Schicksal verantwortlich zu machen, anstatt zu handeln. Wenn du wüsstest, wie erschöpft ich plötzlich bin. Ich habe diesen Mut gehabt, Philip, den Mut, dich in deinem Leben zu lieben, das, wie du am Anfang sagtest, so kompliziert war. Warum kompliziert? Wegen deiner Qualen, deiner Unzulänglichkeiten? Weil du glaubtest, dies sei dein Monopol?«

»Du bist meiner überdrüssig?«

»Ich habe meine Zeit damit verbracht, dir zuzuhören, während du nur auf dich selbst gehört hast, doch die Vorstellung, dich glücklich zu machen, war mein größtes Glück. Die Banalitäten des Alltags waren mir gleichgültig. Weder deine Zahnbürste in meinem Glas noch dein nächtliches Schnarchen oder dein verknittertes Gesicht am Morgen konnten mich schrecken, mein Traum ließ mich jenseits solcher Kleinigkeiten leben. Auch ich musste lernen, gegen die Momente der Einsamkeit, die Augenblicke des Schwindels anzukämpfen. Ist dir das überhaupt bewusst? Ich habe alle möglichen Gründe geltend gemacht, um dir zuzugestehen, dass sich deine Welt gegen den Uhrzeigersinn dreht, aber ob es dir gefällt oder nicht, sie dreht sich nur in eine Richtung, und ob es dir gefällt oder nicht, du lebst auf ihr und drehst dich mit ihr.«

»Aber was ist passiert, dass du mir all diese Dinge sagst?«

»Eben nichts. Ich brauchte nur zu sehen, wie sich dein Körper jede Nacht etwas mehr von mir entfernt, brauchte nur deinen Rücken zu sehen, wenn ich die Augen öffne, statt wie vorher dein schlafendes Gesicht, brauchte nur deine Hände zu spüren, die halbherzig über meine Haut gleiten; mein Gott, wie ich dein ›danke‹ gehasst habe, wenn ich deinen Hals küsste. Warum hast du heute nicht länger gearbeitet? Ich hätte mich so gern noch zurückgehalten und dir nichts gesagt.«

»Aber du bist dabei, mir zu erklären, dass du mich nicht mehr liebst.«

Mary stand auf und blickte sich um, als sie das Zimmer verließ. Er sah, wie ihre Silhouette im Dämmerlicht des Flurs verschwand, wartete einige Minuten und ging dann zu ihr. Sie saß auf der obersten Treppenstufe, den Blick starr nach unten auf die Haustür gerichtet. Er kniete sich hinter sie und nahm sie ungeschickt in die Arme.

»Ich war eigentlich dabei, dir das Gegenteil zu sagen«, erklärte sie. Dann ging sie hinunter ins Wohnzimmer und schloss die Tür hinter sich.

Es folgte der schwierige Tag auf die Nacht, in der die Worte ausgesprochen worden waren, die man geahnt hatte, aber nicht hören wollte. In ihren Ledermantel gehüllt, kämpfte Mary auf der Türschwelle gegen die lähmende Morgenkälte. Die Stimmen der Kinder näherten sich auf der Treppe, sie rief, sie würde im Auto auf sie warten und sie sollten sich beeilen, sonst kämen sie zu spät. Philip trat zu ihr und streichelte ihren Nacken.

»Vielleicht zeige ich es dir nicht auf die Art, wie du es dir wünschst, aber ich liebe dich wirklich, Mary.«

»Bitte, nicht jetzt, nicht vor den Kindern, es ist noch zu früh, um Pfannkuchen zu backen.«

Er küsste sie auf den Mund. Oben auf der Treppe grölte Thomas: »Die Verliebten, die Verliebten, die Verliebten!« Lisa versetzte ihm einen Stoß mit der Schulter und erklärte in einem Ton, der autoritär und arrogant klingen sollte: »Versprich mir, Thomas, dass du eines Tages die Schwierigkeiten deiner sieben Jahre überwinden und nicht dein ganzes Leben lang so kindisch bleiben wirst!«

Ohne eine Antwort abzuwarten, lief sie nach unten. Im Hinausgehen nahm sie Mary die Schlüssel aus der Hand und rief von der Straße her: »Ich warte im Auto auf euch«, verzog das Gesicht und fügte leise hinzu: »Die Verliebten!«

Mary kam zum Wagen, legte die kleine Reisetasche in den Kofferraum und setzte sich ans Steuer.

»Verreist du?«, fragte Thomas.

»Ich fahre ein paar Tage mit meiner Schwester nach Los Angeles, Dad wird sich um euch kümmern.«

Mary stellte den Wagen im Parkhaus ab und nahm den Verbindungsgang, der zum Terminal führte. Er war gerade renoviert worden, und die Farbe glänzte noch feucht. Ihr Flugzeug startete erst in drei Stunden, und die Abfertigung hatte noch nicht begonnen. Deshalb ging sie in die Bar und setzte sich auf einen Hocker an der Theke. Ein Barkeeper mit spanischem Akzent brachte ihr einen Milchkaffee. Während sie ihn langsam trank, ließ sie Bilder aus der Vergangenheit an sich vorüberziehen: die zufällige Begegnung im Halbdunkel eines Kinos, die unerwarteten ersten Worte auf der Straße, die köstliche Verwirrung, die eigenartigen Gefühle, der ersehnte Austausch von Telefonnummern. Das bange Warten, das die Hoffnung ins Wanken bringt, Kleinigkeiten, die an den erinnern, den man noch nicht kennt, das Herzklopfen beim ersten Anruf, der den nächsten Tag so sehr verändert, dann die erneute Stille und die Zeit, die viel zu langsam vergeht. Der unvergessliche Blick an Silvester inmitten des Gedränges auf dem Times Square, eine Haustür, die sich in der eisigen Morgenluft auf eine verlassene Straße in SoHo öffnet, und das erneute Warten. Die aufkommende Vertrautheit während der Abende im Fanelli's, die alte Holztreppe, deren Stufen immer höher zu werden scheinen, nachdem er um die Straßenecke verschwunden ist, die Stunden, in denen man auf das Telefon starrt. Und inmitten all dieser Bilder die Erinnerungen an die ersten Male: der Strauß roter Rosen auf der Fußmatte, die scheuen, noch so unbeholfenen Umarmungen, die Nacht, in der man ständig aufwacht aus Angst, den anderen zu stören, der Körper, der nicht die richtige Schlafposition findet, der Arm, mit dem man nicht mehr weiß, wohin.

Und dann, als ihr klar wurde, dass diese Verbundenheit einen ungeahnten Stellenwert im Leben einnehmen würde, die ersten Ängste: dass der andere eines Morgens gehen, dass er nicht mehr anrufen könnte, die Angst bei dem Gedanken, dass Liebe selbst für die Widerspenstigsten Abhängigkeit bedeutet. Die Augenblicke, die eine beginnende Partnerschaft ausmachen: die gemeinsamen Mittagessen, die ersten Wochenenden, die Sonntagabende, an denen der andere bleibt, bereit, die Gewohnheiten des Junggesellenlebens aufzugeben, die unsinnigen Herausforderungen, die lauernden Blicke, wenn man Pläne schmiedet und auf ein zustimmendes Lächeln hofft. Das Leben zu zweit, das sich entwickelt wie eine lang ersehnte Befreiung. Sie sah ihn wieder in der Kirche in jener Festtagskleidung, die die Einmaligkeit des Augenblicks unterstreicht – warum hatten sie nicht in legerer Kleidung geheiratet, denn so hatten sie eigentlich ihre Verbindung eingehen wollen. Und diese Verbindung bestand eindeutig, als er mit ihr nach Montclair gefahren war, um das Haus zu besichtigen, in dem sie jetzt wohnten. Im Badezimmer hatte ein kleiner Teststreifen seine Farbe verändert und damit auch ihr ganzes Leben, Licht und Gerüche eines Nachmittags, an dem das künftige Kinderzimmer für das Baby gestrichen wurde, das in ihrem Leib heranwuchs. Sein Blick, der sich manchmal in einer Vergangenheit verlor, zu der sie keinen Zugang hatte, die Liebe, die sie ihm geben wollte, um ihn an sich zu binden. Als der Kellner sie aus ihren Träumen riss, erschrak sie.

»Möchten Sie noch einen Kaffee? Entschuldigung, ich wollte sie nicht erschrecken.«

»Nein danke«, antwortete sie, »mein Flug wird bald aufgerufen.«

Sie zahlte und ging. Vor dem TWA-Schalter sah sie eine Reihe von Telefonkabinen, schob eine Fünfundzwanzig-Cent-Münze in den Schlitz und wählte ihre eigene Telefonnummer. Philip hob beim ersten Klingeln ab.

»Wo bist du?«

»Am Flughafen.«

»Wann geht deine Maschine?«

Er hatte die Frage mit einer traurigen, leisen Stimme gestellt. Sie wartete einige Sekunden, ehe sie antwortete:

»Hast du heute Abend Zeit, essen zu gehen? Ruf einen Babysitter an und bestell einen Tisch bei Fanelli's, ich tausche meine Woche in der Sonne gegen einen Einkaufsbummel ein. Zieh eine Jeans an und den Pullover mit dem runden Ausschnitt, den blauen, darin gefällst du mir gut. Ich erwarte dich um zwanzig Uhr an der Ecke Mercer/Prince Street.«

Sie legte auf und ging lächelnd zur Parkgarage.

Sie verbrachte den Tag damit, etwas für sich zu tun. Frisör, Maniküre, Pediküre, Kosmetikerin, sie ließ nichts aus. Sie zog das Flugticket aus ihrer Tasche, das sie sich zurückerstatten lassen würde, sah noch einmal auf den Preis und beschloss, nicht mehr auszugeben als die Summe, die oben links aufgedruckt war. Sie kaufte sich einen Mantel, einen Rock, eine Baumwollbluse und auch einen Pullover für Thomas.

Bei Fanelli's bestand sie darauf, einen Tisch im ersten Raum zu bekommen. Philip zeigte sich während des Essens äußerst aufmerksam. Später gingen sie im eisigen Wind durch die Straßen ihres ehemaligen Viertels und standen plötzlich, ohne es bemerkt zu haben, vor dem Haus, in dem sie früher gewohnt hatten. Im Eingang umarmte und küsste er sie.

»Wir müssen zurück«, sagte sie, »es ist schon spät für den Babysitter.«

»Ich habe ihn für die ganze Nacht bestellt, er bringt die Kinder morgen zur Schule, und jetzt bringe ich dich zu dem Hotel, wo ich ein Zimmer für uns reserviert habe.«

Vor dem Einschlafen schmiegte sie sich in der Vertrautheit der zerknüllten Laken ganz fest an Philip, der sie in die Arme schloss.

»Ich bin froh, dass ich nicht nach Los Angeles gefahren bin.«

»Ich auch«, entgegnete er. »Mary, ich habe gehört, was du mir gestern Abend gesagt hast, und auch ich möchte dich um etwas bitten. Ich möchte, dass du dir mit Lisa Mühe gibst.«

Ein Jahr verging, und Mary gab sich alle Mühe. Philip brachte die Kinder morgens zur Schule, Mary holte sie abends wieder ab. Thomas wich nicht von der Seite seiner großen Schwester, in deren Dienst er sich ganz und gar gestellt hatte. Er opferte jede freie Stunde, um in der Bibliothek von Montclair alles für sie herauszusuchen, was mit Honduras zu tun hatte. Er fotokopierte Zeitungsartikel, die sie in ihr großes Heft klebte, dazwischen machte sie – mal mit Rötel, mal mit Bleistift – Zeichnungen. Lisa begleitete ihn zu den Baseball-Spielen, dort saß sie auf der Tribüne, und sobald Thomas den Schläger hielt, feuerte sie ihn so laut an, dass man sich nach ihr umdrehte. Im August fuhren sie in ein Ferienlager. Philip und Mary mieteten in den Hamptons ein kleines Häuschen am Meer. An einem langen Wochenende im Winter schickten sie die Kinder zum Skikurs und zogen sich wie ein Liebespaar in ein Chalet an einem vereisten See in den Adirondacks zurück. Die bestehenden Fronten lösten sich nach und nach auf, um sich im Lauf der Zeit neu zu bilden: auf der einen Seite die der Eltern, auf der anderen die der Kinder. Auch Lisa veränderte sich, entwickelte sich von Monat zu Monat mehr zu einer jungen Frau.

~

Ende Januar 1993 feierte sie ihren vierzehnten Geburtstag, und acht Klassenkameradinnen kamen zu ihrem Fest. Ihre Haut wurde immer dunkler, ihre Augen glühten vor Eigensinn und Freiheitsdurst. Manchmal, wenn sie mit ihr unterwegs war, irritierte Mary Lisas aufflammende Schönheit. Die begehrlichen Blicke der mehr oder weniger jungen Männer erinnerten sie daran, dass die Zeit verging, und in ihr kam eine Art Eifersucht auf, die sie nicht zulassen wollte. Lisas Widerspenstigkeit und ihre frechen Antworten gaben oft Anlass zu Streit. Dann schloss sie sich in ihrem Zimmer ein, zu dem nur ihr Bruder Zutritt hatte, und vertiefte sich in ihr geheimes Heft, das sie unter der Matratze verbarg. Um die Schule kümmerte sie sich nur wenig und arbeitete gerade so viel, dass ihre Versetzung nicht gefährdet war. Zu Philips Verzweiflung kaufte sie sich weder Platten noch Comics noch Make-up und ging auch nicht ins Kino. Sie sparte ihr Taschengeld und vertraute es einem blauen Plüschhasen an, der mit seinem im Rücken versteckten Reißverschluss als Spardose diente. Lisa schien sich, selbst wenn sie stundenlang ins Leere starrte, nicht zu langweilen. Sie lebte in ihrer eigenen Welt und nur zeitweilig in ihrer Umgebung. Und je mehr Zeit verging, desto mehr entfernte sich ihr Planet.

Der Beginn des Sommers verhieß das Ende des Schuljahres. Ein schöner Monat Juni ging zu Ende, und der nächste Tag war ein Festtag: das Schulpicknick. Seit drei Tagen waren Philip, Mary und Thomas mit den Vorbereitungen beschäftigt.

# Kapitel 8

Thomas erschien als Letzter am Frühstückstisch. Lisa wollte nichts essen, und Mary räumte in aller Eile die Küche auf. Die in Frischhaltefolie eingewickelten Kuchen waren schon im Kofferraum verstaut. Philip hupte mehrmals kurz, um alle zum Auto zu rufen. Als der letzte Sicherheitsgurt einrastete war der Motor schon angesprungen. Der Weg zur Schule dauerte nur knapp zehn Minuten, und Mary verstand diese Ungeduld nicht recht. Unterwegs sah er immer wieder in den Rückspiegel. Seine Verärgerung war so eindeutig, dass Mary ihn nach dem Grund fragen musste. Er beherrschte sich, so gut es ging, und wandte sich an Lisa:

»Seit zwei Tagen sind wir alle damit beschäftigt, deine Abschlussfeier vorzubereiten, nur dir scheint das alles vollkommen gleichgültig zu sein.«

In die Betrachtung der Wolken vertieft, würdigte ihn Lisa keiner Antwort.

»Du tust in der Tat besser daran zu schweigen«, fuhr Philip fort, »denn mit deinen Noten kannst du wirklich nicht glänzen. Ich hoffe, dass du dich in den nächsten Jahren etwas mehr anstrengst, sonst werden dir viele Berufe verschlossen bleiben.«

»Für das, was ich machen will, reichen meine Noten vollkommen aus!«

»Na, wenigstens eine gute Neuigkeit, endlich mal eine Zukunftsaussicht, also kein Grund zur Sorge. Habt ihr gehört? Endlich hat sie einen Plan!«

»Was habt ihr beiden denn?«, fiel Mary ein, »nun hört doch endlich auf!«

»Danke für deine Unterstützung. Nachdem Lisa ein großartiger Job erwartet, für den ein mittelmäßiger Schulabschluss ausreicht, darf ich doch wohl bitten, mehr darüber zu erfahren!«
Sie murmelte, wenn sie volljährig wäre, würde sie sich beim Peace Corps verpflichten, nach Honduras zurückkehren und dort genauso arbeiten wie ihre Mutter. Mary, deren Magen sich zusammenkrampfte, wandte das Gesicht zum Fenster, um ihre Gefühle nicht zu zeigen. Der Wagen hielt mit quietschenden Reifen auf dem Seitenstreifen. Thomas war tiefer in das Polster gerutscht, seine Hand hielt den Sicherheitsgurt umklammert. Außer sich vor Wut, wandte sich Philip um:
»Und darauf bist du ganz allein gekommen? Was du da sagst, zeugt von größter Aufopferung uns gegenüber, und das hältst du wohl für wahre Großzügigkeit, was? Glaubst du, die Flucht vor dem eigenen Leben sei Mut? Weißt du, wohin das führt? Ein solches Leben strebst du an? Wo sind denn die Zeugen des Glücks, die deine Mutter zurückgelassen hat? Du kehrst niemals dorthin zurück, hast du verstanden? Soll ich dir erklären, was passiert, wenn man auf sein eigenes Leben verzichtet …«
Mary umklammerte das Handgelenk ihres Mannes.
»So sei doch still! Du hast kein Recht, ihr so etwas zu sagen! Du sprichst nicht mit Susan, merkst du das nicht?«
Philip stieg aus und schlug die Autotür hinter sich zu. Mary wandte sich zu Lisa um, streichelte ihr von Tränen gerötetes Gesicht und tröstete sie sanft und aufrichtig:
»Ich bin stolz auf dich. Was du aus deinem Leben machen willst, verlangt viel Mut. Du gleichst deiner Mutter schon jetzt, und du hast ganz Recht, das anzustreben, sie war eine bemerkenswerte Frau.«
Nach kurzem Schweigen fügte sie hinzu:

»Du hast Glück, in deinem Alter hätte ich meine Eltern gern so sehr bewundert, dass ich wie sie hätte werden wollen.«
Mary hupte so lange, bis sich Philip wieder ans Steuer setzte. In einem Ton, der keine weiteren Diskussionen zuließ, forderte sie ihn auf loszufahren. Sie lehnte den Kopf an die Scheibe, und ihr Blick wurde melancholisch.
In der Schule nahm Philip an keiner der Darbietungen teil, bei der Preisverleihung wollte er sich nicht hinsetzen, beim Essen und während des restlichen Nachmittags schwieg er beharrlich. Er würdigte Lisa keines Blickes und verweigerte die Hand, die sie ihm zum Zeichen des Friedens entgegenstreckte. Erfolglos versuchte Mary, ihn durch das Hochziehen einer Augenbraue zum Lächeln zu bringen. Sie fand seine Haltung kindisch. Das sagte sie auch Thomas und kümmerte sich den Rest des Nachmittags um Lisa, denn sie wusste, dass der Tag für sie verdorben war. Auf dem Rückweg hatte die Stimmung nichts mit der des Festes gemein, das gerade zu Ende gegangen war.
Sobald sie zu Hause waren, ging Philip in sein Arbeitszimmer und schloss sich ein. Die Stimmung war gedrückt. Mary aß mit den Kindern zu Abend, und nachdem sie die beiden ins Bett gebracht hatte, legte sie sich allein schlafen, zog die Decke über die Schultern und seufzte tief. Als sie morgens aufwachte, war das Bett neben ihr leer. Auf dem Küchentisch fand sie eine Nachricht, die ihr mitteilte, er sei ins Büro gegangen und komme erst spät abends zurück, sie sollten nicht auf ihn warten.
Sie machte Frühstück und bereitete sich auf ein schwieriges Wochenende vor. Nachmittags ging sie einkaufen und ließ die Kinder allein vor dem Fernseher zurück.
Im Supermarkt überkam sie ein Gefühl der Einsamkeit, gegen das sie energisch ankämpfte, indem sie rasch die Bilanz ihres

Lebens zog: Ihre Lieben waren bei guter Gesundheit, sie hatte ein Dach über dem Kopf, einen Mann, der fast nie zornig wurde, also kein Grund, sich in eine dieser verdammten Sonntagsdepressionen ziehen zu lassen.

Als eine alte Dame an ihr vorbeikam und sie fragte, was sie suche, wurde ihr bewusst, dass sie Selbstgespräche führte. Lächelnd antwortete Mary ihr: »Zutaten für Pfannkuchen.« Sie schob ihren Einkaufswagen zu dem Regal, wo Zucker und Mehl standen. Gegen achtzehn Uhr kam sie schwer beladen nach Hause, denn wie so oft hatte sie versucht, ihren Kummer durch Einkäufe zu lindern. Nachdem sie die Tüten auf dem Küchentisch abgestellt hatte, ging sie zu Thomas, der im Wohnzimmer spielte:

»Wart ihr brav?«

Der Junge nickte. Mary begann, die Einkäufe auszupacken.

»Ist Lisa in ihrem Zimmer?«, fragte sie.

In sein Spiel vertieft, antwortete ihr Thomas nicht.

»Falls du es nicht bemerkt haben solltest, ich habe dich etwas gefragt.«

»Aber nein, sie ist doch bei dir!«

»Wie, sie ist bei mir?«

»Vor zwei Stunden ist sie weggegangen und hat gesagt: Ich hole Mum ab!«

Mary ließ das Obst fallen, das sie in der Hand hielt, fasste ihren Sohn bei den Schultern und schüttelte ihn.

»Wie hat sie das gesagt?«

»Du tust mir weh, Mum! So wie ich es gesagt habe. Sie ist einfach rausgegangen und hat gesagt, sie geht zu dir.«

Marys Stimme verriet ihre Unruhe. Sie ließ den Jungen los.

»Hatte sie eine Tasche bei sich?«

»Das weiß ich wirklich nicht. Was ist denn, Mum?«
»Spiel weiter, ich komme gleich wieder.«
Sie eilte die Treppe hinauf, ging in Lisas Zimmer und suchte den Spardosen-Hasen, der normalerweise auf dem weißen Regal saß. Er lag leer auf dem Schreibtisch. Mary biss sich auf die Unterlippe, lief ins Schlafzimmer, griff zum Telefon und rief Philip an, der sich nicht meldete. Dann fiel ihr ein, dass ja Wochenende war, und sie versuchte es mit seiner Durchwahl; nach dem vierten Klingeln hob er ab.
»Du musst sofort nach Hause kommen, Lisa ist ausgerissen, ich rufe die Polizei an.«

Philip parkte hinter dem Polizeiwagen von Montclair. Er hastete die Straße entlang. Im Wohnzimmer saß Mary auf dem Sofa, ihr gegenüber der Polizeibeamte Miller, der sich Notizen machte.
Er fragte, ob er der Vater der Kleinen sei. Philip sah Mary an und nickte. Der Beamte bat ihn, sich zu ihnen zu setzen.

Zehn lange Minuten befragte er sie dazu, was ihrer Meinung nach der Grund für dieses Ausreißen gewesen sein könnte. Hatte sie einen Freund, hatte sie sich vor kurzem von ihm getrennt, hatte es Verhaltensweisen gegeben, die auf eine solche Reaktion hindeuten könnten?
Philip sprang wütend auf. Man würde seine Tochter nicht durch ein Frage-und-Antwort-Spiel wiederfinden, sie hatte sich nicht im Wohnzimmer versteckt, und er hatte genug Zeit verloren. Er verkündete, dass zumindest einer sie suchen würde, und schlug die Tür hinter sich zu. Der Polizist war irritiert. Mary erklärte ihm Lisas speziellen Fall und vertraute ihm an,

dass Lisa und ihr Mann gestern einen Streit gehabt hatten, der erste, seit das Kind bei ihnen lebte. Was sie im Wagen zu Lisa gesagt hatte, erwähnte sie allerdings nicht. Sie hatte sie beruhigen wollen, doch jetzt fürchtete sie, Lisa damit zum Ausreißen angestiftet zu haben.
Der Polizeibeamte steckte sein Notizheft ein, verabschiedete sich und schlug Mary vor, in seinem Büro vorbeizukommen. Er versuchte, sie zu beruhigen: Im schlimmsten Fall würde das Mädchen eine Nacht im Freien schlafen und am nächsten Morgen zurückkommen; die meisten solcher Eskapaden endeten so.
Die Nacht versprach lang zu werden. Philip kehrte erfolglos zurück, seine Stimme klang erstickt, als er zu seiner Frau trat, die am Küchentisch saß. Er nahm ihre Hand in die seine, legte den Kopf auf ihre Schulter, küsste sie und flüchtete sich in sein Arbeitszimmer. Marys Blick folgte ihm. Dann ging auch sie nach oben und betrat sein Zimmer, ohne anzuklopfen.
»Ich spüre sehr wohl, dass du nicht Herr der Lage bist, und das kann ich gut verstehen. Aber einer von uns beiden muss einen klaren Kopf behalten. Du bleibst hier, machst das Abendessen für Thomas und gehst ans Telefon. Wenn sich irgendetwas tut, ruf mich sofort auf dem Autotelefon an, ich werde nachsehen, wie weit sie sind.«
Sie ließ ihm keine Zeit für Einwände; aus dem Dachfenster seines Arbeitszimmers sah er, wie ihr Wagen um die Straßenecke bog.

Millers Gesicht verhieß nichts Gutes, und als er sich eine Zigarette anzündete, empfand auch sie das dringende Bedürfnis zu rauchen. Mehrere Streifenwagen hatten die Viertel der Stadt überprüft, in denen sich die Jugendlichen trafen, und hatten

Lisas wenige Freunde befragt. Die Polizei war der Meinung, sie könnte einen Zug genommen und nach Manhattan gefahren sein. Miller hatte schon ein Fax an die Zentrale der New Yorker Hafenbehörde geschickt, die den Suchbefehl an die Polizeireviere der Stadt weiterleiten würde.

»Und dann?«, fragte sie.

»Wissen Sie, jeder Kommissar hat im Durchschnitt vierzig ähnliche Fälle auf dem Tisch. Die meisten Jugendlichen sind nach drei oder vier Tagen wieder zu Hause. Sie müssen Geduld haben. Wir werden weiterhin in Montclair unsere Streifenwagen fahren lassen, aber New York ist außerhalb unseres Einflussbereichs, und wir haben keinerlei Recht, dort einzugreifen.«

»Ihre Verwaltungsgrenzen sind mir egal. Wer genau wird sich darum kümmern, meine Tochter wiederzufinden?«

Miller verstand ihre Verzweiflung, doch er konnte nichts weiter für sie tun. Das Gespräch war beendet, aber Mary war unfähig, sich zu erheben. Miller zögerte kurz, öffnete seine Schreibtischschublade und reichte ihr eine Visitenkarte.

»Gehen Sie morgen zu meinem Kollegen und sagen Sie, dass ich Sie schicke; er ist Kommissar im Polizeidezernat Midtown-Süd. Ich werde ihn anrufen und ihm Bescheid geben.«

»Warum rufen Sie ihn nicht jetzt gleich an?«

Miller sah ihr in die Augen und nahm den Telefonhörer ab. Er erreichte einen Anrufbeantworter und wollte schon auflegen, doch die Beharrlichkeit in Marys Blick trieb ihn dazu, eine Nachricht zu hinterlassen, die den Fall und den Grund seines Anrufs zusammenfasste. Sie bedankte sich und verließ das Präsidium.

Sie fuhr bis zu den Hügeln von Montclair, von wo aus man

einen Blick über New York hatte. Irgendwo in dieser Welt von Millionen blitzenden Lichtern verlor sich eine Vierzehnjährige in einer unsicheren Nacht. Mary drehte den Zündschlüssel und nahm die Autobahn nach Manhattan.

Am Busbahnhof zeigte sie dem Personal das Foto von Lisa, das sie in ihrer Brieftasche hatte. Niemand erkannte das Mädchen. Sie erinnerte sich an den Copyshop, in dem sie ihre Magisterarbeit hatte binden lassen, als sie noch in New York wohnte. Er war die ganze Nacht über geöffnet, und sie fuhr sofort hin. Eine zwanzigjährige Studentin mit Lockenschopf hatte Nachtdienst. Mary erklärte ihr Anliegen, das junge Mädchen bot ihr voller Mitgefühl einen Kaffee an und setzte sich an ihren Computer. Sie schrieb die Überschrift »Vermisst« und dann alle Angaben, die Mary ihr diktierte. Als das Blatt ausgedruckt war, half sie ihr, das Foto darauf zu kleben, und machte einhundert Kopien. Mary trat auf die Straße, und die Studentin befestigte eines der Blätter an der Schaufensterscheibe.

Sie fuhr von einem Viertel zum nächsten, durchquerte die ganze Stadt. Jedes Mal, wenn sie auf einen Streifenwagen traf, hielt sie ihn an und bat um Aufmerksamkeit. Um sieben Uhr morgens fuhr sie zum siebten Revier und überreichte dem wachhabenden Polizisten die Visitenkarte, die ihr Miller gegeben hatte. Er nahm sie entgegen, erklärte ihr aber, sie müsse sich gedulden oder etwas später wiederkommen, der Kommissar beginne seinen Dienst erst um acht Uhr. Sie setzte sich auf eine Bank und nahm gern den Becher mit Kaffee an, den er ihr nach einer halben Stunde anbot.

Der Kommissar der Kriminalpolizei stellte seinen Wagen auf dem Parkplatz ab und betrat das Gebäude durch den Hintereingang. Er war um die fünfzig, und sein volles Haar begann zu ergrauen. Er ging in sein Büro hinauf, hängte die Jacke über die Stuhllehne und legte seine Dienstwaffe in die Schreibtischschublade. Die Kontrolllampe des Anrufbeantworters blinkte, und er drückte knurrend auf den Abhörknopf: Die erste Nachricht war von seinem Wohnungseigentümer, der die Miete verlangte und drohte, sich ansonsten an seinen Vorgesetzten zu wenden, die zweite von seiner Mutter, die sich, wie alle Tage, über ihre Bettnachbarin im Krankenhaus beklagte, nur die dritte Nachricht veränderte seinen mürrischen Gesichtsausdruck. Sie kam von einer ehemaligen Kollegin, die kurz nach ihrer Trennung nach San Francisco gegangen war, oder hatten sie sich vielleicht getrennt, weil er ihr nicht hatte folgen wollen? Die vierte und letzte hatte ein Bekannter hinterlassen, Miller von der Polizei von Montclair. Nachdem er das Band zurückgespult hatte, ging er nach unten, um sich am Automaten im Erdgeschoss einen Kaffee zu holen, denn seit einigen Monaten war Nathalia nicht mehr da, die ihm immer einen Kaffee mitgebracht hatte. Mary war eingeschlafen. Er klopfte ihr auf die Schulter. Sie öffnete die Augen und sah einen Mann mit finsterer Miene und einem Dreitagebart.

»Ich bin Kommissar George Pilguez, ihr Besuch wurde mir bereits angekündigt. Wie ich sehe, haben Sie keine Zeit verloren, kommen Sie mit. Lassen Sie den Kaffee ruhig da, Sie bekommen einen frischen.«

Pilguez musterte lange das Gesicht der Frau, die ihm gegenüber Platz genommen hatte. Er sah, wie erschöpft sie war. Sie versuchte nicht, liebenswürdig zu sein, und das gefiel ihm sofort. Er ließ sie ihre Geschichte erzählen, drehte sich dann auf seinem Drehstuhl herum, griff nach etwa dreißig Akten, die auf einem

Schrank lagen, und warf sie ohne weitere Umstände auf seinen Schreibtisch.
»Das alles sind minderjährige Ausreißer, nur die der letzten Woche. Erklären Sie mir, warum ich dieser Göre mehr Aufmerksamkeit widmen sollte als den anderen.«
»Weil diese Göre meine Tochter ist!«, sagte sie bestimmt.
Er ließ seinen Stuhl nach hinten federn und deutete ein Lächeln an.
»Ich habe heute gute Laune, ich werde eine Suchmeldung an alle Streifen durchgeben und die anderen Reviere der Stadt anrufen. Fahren Sie nach Hause, ich gebe Ihnen Bescheid, sobald es etwas Neues gibt.«
»Ich bleibe in der Stadt, ich suche selbst.«
»So übermüdet, wie Sie sind, sollte ich Ihnen den Führerschein abnehmen. Wir gehen jetzt einen richtigen Kaffee trinken. Keine Widerrede, sonst mache ich mich der unterlassenen Hilfeleistung schuldig!«
Sie verließen das Präsidium. Im Café an der Straßenecke setzten sie sich an einen Tisch, und sie erzählte ihm die Geschichte des kleinen Mädchens, das aus Honduras aufgebrochen war, um an einem verregneten Sonntag in ihrem Leben aufzutauchen. Als sie fertig war, hatten beide einen Teller Spiegeleier gegessen.
»Und Ihr Mann?«
»Ich glaube, er ist völlig überfordert, er macht sich Vorwürfe wegen der Auseinandersetzung, die sie im Auto hatten.«
»Na, wozu sind Kinder denn gut, wenn man sie nicht mal mehr anbrüllen darf?«
Sie sah ihn verblüfft an.
»Ich wollte Sie nur etwas aufheitern.«

»Und warum haben Sie gute Laune?«
»Stimmt, das habe ich Ihnen vorhin in meinem Büro gesagt, Sie sind sehr aufmerksam.«
»Von Beruf Journalistin!«
»Arbeiten Sie noch?«
»Nein, zwei Gören, wie Sie sagen, man muss sich im Leben entscheiden. Aber Sie haben meine Frage nicht beantwortet.«
»Mir wird langsam klar, wie sehr ich diese Stadt satt habe.«
»Und das macht Ihnen gute Laune?«
»Nein, aber es kommt mir entgegen. Denn manchmal muss ich mir eingestehen, dass mir eine bestimmte Person mehr fehlt, als ich gedacht hätte.«
»Ich verstehe noch immer nicht, warum das ein Grund zur Freude sein soll.«
»Ich schon, denn vielleicht wird es mir gelingen, eine Entscheidung zu treffen, bevor es zu spät ist.«
»Welche?«
»Mich versetzen zu lassen!«
»Dorthin, wo diese Freundin lebt, die Ihnen fehlt?«
»Ich dachte, Sie üben Ihren Beruf nicht mehr aus?«
»Finden Sie Lisa wieder. Ich hätte auch nie gedacht, dass sie mir so sehr fehlen würde.«
»Kommen Sie heute Abend noch einmal, sofern Sie dann noch nicht zusammengebrochen sind, und passen Sie auf beim Autofahren!«
Mary erhob sich und wollte zahlen, doch er nahm ihr die Rechnung aus der Hand und machte ihr ein Zeichen, dass sie gehen solle. Sie bedankte sich und verließ das Café. Den ganzen Tag über war sie in den Straßen der Stadt unterwegs. Als sie am Gebäude der *New York Times* vorbeikam, spürte sie einen Stich

im Herzen. Ohne nachzudenken, fuhr sie nach SoHo und hielt unter dem Fenster ihrer früheren Wohnung an. Das Viertel veränderte sich immer mehr. In einem Schaufenster sah sie ihr Spiegelbild und verzog verärgert das Gesicht. »Darum kommt es mir so vor, als ob das alles schon endlos lange zurückliegt«, murmelte sie. Ein Anruf bei Philip bestätigte ihr, dass es in Montclair nichts Neues gab. Sie nahm ihren ganzen Mut zusammen, atmete tief durch, trank einen weiteren Kaffee bei Fanelli's und steuerte dann das Latino-Viertel der Stadt an.

Der Nachmittag ging zu Ende, Lisa war seit vierundzwanzig Stunden verschwunden, und Mary spürte, wie ihr die Angst den Brustkorb zuschnürte: Die Müdigkeit verstärkte ihre Anspannung noch zusätzlich. Als sie in der Fußgängerzone eine Mutter mit ihrer Tochter, die etwa Lisas Alter hatte, sah, blieb sie betroffen stehen. Die Frau blickte sie ernst an und ging ihrer Wege. Eine Welle der Traurigkeit überflutete sie. Am frühen Abend machte sie sich auf den Weg zum Präsidium. Von ihrem Autotelefon aus rief sie Pilguez an.

Er schlug vor, sie im selben Café wie am Morgen zu treffen. Sie traf als Erste ein. Ihre Augen mussten sich an das Halbdunkel gewöhnen. Sie steckte all ihr Kleingeld in einen Zigarettenautomaten in der Nähe der Toiletten und zog ein Päckchen Winston.

Sie setzte sich an die Theke, der Kellner gab ihr Feuer, und sie sog den Rauch tief ein. Sofort wurde ihr schwindelig, und sie begann zu husten.

Der Kellner fragte sie besorgt, ob sie sich nicht wohl fühle. Das stoßweise, nervöse Lachen, mit dem sie antwortete, verwunderte ihn.

Kommissar Pilguez kam herein, sie setzte sich mit ihm an einen

Tisch in einer Nische. Er bestellte ein Bier, sie zögerte und nahm dasselbe.

»Ich habe mich fast den ganzen Tag mit dem Verschwinden ihrer Tochter beschäftigt. Es gibt wohl kaum eine Streife in New York, die nicht auf dem Laufenden ist. Ich war auch im puerto-ricanischen Viertel und habe dort mit meinen Informanten gesprochen: keine Spur von dem Mädchen. In gewisser Weise ist das eher eine gute Nachricht, denn es bedeutet, dass sie nicht in die Hände von Gangstern geraten ist, und sollte etwas Derartiges geschehen, so bekomme ich sofort Bescheid. Lisa steht unter meinem Schutz, in manchen Kreisen ist das mehr wert, als einen Spitzel an den Fersen zu haben.«

»Ich weiß nicht, wie ich Ihnen danken soll«, murmelte Mary.

»Tun Sie's lieber nicht. Hören Sie zu, ich will Ihnen etwas erklären. Sie müssen jetzt nach Hause fahren, sonst bauen Sie noch einen Unfall, und das wäre wenig nützlich, wenn wir Ihre Tochter wiedergefunden haben. Doch bis dahin können Sie uns helfen.«

Pilguez erinnerte sie daran, dass Jugendliche andere Wege gehen als Erwachsene. Lisa war vielleicht, einem Impuls folgend, weggelaufen, aber sicherlich nicht ohne Ziel. Sie hatte einen Weg eingeschlagen, hinter dem sich eine gewisse Logik verbarg, nämlich ihre eigene. Der Weg, der zu ihr führte, bestand aus Erinnerungen, und Mary musste ihr Gedächtnis befragen, um diejenigen zu finden, die eine besondere Bedeutung haben könnten. Hatte Lisa während eines Spaziergangs in einem Park einen Baum bemerkt, der sie an ihre Heimat erinnerte? Dann saß sie jetzt wahrscheinlich darunter.

»Da war diese Reise in die Rockies«, sagte Mary.

Gab es einen Ort, der in der Kindheit der Mutter eine Rolle gespielt hatte?
Mary dachte an die Hügel von Montclair, von wo aus man die Stadt überblicken konnte, aber dort war sie schon gewesen.
»Na gut, dann sehen Sie noch einmal nach!«, sagte Pilguez.
Erinnerte sie sich an eine honduranische Fahne, und sei sie noch so klein? Lisa war sicher dort und betrachtete sie. Es gab nur die, die sie auf den Baumstamm gemalt hatte. Gab es irgendeinen Ort, der für sie eine Verbindung zu Honduras symbolisierte?
Mary erinnerte sich an die rote Rutschbahn, von der Philip erzählt hatte, aber das lag so lange zurück, es war in den ersten Tagen nach ihrer Ankunft gewesen.
»Nun, an Ihrer Stelle würde ich losrasen und mir all diese Orte ansehen. Wahrscheinlich ist sie dort irgendwo.« Pilguez korrigierte sich. »Das heißt, in Ihrem Zustand rasen Sie besser nicht. Wenn Sie etwas finden, rufen Sie mich bitte an, und dann ruhen Sie sich aus.«
Mary stand auf und bedankte sich. Sie legte die Hand auf die Schulter des mürrischen Kommissars.
»Glauben Sie an die Sache mit der Rutschbahn?«
»Man ist nie vor einem Glücksfall gefeit! Gehen Sie jetzt!«
Mary schloss die beängstigende Hypothese aus, dass sie einen Zug genommen hatte, denn dazu reichte der Inhalt des Plüschhasen nicht. Sie fuhr noch einmal zur Endstation des Busbahnhofs und bat um ein Gespräch mit einem Verantwortlichen. Ein Angestellter empfing sie und ließ sie auf einer Bank warten. Die Zeit kam ihr unendlich lang vor. Schließlich holte sie ein korpulenter Mann in sein Büro. Das Zimmer war düster, doch der Mann mit dem keuchenden Atem war liebenswürdig und bereit, ihr zu helfen.

Sie zeigte ihm Lisas Foto und fragte, ob es möglich sei, im Bus bis nach Lateinamerika zu fahren. »Im Süden fahren unsere Linien bis Mexiko«, antwortete er und wischte sich mit dem Handrücken den Schweiß von der Stirn. Seit dem Verschwinden des Mädchens waren drei Busse in diese Richtung aufgebrochen. Mühsam erhob er sich, sah auf seine Uhr und deutete mit dem Finger auf die Karte mit der aktuellen Position der Busse. Er nahm ein dickes Telefonbuch der Gesellschaft aus dem Regal und rief die Kioske an, in denen die Fahrgäste beim nächsten Zwischenstopp Erfrischungen kaufen konnten. Sie bat ihn, die Fahrer aufzufordern, sich dringend mit dem Busbahnhof von New York in Verbindung zu setzen. Obwohl es ganz offensichtlich eine Anstrengung für ihn bedeutete, begleitete er sie nach draußen. Als sie sich gerührt bedankte, erklärte er, er glaube nicht eine Sekunde daran, dass ein Mädchen in diesem Alter von den Fahrern unbemerkt hätte in einen der Busse steigen könne. Außerdem, so fügte er hinzu, würde sie nie über die Grenze kommen.
Um gegen ihre Müdigkeit anzukämpfen, fuhr sie mit geöffnetem Fenster. Sie durfte auf keinen Fall einschlafen. Es war zwanzig Uhr dreißig, und der Parkplatz des McDonald's war noch voll besetzt, aber sie sah die rote Rutschbahn, die friedlich dalag. Sie lief über alle Wege und rief dabei Lisas Namen. Keine von den Bedienungen, denen sie das Foto zeigte, hatte das junge Mädchen bemerkt. Sie schlug den Weg ein, der zu den Hügeln oberhalb der Stadt führte, bog in einen Feldweg ab und parkte den Wagen vor einer Schranke. Zu Fuß ging sie weiter zum Gipfel. Im fahlen Licht des ausklingenden Tages schrie sie Lisas Namen, doch nicht einmal ein Echo antwortete ihr. Am liebsten hätte sie sich im Gras ausgestreckt. Als es dunkel wurde,

fühlte sie, wie ihre letzten Kräfte sie verließen, und beschloss resigniert, nach Hause zu fahren.
Thomas saß auf dem Fußboden im Wohnzimmer. Sie sagte ihm ein paar liebe Worte und ging sofort hinauf in ihr Schlafzimmer. Auf der Treppe wurde ihr bewusst, dass im Erdgeschoss alles ruhig war. Sie warf einen Blick zurück und sah, dass der Bildschirm dunkel war. Thomas starrte auf den ausgeschalteten Fernseher. Sie ging wieder hinunter, kniete sich neben ihn und legte den Arm um ihn.
»Wir kümmern uns im Moment nicht viel um dich, mein kleiner Frosch.«
»Glaubst du, sie kommt zurück?«
»Ich glaube es nicht nur, ich bin sicher.«
»Ist sie wegen des Streits mit Papa weggelaufen?«
»Nein, wohl eher meinetwegen. Ich glaube, ich habe ihr das Leben nicht leicht gemacht.«
»Hast du sie lieb?«
»Natürlich, wie kannst du nur eine solche Frage stellen?«
»Weil du es nie sagst.«
Mary war erschrocken.
»Sitz hier nicht so herum, mach uns zwei Sandwiches, ich ziehe mich nur schnell um, dann esse ich mir dir zu Abend. Weißt du, wo dein Vater ist?«
»Auf dem Polizeirevier, er kommt in einer Stunde zurück.«
»Dann mach drei … nein, vier!«
Sie zog sich am Geländer die Treppe hinauf, bis zu Philips Arbeitszimmer.
Es lag im Dämmerlicht. Ihre Hand glitt über die Schreibtischlampe. Um sie einzuschalten, brauchte man nur mit den Fingerspitzen das Metallgestell zu berühren.

Sie ging zum Regal, nahm den kleinen Rahmen mit dem Foto und betrachtete es. Susans Lächeln schien der Vergangenheit anzugehören. Mit sanfter Stimme begann Mary, mit ihr zu sprechen:

»Ich brauche dich, verstehst du? Ich stehe wie ein Idiot in diesem Zimmer und habe mich noch nie in meinem Leben so allein gefühlt. Ich bin gekommen, um dich um Hilfe zu bitten, denn von da aus, wo du bist, siehst du sie bestimmt. Weißt du, ich kann nicht alles allein machen. Ich verstehe, was du vielleicht denkst, aber wenn du nicht gewollt hättest, dass ich mich an sie binde, hättest du sie nicht herschicken dürfen. Ich bitte mir ja nur das Recht aus, sie lieben zu dürfen. Hab keine Angst, mir zu helfen, du bleibst immer ihre Mutter, das schwöre ich dir. Gib mir ein Zeichen, ein winziges Zeichen, eine kleine Hilfe, das kannst du doch wohl tun, oder?«

Die Tränen, die sie die ganze Zeit zurückgehalten hatte, rannen ihr jetzt über die Wangen. Sie saß am Schreibtisch ihres Mannes, das Foto an die Brust gedrückt, die Stirn auf der Arbeitsplatte. Als sie den Kopf wieder hob, betrachtete sie nachdenklich die kleine Holzschatulle, die vor ihr stand. Der Schlüssel lag direkt daneben. Plötzlich sprang sie auf und lief die Treppe hinunter. An der Haustür rief sie Thomas zu:

»Du bleibst hier, iss dein Sandwich und sieh fern. Wenn Papa nach Hause kommt, sag ihm, ich rufe ihn später an, und mach vor allem niemandem die Tür auf, hörst du?«

»Was ist denn los?«

»Später, mein Liebling, jetzt habe ich wirklich keine Zeit. Tu nur, was ich dir sage, ich verspreche dir, dass wir alles andere später nachholen.«

Sie eilte zum Wagen, schob fieberhaft den Schlüssel ins Zündschloss und ließ den Motor an. Sie fuhr schnell, überholte alle, die vor ihr waren, mal auf der rechten, mal auf der linken Spur, was ihr wildes Hupen einbrachte, doch das war ihr gleichgültig. Ihr Herz schlug zum Zerspringen, und sie beschleunigte noch das Tempo. Fast wäre sie von der Fahrbahn abgekommen, und es gelang ihr nur knapp, sich auf der Ausfahrt 47 zu halten. Zehn Minuten später stellte sie den Wagen ab. Ohne dem Polizisten, der sie zurechtwies, Beachtung zu schenken, hastete in das Gebäude. So schnell sie konnte, lief sie die Stufen einer Wendeltreppe hinauf. Am Ende eines Gangs blieb sie vor einer Tür mit einem Bullauge stehen, ließ den Blick durch den Raum gleiten, bis sie wieder zu Atem gekommen war, und stieß dann langsam den Türflügel auf.

In der hintersten Ecke der Bar des Terminals 1 am Flughafen von Newark saß ein vierzehnjähriges Mädchen allein an einem Tisch und blickte durch das Fenster auf die Rollbahn.
Mary ging langsam auf sie zu und nahm ihr gegenüber Platz. Lisa spürte ihre Anwesenheit, doch ihr Blick blieb weiter auf die Flugzeuge gerichtet. Wortlos legte Mary eine Hand auf die von Lisa und überließ sie ihrem Schweigen, bis Lisa, ohne sich umzuwenden, sagte:
»Von hier ist Mum also abgeflogen?«
»Ja«, flüsterte Mary, »von hier. Sieh mich an, nur ganz kurz, ich möchte dir etwas Wichtiges sagen.«
Langsam wandte Lisa den Kopf um und sah Mary in die Augen.
»Als ich dich zum ersten Mal mit deinem Bündel in deinen nassen, viel zu engen Kleidern sah, hätte ich nie gedacht, dass ein so kleines Mädchen so viel Platz in meinem Herzen einnehmen könnte. Ich glaube, ich hatte in meinem ganzen Leben noch nie

so viel Angst wie heute. Ich möchte, dass wir uns ein Versprechen geben, ein Geheimnis zwischen uns. Versuch nicht mehr wegzulaufen, und wenn du mit neunzehn Jahren, am Tag deines Schulabschlusses noch immer der Meinung bist, dass dort unten dein Zuhause ist, wenn du noch immer dorthin zurückwillst, dann werde ich dich selbst zu diesem Flughafen bringen, das schwöre ich dir. Warst du die ganze Zeit über hier, ohne dass jemand dich bemerkt hat?«
Lisas Züge entspannten sich, ihr Mund verzog sich zu einem schüchternen Lächeln.
»Nein. Fahren wir jetzt nach Hause?«
Sie erhoben sich, Mary ließ ein paar Dollar auf dem Tisch zurück, und sie verließen die Bar. Beim Auto angelangt, warf Mary den Strafzettel, der hinter der Windschutzscheibe klemmte, über die Schulter. Lisa stellte ihr eine Frage:
»Wer bist du für mich?«
»Ich bin dein Paradox.«
»Was ist das Paradox?«
»Das erkläre ich dir heute Abend, wenn du im Bett liegst. Jetzt habe ich Angst um meine Augen, und du hast nichts dabei, um im Auto Pfannkuchen zu machen!«
Vom Autotelefon aus rief sie zu Hause an, Philip hob sofort ab.
»Sie ist bei mir, wir kommen jetzt nach Hause, ich liebe dich.«
Dann rief sie einen Kommissar an, der in wenigen Tagen seine Versetzung zur Kriminalpolizei von San Francisco beantragen würde. Die Stadt soll wirklich schön sein, das wusste er von einer gewissen Nathalia, die dort arbeitete.
Als sie nach Hause kamen, stürzte Thomas auf Lisa zu, die ihn fest in die Arme nahm. Die beiden Erwachsenen brachten einen

Teller mit Obst, doch Lisa hatte keinen Hunger. Sie war müde und wollte schlafen.

Mary setzte sich auf ihre Bettkante, streichelte lange ihr Haar und küsste sie auf die Stirn. Als sie das Zimmer verlassen wollte, hörte sie zum zweiten Mal an diesem Tag die Frage:
»Was ist das Paradox?«
Sie hatte die Hand schon auf der Türklinke und lächelte, ein kleines Lächeln, das viel Gefühl verriet.
»Das Paradox ist, dass ich nie deine Mutter sein werde, aber dass du immer meine Tochter bist. Schlaf jetzt, alles ist gut.«

# Kapitel 9

In diesem Jahr gab es kein Ferienlager. Philip, Mary, Lisa und Thomas mieteten wieder dasselbe Haus in den Hamptons. Während der Grillabende und Bootsfahrten hielten endlich Freude und Lachen in ihrem Leben Einzug, und sie kamen einander näher.

Gleich bei Schulbeginn zeigte Lisa ein völlig verändertes Verhalten, das sich im Zwischenzeugnis eindeutig widerspiegelte. Thomas ging ein wenig auf Abstand zu seiner Schwester, die Pubertät entfernte sie vorübergehend voneinander.

An Weihnachten machte Mary Lisa klar, dass das, was ihr gerade widerfuhr, völlig normal sei, dass dieses Blut keineswegs aus einem Kampf ihres Körpers gegen irgendetwas resultiere. Sie sei dabei, eine Frau zu werden, und das sei nicht einfach.

Im Januar organisierte Mary eine große Party, um Lisas Geburtstag zu feiern, und diesmal folgte die ganze Klasse der Einladung. Im Frühjahr vermutete Mary einen ersten Flirt in Lisas Leben und klärte sie ausgiebig über die Dinge des Lebens auf. Während Lisa den körperlichen Details wenig Bedeutung beimaß, lauschte sie umso aufmerksamer, wenn es um Gefühle ging. Die Kunst der Verführung faszinierte sie derart, dass sie zum Thema zahlreicher Gespräche zwischen Lisa und Mary wurde. Zum ersten Mal war es Lisa, die solche Gespräche anfing. Begierig auf Erklärungen, suchte sie Marys Gesellschaft, die sehr erfreut darüber war und nur sparsam Antwort gab, um Anlass für neue Diskussionen zu geben.

Die Schwermut, die Lisa vor den großen Ferien erfasste, verriet Mary, dass sie verliebt war. Die Sommermonate sind grauen-

voll, wenn man in diesem Alter verliebt ist, und das Versprechen, sich zu schreiben, vermag nicht die Leere zu füllen, die man zum ersten Mal in seinem Leben erfährt.
Mary hatte Lisa von der Schule abgeholt, um den Nachmittag mit ihr in Manhattan zu verbringen. Sie saßen in dem kleinen Garten des Restaurants Picasso im Village und aßen einen Caesar-Salat mit gebratenen Hühnerbrüstchen.
»Er fehlt dir also jetzt schon, obwohl ihr noch gar nicht getrennt seid?«, fragte Mary.
»Hast du so was auch erlebt?«
»Und ob!«
»Warum tut es so weh?«
»Weil lieben vor allem bedeutet, ein Risiko einzugehen. Es ist gefährlich, sich dem anderen hinzugeben, diese kleine Tür zu seinem Herzen zu öffnen. Das kann zu diesem unbeschreiblichen Schmerz führen, den du jetzt empfindest. Es kann sogar zu einer Art Besessenheit werden.«
»Ich denke an nichts anderes!«
»Und gegen diese Art Herzschmerz gibt es kein Heilmittel. Auf diese Art habe ich verstanden, dass jeder Zeitbegriff relativ ist. Ein Tag kann viel länger sein als ein ganzes Jahr, wenn einem ein anderer Mensch fehlt, aber das ist auch das Köstliche an der Sache. Man muss lernen, seine Gefühle zu bezähmen.«
»Ich habe solche Angst, ihn zu verlieren, Angst, dass er ein anderes Mädchen kennen lernt. Er fährt ins Ferienlager nach Kanada.«
»Ich kann deine Bedenken verstehen. Es ist zwar schlimm, aber in diesem Alter sind viele Jungen recht unbeständig.«
»Und später?«

»Bei einigen bessert es sich, zwar nur bei wenigen, aber immerhin!«

»Wenn er mich betrügt, überlebe ich das nicht.«

»O doch, das kann ich aus eigener Erfahrung sagen. Ich weiß, das ist in deiner Situation schwer zu glauben, aber man überlebt es tatsächlich!«

»Was muss man tun, damit sie sich verlieben?«

»Bei den Jungen kommen Zurückhaltung und Reserviertheit gut an – das Geheimnisvolle. Das macht sie ganz verrückt.«

»Das habe ich schon gemerkt!«

»Und wie hast du das gemerkt?«

»Zurückhaltung liegt in meinem Wesen.«

»Und achte auf deinen Ruf, das ist für später wichtig, es kommt auf das Gleichgewicht an.«

»Das verstehe ich nicht!«

»Ich glaube, wenn dein Vater mich hören würde, würde er mich umbringen, aber du siehst so viel älter aus, als du bist.«

»Nun sag schon!«, beharrte Lisa voller Ungeduld.

»Wenn du den Kontakt mit Jungen meidest, giltst du als sonderbar, und sie schenken dir keinerlei Beachtung. Bist du aber zu viel mit ihnen zusammen, so giltst du als Mädchen, das leicht zu haben ist, und sie suchen aus falschen Gründen den Kontakt zu dir, und auch das ist nicht gut.«

»Das habe ich auch schon erlebt! Meine Freundin Jenny hat offenbar das Gleichgewicht verloren!«

»Und du?«

»Ich sitze auf dem Drahtseil, bis jetzt habe ich mich halten können.«

»Lisa, wenn diese Dinge eines Tages eine noch wichtigere Rolle in deinem Leben spielen, dann kannst du mir alle Fragen stellen, die dir in den Sinn kommen. Dazu bin ich da.«

»Und wer hat dir die Dinge erklärt, als du in meinem Alter warst?«

»Niemand, und deshalb war es viel schwieriger für mich, das Gleichgewicht zu halten.«

»In welchem Alter hattest du deinen ersten Freund?«

»Ich war nicht so jung wie du, aber das war auch eine andere Zeit.«

»Ich finde das alles trotzdem etwas erschreckend.«

»Warte noch ein bisschen, und du wirst sehen, wie sehr man seine Meinung in dieser Hinsicht ändert.«

Nach dem Essen setzten sie ihre Unterhaltung in den Straßen des Village fort, wo sie die Modeboutiquen auf der Suche nach einem unwiderstehlichen Outfit für Lisa durchstöberten, das den jungen Mann, um den es ging, endgültig »umhauen« würde.

»Weißt du«, erklärte Mary, »auch wenn es heißt, dass Äußerlichkeiten in der Liebe nicht zählen, sind sie bei der Verführung doch ungemein wichtig! Worauf es ankommt, ist, einen Look zu finden!«

Die Verkäuferin des »Banana Republic« rief der angesichts des schwarzen Etuikleids zögernden Lisa in Erinnerung, dass sie bei ihrer Figur alles tragen könne. Als Lisa in der Umkleidekabine war, sagte sie zu Mary, ihre Tochter sei wirklich bezaubernd, und diesmal war das Gefühl, das in Mary aufkam, nicht Eifersucht, sondern Stolz.

Als sie schließlich mit Paketen beladen auf die Straße traten, gab Lisa ihr einen Kuss und flüsterte ihr ins Ohr, er heiße Stephen.

»Nun, Stephen«, sagte Mary laut, »das ist erst der Anfang deiner Qual. Du wirst deine Ferien damit verbringen, Trübsal zu blasen, dafür werden wir sorgen!«

Während der Sommerferien, die sie wieder in den Hamptons verbrachten, schrieb Lisa heimlich zweimal pro Woche an den jungen Mann namens Stephen. In den Briefen versicherte sie ihm, dass sie viel an ihn denke, aber auch, dass es viele *nette Jungen* gebe und dass sie *tolle Ferien verbringe und viel Sport treibe.* Sie hoffe, dass auch er sich in seinem Ferienlager gut amüsiere, doch die beiden Worte seien irgendwie »antagonistisch«, fügte sie hinzu. »Ein paar Fremdwörter können nicht schaden«, meinte Mary, als sich Lisa schließlich entschloss, sie zu fragen, ob »antagonistisch« nicht etwas übertrieben klinge. Bei Schulanfang war Stephen wieder in Lisas Klasse und in ihrem Leben.

Im November wurde Lisa erneut schwermütig, und Mary erfuhr, dass Stephen diesmal nach Colorado fuhr, um mit seiner Familie einen Skikurs zu machen. Ohne sich vorher mit irgendjemandem zu besprechen, verkündete sie beim Abendessen, dass es doch wundervoll wäre, wenn Lisa endlich Skifahren lernen würde. Da kam die Einladung von Stephens Schwester Cindy, die Ferien mit ihnen zu verbringen, wie gerufen. Für Philip war es undenkbar, die Familie an Weihnachten zu trennen, doch Mary blieb eisern, denn schließlich war die Abreise

erst für den Siebenundzwanzigsten geplant. An Silvester würden sie telefonieren. Sie mussten sich an den Gedanken gewöhnen, dass Lisa langsam erwachsen würde.
Vermutlich gab Marys hochgezogene linke Augenbraue letztlich den Ausschlag.
Sie erhielten nur eine einzige Postkarte, und zwar einen Tag vor Lisas Rückkehr, und Mary musste Philip täglich erklären, dass dies ein Anlass zur Freude sei – hätte sie jeden Tag geschrieben, wäre das vielmehr ein Grund zur Unruhe gewesen.
So verbrachten sie den Silvesterabend zu dritt, und Mary, die entschlossen war, sich den anderen gegenüber nichts anmerken zu lassen, bereitete ein köstliches Mahl zu. Während des Essens aber bedrückte sie der leere Stuhl zunehmend. Lisas Abwesenheit pochte an jene kleine Herzenstür, von der sie ihr an einem Sommernachmittag erzählt hatte.
Lisa kehrte braun gebrannt, glücklich und mit zwei auf der Piste gewonnenen Medaillen zurück. Mary sah endlich besagten Stephen auf dem Gruppenfoto und wenig später, vor dem Schlafengehen, in Lisas Zimmer auf einem Automatenfoto, auf dem sich die beiden anlächelten.
Während der folgenden Monate kam in Mary immer öfter der Gedanke auf, ihre journalistische Tätigkeit wieder aufzunehmen. Sie hatte einige Chroniken verfasst, »nur zum Spaß«, und aus Neugier aß sie mit dem neuen Chefredakteur der *Montclair Times* zu Mittag, den sie noch von der Uni her kannte. Zu ihrer großen Überraschung schlug er ihr vor, ihm die Texte zu schicken. Wahrscheinlich würde sie etwas Zeit brauchen, um ihre Feder wieder in Schwung zu bringen, aber er würde ihr beim Thema freie Wahl lassen. Bevor sie sich verabschiedeten, versprach er, ihr im Rahmen seiner Möglichkeiten zu

helfen, wenn sie ihren Beruf wirklich wieder aufnehmen wollte. »Warum eigentlich nicht?«, hatte sie sich auf dem Heimweg gesagt.

Philip saß an seinem Schreibtisch und sah durchs Fenster die Maisonne untergehen. Mary, die eben aus der städtischen Bibliothek zurückkam, ging in sein Arbeitszimmer hinauf.
Als sie eintrat, hob er den Blick, lächelte ihr zu und wartete, was sie zu sagen hatte.
»Glaubst du, dass man mit vierzig Jahren noch das Glück finden kann?«
»Man kann sich dessen zumindest bewusst werden.«
»Können sich die Dinge im Leben so spät noch verändern, kann man sich selbst noch verändern?«
»Man kann bereit sein, reif zu werden und die Dinge anzunehmen, statt gegen sie zu kämpfen.«
»Zum ersten Mal seit langer Zeit habe ich das Gefühl, dass du mir ganz nah bist, Philip, und das macht mich glücklich.«
In diesem Frühjahr 1995 wusste Mary, dass das Glück in ihrem Haus Einzug gehalten hatte und dass es lange bleiben würde.
Sie räumte Lisas Zimmer auf, und da es schon warm war, beschloss sie, die Matratze auf die Sommerseite umzudrehen. Dabei fand sie das dicke Album mit dem schwarzen Einband. Sie zögerte, setzte sich an den Schreibtisch und begann, es durchzublättern. Auf der ersten Seite zeigte ein Aquarell die honduranische Flagge. Mit jeder Seite schnürte sich Marys Kehle mehr zusammen. Alle Zeitungsartikel, die in den letzten Jahren über Wirbelstürme irgendwo auf der Welt erschienen

waren, hatte sie ausgeschnitten und in dieses geheime Album geklebt; alles, was irgendwie mit Honduras zu tun hatte, war nach Datum geordnet. Es war wie das Bordtagebuch eines Seemanns, der seine Heimat verlassen hat und nachts von den Tagen träumt, an denen er, wieder daheim, seinen Lieben von seiner unglaublichen Reise berichten würde.
Mary schloss das Heft und legte es an seinen Platz zurück. Eine Zeit lang behielt sie das Geheimnis von ihrem Fund für sich. Obwohl die Familie merkte, dass sich ihre Stimmung verändert hatte, ahnte doch niemand, dass ein Herz innerhalb weniger Sekunden verdorren kann.

Schon zum vierten Mal seit Anfang des Sommers fragte sie Philip, wie man Lisas neunzehnten Geburtstag wohl am besten feiern könnte. Jedes Mal antwortete er belustigt, dass sie noch zwei Jahre Zeit hätten, um sich darüber Gedanken zu machen, und sie gab verärgert zurück, die Zeit vergehe manchmal schneller, als man denke.
An diesem Vormittag nach dem Frühstück hatte Lisa Thomas zum Baseballclub begleitet, und Mary kam wieder auf das Thema zu sprechen.
»Was hast du nur, Mary?«, fragte Philip.
»Nichts, ich bin nur ein bisschen müde, das ist alles.«
»Du bist nie müde, gibt es irgendetwas, das du mir verheimlichst?«
»Das ist das Alter, was willst du, die Müdigkeit musste ja eines Tages kommen.«
»In dreißig oder vierzig Jahren könnte das vielleicht zutreffen,

aber jetzt nehme ich dir das nicht ab. Sag mir ehrlich, was los ist.«

»Komm mit, ich will dir etwas zeigen!«

Sie zog ihn in Lisas Zimmer und griff unter die Matratze. Nun blätterte auch er sorgfältig das Album durch.

»Ein hervorragendes Layout, sie hat wirklich Sinn für Grafik. Glaubst du, dass meine Arbeit sie beeinflusst hat?«

Mary biss die Zähne zusammen, um die aufsteigenden Tränen der Wut niederzukämpfen.

»Das ist alles, was du dazu zu sagen hast? Ganze Seiten über Wirbelstürme und über Honduras, und du interessierst dich nur für ihre grafischen Fähigkeiten!«

»So beruhige dich doch, was regst du dich so auf?«

»Merkst du denn nicht, dass sie an nichts anderes denkt? Dass sie von diesem verdammten Land und den verfluchten Stürmen besessen ist! Ich dachte, es wäre mir gelungen, ihr andere Dinge beizubringen, ihren Geschmack am Leben zu wecken. Die Zeit wird so schnell vergehen, nicht mal mehr drei Jahre.«

»Aber wovon redest du denn?«

Da sie nicht antwortete, ergriff Philip ihre Hand, und zwang sie, sich auf seinen Schoß zu setzen. Er nahm sie in die Arme und sprach mit ruhiger, sanfter Stimme zu ihr. Schluchzend legte sie den Kopf an seine Schulter.

»Mein Liebling«, fuhr Philip fort, »wenn deine Mutter umgebracht worden wäre und alle, die in deiner Kindheit eine Rolle gespielt haben, demselben Mörder zum Opfer gefallen wären, wärst du dann nicht von diesem Serienmörder besessen?«

»Ich verstehe den Zusammenhang nicht.«

»Die Wirbelstürme sind die Mörder, die sie nachts verfolgen. Niemand kennt das Bedürfnis, zu recherchieren, zu lesen, aufzulisten, besser als du. Damit hast du dich als Studentin entschuldigt, wenn du meine Einladungen abgelehnt hast, um deine Artikel fertig zu schreiben. Die Wirbelstürme haben ihre Kindheit getötet, also listet sie sie auf, schneidet sie aus und klebt sie in ein Album.«

»Sagst du das nur, um mich zu beruhigen?«

»Gib nicht auf, Mary, nicht jetzt, sie braucht dich. Lisa hat dein Leben auf den Kopf gestellt. Das hast du in dem Augenblick, als sie vor unserer Haustür stand, genau gewusst, aber du wolltest es nicht zulassen. Du hast gegen dein Gefühl angekämpft, und selbst wenn du dein Glück geahnt hast, hast du es zurückgewiesen, weil es deine bestehende Ordnung durcheinander brachte. Schließlich hast du dich von so viel Offensichtlichkeit beeindrucken lassen, deinen Widerstand aufgegeben und ihr dein Herz geöffnet, und mit jedem Tag ist dir klarer geworden, wie sehr du dieses Mädchen liebst. Ich weiß, dass es am Anfang schwer war und dass es viel Mut erfordert hat.«

»Wovon redest du?«

»Von deiner Geduld und deiner Demut. Denn sein eigenes Leben anzunehmen ist auch eine Form der Demut.«

Er schloss das Album, warf es auf das Bett, sah Mary tief in die Augen und begann, ihre Bluse aufzuknöpfen. Als er die Hand auf ihre nackte Brust legte, lächelte sie endlich.

»Nicht in Lisas Zimmer!«

»Ich dachte, sie wäre fast großjährig? Ist dieses Album der Grund dafür, dass du von ihrem neunzehnten Geburtstag regelrecht besessen warst?«

»Nein, du Dummkopf«, sagte sie, halb lachend, halb schluchzend, »ich hatte Angst, dass das Feinkostgeschäft an diesem Tag geschlossen sein könnte.«

Später sagte sie etwas, was sie selbst überraschte:
»Ich glaube, ich verstehe jetzt, was du an dem Tag empfunden hast, als Susan gegangen ist. Diese Hilflosigkeit angesichts der Macht der Gefühle ist furchtbar.«
Als Mary am nächsten Tag in der Bibliothek war, wo sie jetzt regelmäßig arbeitete, schrieb sie einen Brief. Sie klebte den Umschlag zu und adressierte ihn an das »National Hurricane Center, Public Affairs, 11691 S. W. 117th Street, Miami, 33199 Florida«. Zwei Tage später las der Empfänger folgende Zeilen:

*Montclair, NJ, 10. Juli 1995*

*Sehr geehrte Damen und Herren,*
*als Journalistin habe ich die Absicht, demnächst in der* Montclair Times *einen Artikel über Wirbelstürme und die Arbeit Ihres Zentrums zu veröffentlichen. In diesem Fall bitte ich aber auch aus ganz persönlichen Motiven um eine baldige Unterredung. Um den Grund meines Anliegens darzulegen, muss ich Ihnen den Zusammenhang genauer erklären, der dazu geführt hat, dass …*

Der fünfseitige Brief war mit »Mary Nolton« unterzeichnet. Die Antwort traf zehn Tage später ein:

*Sehr geehrte Mrs Nolton,*
*Ihr Brief hat mich sehr neugierig gemacht. Seit Anfang Mai haben wir unsere neuen Büros auf dem Campus der internationalen Universität von Florida bezogen, und so dürften wir ab September in der Lage sein, Sie in Begleitung ihrer Tochter Lisa zu empfangen. Angesichts des besonderen Charakters Ihres Anliegens wäre es viel-*

*leicht wünschenswert, uns vorher über den Ablauf dieses Besuchs auszutauschen. Sie können mich diesbezüglich in meinem Büro erreichen.*
*Hochachtungsvoll,*
*P. Hebert*
*Meteorologe*

In der folgenden Woche lud Mary den Chefredakteur der *Montclair Times* zum Mittagessen ein. Nachdem sie sich vor der Redaktion von ihm verabschiedet hatte, ging sie in ein Reisebüro und kaufte ein Hin- und Rückflugticket nach Miami. Die Maschine ging am nächsten Tag um sechs Uhr dreißig. Dann rief sie das Sekretariat von Mr Hebert an, um zu bestätigen, dass sie sich am nächsten Mittag in seinem Büro einfinden würde. Mit etwas Glück würde sie am selben Abend zurückfliegen können.

Früh am nächsten Morgen schlich sie auf Zehenspitzen nach unten, um niemanden zu wecken. In der Küche machte sie sich einen Kaffee und beobachtete, wie es hell wurde. Dann schloss sie leise die Haustür hinter sich. Auf dem Highway nach Newark war die Luft, die durch das geöffnete Fenster drang, bereits warm. Sie schaltete das Radio ein und bemerkte plötzlich, dass sie laut sang.
Um elf Uhr landete die Maschine auf dem internationalen Flughafen von Miami. Da sie kein Gepäck hatte, konnte sie den Terminal schnell verlassen. In ihrem Mietwagen breitete sie auf dem Beifahrersitz die Karte aus, schlug die Richtung Virginia Gardens ein, bog nach links ab auf den Highway 826, dann nach rechts Richtung Flagami West Miami und wieder links in

die 117th Avenue. Die Wegbeschreibung, die man ihr gegeben hatte, war gut, und kurz darauf entdeckte sie zu ihrer Linken das Gebäude der NHC. Nachdem sie beim Pförtner am Eingang des Campus vorgesprochen hatte, stellte sie den Wagen auf dem Parkplatz ab und ging durch die Allee, die am Garten entlangführte. Das National Hurricane Center war ein weißes Betongebäude, das wie ein moderner Bunker wirkte.

»Genau das wollten wir auch! Sicher, wenn man in Miami arbeitet, träumt man eher von großen Fensterfronten, um die zauberhafte Landschaft genießen zu können. Doch bei unserem Wissen und bei unserer Arbeit ist uns ein Gebäude lieber, das den Hurrikans standhält, auch wenn das Abstriche bei der Architektur bedeuten mag. Mit dieser Wahl kommen wir hier alle recht gut zurecht.«

»Ist so ein Wirbelsturm denn wirklich so schrecklich?«

»Ebenso schlimm wie Hiroshima und Nagasaki.«

Professor Hebert hatte sie in der Eingangshalle abgeholt und führte sie zu seinem Büro im gegenüberliegenden Flügel. Er wollte ihr, bevor die eigentliche Unterredung begann, etwas zeigen. Die fehlenden Fenster vermittelten Mary den Eindruck, sich in den Gängen eines Kriegsschiffs zu bewegen, und sie fragte sich, ob man hier nicht etwas übertrieben hatte. Er öffnete die Tür zu einem Ausstellungsraum. Die linke Wand war mit Bildern bedeckt, die Aufklärungsflugzeuge des NHC aufgenommen hatten. Die Fotos von den Wirbelstürmen zeigten ebenso erschreckende wie majestätische Wolkenmassen, die sich aufzurollen schienen und in deren Mitte ein Loch mit blauem Himmel, das auch als »Auge des Teufels« bezeichnet wurde, zu sehen war.

»Von oben betrachtet, ist ein solches Gebilde fast schön, nicht wahr?«
Heberts Worte hallten in der großen, leeren Halle wider. Sein Tonfall hatte sich verändert, war ernster geworden und klang fast schulmeisterlich.
»Die Fotos an der rechten Wand bringen uns sozusagen auf den Boden der Tatsachen zurück, denn sie zeigen, was unten geschieht. Sie erinnern uns alle daran, wie wichtig unsere Aufgabe ist. Sehen Sie sich diese Bilder so lange an, bis Sie verstanden haben, worüber wir sprechen. Jedes einzelne Foto zeugt von der zerstörerischen, mörderischen Kraft dieser Monster. Hunderte, ja Tausende von Toten, manchmal auch mehr, verwüstete Regionen, zerstörtes Leben.«
Mary war näher an eines der Fotos getreten.
»Der, den Sie da gerade betrachten, trug den Namen Fifi, ein eigenartiger Spitzname für einen Mörder dieses Kalibers. Er ist 1974 über Honduras hinweggefegt, hat fast das ganze Land verwüstet, unendliche Verzweiflung und Hunderttausende von Obdachlosen hinterlassen. Versuchen Sie, sich kurz den albtraumartigen Anblick von zehntausend Kinder-, Frauen- und Männerleichen vorzustellen. Die kleinen Fotos, die wir um die großen angeordnet haben, sind nur wenige Zeugnisse dessen, was ich Ihnen gerade beschrieben habe. Wir haben eine Auswahl getroffen, und dennoch sind sie unerträglich.«
Schweigend ging Mary einige Meter weiter: Hebert deutete auf eine andere Wand.
»Das war 1989. Allison, Barry, Chantal, Dean, Erin, Felix, Gabrielle, Iris, Jerry und Karen waren nur einige der Mörder dieser Jahre, nicht zu vergessen Hugo, er mit einer Geschwindigkeit von mehr als zweihundertzwanzig Kilometern

pro Stunde Charleston und einen Teil von South Carolina verwüstet hat. In Ihrem Brief sprachen Sie wahrscheinlich von Gilbert, der im Jahr 1988 dreizehn Tage lang gewütet hat, eine Windstärke von etwa dreihundert Kilometern pro Stunde erreichte, und die Regenfälle, die seiner Entstehung vorausgingen, waren mörderisch; für Honduras haben wir allerdings keine Zahlen, ich habe nachgesehen. Ich will mich nicht in Dinge einmischen, die mich nichts angehen, aber möchten Sie wirklich, dass Ihre Tochter diese Bilder sieht?«

»Dieser Gilbert oder einer seiner Brüder hat ihre Mutter umgebracht. Lisa hat insgeheim eine regelrechte Neurose entwickelt, was Orkane betrifft.«

»Ein Grund mehr, dass ihr dieser Ort unerträglich sein muss.«

»Angst entsteht aus Unwissenheit. Um gegen meine Angst anzukämpfen, wollte ich Journalistin werden. Lisa hat das Bedürfnis zu verstehen und weiß nicht, wo sie suchen soll, also werde ich ihr dabei helfen. Ich werde ihr in diesen Augenblicken, so schrecklich sie auch sein mögen, zur Seite stehen.«

»Ich befürchte, ich kann Ihren Standpunkt nicht gutheißen.«

»Ich brauche Ihre Hilfe, Professor Hebert. Ein kleines Mädchen kann nicht erwachsen werden. Man hört ihre Stimme immer seltener, sodass man, wenn sie ausnahmsweise spricht, auch zuhört. Im Laufe der Jahre beobachtete ich, wie sie sich immer mehr in ihr Schweigen und ihre Angst zurückzieht. Bei jedem Gewitter zittert sie, sie fürchtet jeden Regen. Doch wenn Sie sie kennen lernen, werden Sie feststellen, wie mutig dieses Mädchen ist und wie stolz sie darauf ist, dieses allgegenwärtige Grauen vor uns zu verbergen. Keine Woche vergeht, ohne dass ich nicht nachts in ihr Zimmer gehen und sie aus einem Albtraum aufwecken müsste. Sie ist jedes Mal schweißüberströmt und so tief in ihren unruhigen Schlaf versunken, dass es mir kaum gelingt, sie wachzurütteln. Um ihre Panik zu beherrschen, beißt sie sich manchmal auf die Zunge, bis sie blutet. Niemand weiß davon, und sie ahnt auch nicht, dass ich das Geheimnis entdeckt habe, das sie quält. Lisa muss erfahren, dass es Sie gibt, dass wir die Monster nicht ignorieren, dass Sie sie überwachen und jagen, dass Methoden entwickelt wurden, die die Wissenschaft in die Lage versetzen, die Bevölkerung vor dem mörderischen Wahnsinn der Natur zu schützen. Ich will, dass sie sich den Himmel ansehen und eines Tages die Wolken schön finden kann, ich will, dass sie nachts süße Träume hat.«

Lächelnd bat der Professor Mary, ihm zu folgen. Als er die Tür des Ausstellungsraums öffnete, wandte er sich zu ihr um:

»Ich würde nicht behaupten, dass wir nennenswerte Möglichkeiten haben, aber einige haben wir doch. Kommen Sie, ich zeige Ihnen den Rest des Zentrums, dann überlegen wir gemeinsam, was wir tun können.«

Mary rief Philip an. Sie hatte das NHC viel zu spät verlassen, um noch am selben Abend zurückzukehren. In ihrem Hotelzimmer in Miami Beach hörte sie das nächtliche Treiben unter ihrem Fenster.

»Bist du nicht zu müde?«, fragte er am Telefon.

»Nein, der Tag war sehr aufschlussreich. Haben die Kinder gegessen?«

»Schon lange, wir unterhielten uns gerade alle drei in Lisas Zimmer, ich habe den Anruf im Schlafzimmer angenommen. Und du, hast du schon gegessen?«

»Nein, ich gehe jetzt runter.«

»Es gefällt mir gar nicht, dass du ohne mich in dieser Stadt bist.

Sie ist voll von Männern mit Körpern so muskulös wie diese griechischen Statuen.«
»Deine so genannten Statuen sind hier aber sehr beweglich. Außerdem war ich noch nicht in einer Bar. Du fehlst mir.«
»Du mir auch, ganz fürchterlich. Deine Stimme klingt müde.«
»Ach weißt du, das war ein eigenartiger Tag. Bis morgen. Ich liebe dich.«

Aus den Bars und Restaurants am Ocean Drive, jener Prachtstraße am Meer, drang höllisch laute Musik, zu der sich die gestählten Körper bis spät in der Nacht verrenkten. Jeden Kilometer gab es ein Schild: *Sammelstelle zum Transport in die Schutzräume bei Hurrikan-Warnung.* Mary nahm am nächsten Tag die erste Maschine zurück nach New York.

Am Abend des elften September 1995 hatte das Telefon geklingelt, und Professor Hebert hatte Mary geraten, sich in den frühen Morgenstunden bereitzuhalten. Bevor Lisa zur Schule aufbrach, würde er noch einmal anrufen und die Entwicklung dessen, was bislang nur eine Vorahnung war, bestätigen. Um sieben Uhr morgens hörte Mary seine Stimme am Telefon: »Nehmen Sie das nächste Flugzeug. Heute Abend rechnen wir mit der Taufe. An der Pforte liegen Ihre Zugangsplaketten bereit, ich werde Sie abholen.« Sie ging in das Zimmer von Lisa, die sich gerade anzog, öffnete ihren Kleiderschrank und begann, einen kleinen Koffer zu packen.
»Was machst du da?«, wunderte sich Lisa.
»Du wirst eine Woche lang nicht am Unterricht teilnehmen, aber du bereitest das vielleicht beste Referat in der Geschichte deiner Schule vor.«

»Wovon redest du?«

»Für Erklärungen ist jetzt keine Zeit. Mach dir schnell ein Brot, in einer Stunde geht unser Flugzeug, ich erkläre dir unterwegs, wohin die Reise geht.«

Auf dem Highway fuhr Mary mit Höchstgeschwindigkeit, und als Lisa nach dem Grund und dem Ziel dieser unerwarteten Reise fragte, erwiderte Mary, bei diesem Tempo könne sie nicht zwei Sachen auf einmal tun. Im Flugzeug hätten sie genug Zeit, darüber zu reden.

Sie eilten durch die Flughafenhalle zu ihrem Gate. Mary, die immer schneller lief, zog Lisa hinter sich her. Als sie an einer Treppe vorbeikamen, die zu einer Bar führte, wiederholte Lisa ihre Frage:

»Aber wohin gehen wir?«

»Auf die andere Seite der Scheibe!«, antwortete Mary. »Vertrau mir!«

Durch das Fenster des Flugzeugs betrachtete Lisa die Wolken unter den Tragflächen. Der Anflug auf den internationalen Flughafen von Miami hatte begonnen. Den ganzen Flug über hatte Mary vorgegeben zu schlafen, und Lisa verstand noch immer nicht, was los war und warum sie sich nach der Ankunft beeilen mussten. Sobald sie ihre beiden Koffer vom Transportband genommen hatten, sprangen sie in ein Taxi.

»Ich weiß gar nicht so genau, wo das NHC ist«, sagte der Fahrer.

Mary erklärte ihm den Weg.

»NHC, was ist das? Warst du schon einmal hier?«, fragte Lisa.

»Vielleicht!«

Äußerst beeindruckt von der Plakette mit ihrem Namen, die man ihr an der Pforte aushändigte, wartete Lisa mit Mary in der Eingangshalle, bis Professor Hebert kam.

»Guten Tag, du bist sicher Lisa, ich freue mich, dich im National Hurricane Center begrüßen zu dürfen. Wir sind eine von drei Zweigstellen einer staatlichen Organisation, die Center of Tropical Predictions heißt. Unsere Arbeit besteht darin, Leben zu retten und den Besitz der Bevölkerung zu schützen, indem wir alle außergewöhnlichen Wetterphänomene untersuchen, die sich in den Tropen entwickeln. Wir analysieren sie und geben Warnungen heraus, wenn nötig schlagen wir auch Alarm. Die Fakten, die wir sammeln, sind für unser Land bestimmt, aber auch für die internationale Gemeinschaft. Später werden wir das ganze Zentrum besichtigen, aber zunächst bestätigen die Daten, die wir heute Mittag von unseren Aufklärungsflugzeugen bekommen haben, dass Ihre Reise nicht umsonst war. In wenigen Augenblicken werden Sie beide das sehen, was man offiziell als die vierzehnte tropische Depression dieses Jahres über dem Atlantik bezeichnet. Wir nehmen an, dass sie sich noch vor Ende des Tages in einen Sturm verwandeln wird, und morgen vielleicht sogar in einen Orkan.«
Er führte sie durch einen langen Gang und stieß die Tür zu einem Raum auf, der dem Tower eines großen Flughafens ähnelte. In der Mitte stand eine Reihe von Druckern, die unablässig lange Papierstreifen ausspuckten. Ein Mann schnitt sie auseinander und verteilte sie an die anderen, die offenbar sehr beschäftigt waren. Hebert führte sie zu einem Radarschirm. Operator Sam, der dort arbeitete, ließ ihn nicht aus den Augen und übertrug die Daten in der oberen linken Ecke auf ein Blatt. Ein breiter Zeiger drehte sich auf der Skala. Als er den Südosten erreicht hatte, deutete Sam auf die orangefarbene Masse, die sich deutlich gegen den grünen Hintergrund abzeichnete. Lisa nahm auf dem Stuhl Platz, den man für sie bereitgestellt hatte. Der

Operator erklärte ihr, wie die Zahlen vor ihr zu deuten waren. Die ersten gaben das Datum an, an dem die Depression, also das Tiefdruckgebiet, entstanden war, die Ziffer neben dem Buchstaben M zeigte die Anzahl der seither verstrichenen Tage an, die in dem Kästchen SNBR die Registriernummer des Naturphänomens.

»Und was bedeutet das Wort XING?«, wollte Lisa wissen.

»Das ist die Abkürzung für *crossing,* und die Null daneben bedeutet, dass die Depression die amerikanische Grenze noch nicht überschritten hat, bis jetzt noch nicht. Wenn sich die Zahl ändert, heißt das, dass sie auf unser Gebiet vorgedrungen ist.«

»Und die Zahl nach den drei S?«

»Das ist die offizielle Klassifizierung. Die Stärke eines Erdbebens wird anhand der Richterskala gemessen, die Orkane werden seit achtzehnhundertneunundneunzig nach der Saffir-Simpson-Skala gemessen. Wenn du in den nächsten Stunden vor den Buchstaben SSS die Ziffer eins siehst, hat sich die tropische Depression in einen kleinen Orkan verwandelt.«

»Und wenn ein Fünf erscheint?«

»Fünf ist die höchste Stufe, aber bei einer Drei spricht man bereits von einer Katastrophe«, antwortete Sam.

Während der Führung durch das Zentrum ließ Mary ihre Tochter nicht aus den Augen. Auf dem langen Gang, der in den Arbeitsraum zurückführte, ergriff Lisa ihre Hand und murmelte: »Das ist unglaublich.«

Sie aßen in der Cafeteria zu Abend, doch Lisa wollte schnell wieder zurück zu den Bildschirmen, um zu sehen, wie sich »das Baby« entwickelte. Das ganze Team saß bei Hebert, der eben, als sie den Raum betraten, das Wort ergriff.

»Meine Herren, es ist null Uhr zwölf Weltzeit, das heißt zehn

Uhr zehn abends Ortszeit in Miami. Nach den Informationen, die uns die Flugzeuge der Air Force vor wenigen Minuten übermittelt haben, stufen wir die Depression Nummer fünfzehn offiziell als tropischen Wirbelsturm ein, seine aktuelle Position ist elf Grad, acht Minuten nördlicher Breite und zweiundfünfzig Grad, sieben Minuten westlicher Länge, der Luftdruck beträgt tausendundvier Millibar, der Wind hat bereits eine Geschwindigkeit von sechzig Kilometern pro Stunde erreicht. Bitte geben Sie sofort einen allgemeinen Warnhinweis durch.«

Hebert wandte sich an Lisa und deutete auf den Punkt, der jetzt rot war und sich langsam auf dem großen Bildschirm in der Wand abzeichnete.

»Lisa, du hast soeben eine ganz besondere Taufe erlebt. Ich stelle dir Marilyn vor. Du kannst allen Operationen beiwohnen, die nun folgen, wir werden ihn bis zu seinem, hoffentlich baldigen, Tod verfolgen. Wir haben ein Zimmer vorbereitet, in dem deine Mutter und du euch ausruhen könnt, wenn ihr müde seid.«

Wenig später zogen sie sich in den Raum zurück, der ihnen in den nächsten Tagen als Schlafzimmer dienen sollte. Lisa sagte kein Wort. Sie warf Mary, die ihr zulächelte, nur fragende Blicke zu.

Als Lisa am nächsten Tag, dem dreizehnten September 1995, nach dem Frühstück den Arbeitsraum betrat, setzte sie sich neben Sam. Sie hatte den Eindruck, dass die Frauen und Männer, die hier arbeiteten, sie wie ein Mitglied ihres Teams behandelten, man bat sie sogar mehrmals, die Berichte vom Drucker zu holen und zu verteilen, und etwas später musste sie sie sogar laut vorlesen, während mehrere Meteorologen die Zahlen aufschrieben. Nach dem Mittagessen bemerkte sie die Unruhe auf ihren Gesichtern.

»Was ist passiert?«, fragte sie Sam.
»Sieh dir die Zahlen auf dem Bildschirm an, die Windstärke beträgt jetzt hundert Kilometer pro Stunde, aber noch schlimmer ist der Luftdruck, das ist kein gutes Zeichen.«
»Das verstehe ich nicht.«
»Wenn der Luftdruck sinkt, wütet der Sturm immer heftiger, und ich fürchte, bald haben wir es mit einem richtigen Orkan zu tun.«
Um neunzehn Uhr fünfundvierzig rief Sam Hebert an und bat ihn, sofort zu kommen. Er betrat den Raum und eilte sofort zum Bildschirm. Lisa rollte mit ihrem Stuhl zur Seite, um ihm Platz zu machen.
»Was sagen die Flugzeuge?«, fragte er.
Eine Stimme antwortete vom anderen Ende des Raums:
»Sie haben die Bildung des Auges festgestellt.«
»Die aktuelle Position ist dreizehn Grad nördlicher Breite und siebenundfünfzig Grad, sieben Minuten westlicher Länge, er bewegt sich in nordöstlicher Richtung auf den Canal des Saintes zu. Er wird die französischen Antillen treffen. Der Luftdruck ist weiter gesunken, neun acht acht Millibar, die Windstärke hat hundertzwanzig Kilometer erreicht«, fügte der Meteorologe hinzu, der am Computer saß.
Als Hebert zu den Druckern ging, sah Lisa, dass auf Sams Bildschirm hinter den drei Buchstaben S die Ziffer Eins blinkte. Es war achtzehn Uhr, und Marilyn war zu einem Orkan der ersten Stufe geworden.
Mary saß auf ihrem Stuhl und machte sich Notizen, aus den Augenwinkeln beobachtete sie ihre Tochter. Von Zeit zu Zeit legte sie den Bleistift beiseite und musterte beunruhigt Lisas Gesicht, das immer starrer wurde. Das Schweigen in dem

großen Raum, das so drückend wie ein Gewitterhimmel geworden war, wurde nur von dem Geräusch der Apparate unterbrochen.

Als Lisa nachts einen Albtraum hatte, legte sich Mary zu ihr und nahm sie in die Arme, trocknete ihre Stirn, wiegte sie und streichelte ihr Haar, bis sie sich entspannte. Sie betete, nicht das Gegenteil von dem zu erreichen, was sie beabsichtigt hatte, indem sie Lisa hierher gebracht hatte. Sie fand keinen Schlaf und wachte bis zum frühen Morgen bei ihr.

Sobald sie aufgestanden war, ging Lisa in den Arbeitsraum, sie wollte nicht mit Mary in der Cafeteria frühstücken. Als sie den Raum betrat, lief sie zu Sam. Es war sieben Uhr fünfundvierzig in Miami und elf Uhr fünfundvierzig Weltzeit.

»Wie sieht er heute Morgen aus?«, fragte sie mit fester Stimme.

»Noch immer wütend. Er nähert sich Martinique, bewegt sich in nordöstlicher Richtung, und der Luftdruck sinkt weiter.«

»Ich habe gesehen, dass er noch immer Stufe eins hat«, stellte sie knapp fest.

»Meiner Ansicht nach nicht mehr lange.«

Hebert hatte den Raum betreten. Er begrüßte Lisa und drehte seinen Stuhl zu dem großen Bildschirm in der Mitte der Wand um.

»Wir werden per Satellit die Bilder empfangen, die die US Air Force aufgenommen hat. Wenn du sie nicht sehen möchtest, kannst du rausgehen.«

»Ich will bleiben!«

Die Stimme des Piloten erklang im Raum.

»US Air Force neun acht fünf an die Zentrale des NHC.«

»Wir hören Sie, UAF neun acht fünf«, sagte Hebert in das Mikrofon, das vor ihm stand.

»Wir haben das Zentrum des Auges überflogen, der Durchmesser beträgt etwa dreißigtausend Meter, wir werden Ihnen jetzt die Fotos übermitteln.«

Der Bildschirm erhellte sich, und die ersten Aufnahmen erschienen. Lisa hielt den Atem an. Das Mädchen, das dieses Monster auf der Erde so sehr fürchtete, sah es jetzt zum ersten Mal in seinem Leben von oben. Es wirbelte majestätisch und mit herausfordernder Kraft, und die eindrucksvolle weiße Schleppe wand sich um das Auge. Aus dem Lautsprecher konnte man den Atem des Bordkommandanten hören. Lisas Hände klammerten sich um die Armlehnen ihres Stuhls. Mary kam mit einer Tasse heißer Schokolade herein. Ihre Augen weiteten sich. Sie war tief beeindruckt von dem, was sie sah.

»Mein Gott«, sagte sie leise.

»Was Sie hier sehen, ist eher der Teufel«, antwortete Hebert.

Lisa stürzte auf ihn zu und griff nach seinem Handgelenk. Mary lief zu ihr und versuchte, sie zu beruhigen.

»Werden Sie ihn zerstören?«, schrie sie.

»Dazu sind wir nicht in der Lage.«

»Aber warum werfen die Flugzeuge keine Bombe über seinem Auge ab, er muss explodieren, solange er noch über dem Meer ist!«

Er machte sich frei und fasste sie bei den Schultern.

»Das würde nichts nützen, Lisa, wir haben nicht die Macht, ihn aufzuhalten. Irgendwann werden wir es können, das verspreche ich dir, dafür arbeiten wir hier ohne Unterlass. Ich leite dieses Zentrum seit fünfunddreißig Jahren und habe mein ganzes Leben lang daran gearbeitet, diese Killer zu jagen. Wir haben in den letzten zehn Jahren große Fortschritte gemacht. Jetzt musst du dich beruhigen, ich brauche dich, und damit du effizient arbeiten kannst, musst du die Nerven behalten. Du wirst mir helfen. Wir werden alle Länder warnen, denen er sich nähern könnte, und zwar so rechtzeitig, dass alle Menschen Schutzräume erreichen können.«

Der Pilot teilte mit, er würde näher zum Auge hinuntergehen. Hebert ließ Lisa an seiner Seite Platz nehmen und griff wieder zum Mikrofon. »Seien Sie vorsichtig.«

Die Bilder waren oft verwackelt und wurden doch immer eindrucksvoller. Die Bordkameras filmten das unglaubliche Spektakel der kreisenden Wolken von fast fünfunddreißig Kilometer Durchmesser, die sich mehrere hundert Meter hoch auftürmten. Einige Minuten später wurde die Stille unterbrochen, das Flugzeug kündigte seine Rückkehr zur Basis an. Gleichzeitig erlosch der Bildschirm. Es war elf Uhr vormittags. Sam brachte eine Reihe neuer Daten, die Hebert sofort las. Er legte das Blatt weg und ergriff Lisas Hand, und mit der anderen schaltete er das Mikrofon ein.

»Hier spricht der Leiter des NHC, dies ist eine Alarmdurchsage. Der Wirbelsturm Marilyn, dessen aktuelle Position vierzehn Grad, zwei Minuten nördlicher Breite und achtundfünfzig Grad, acht Minuten westlicher Länge ist, bewegt sich auf die amerikanischen Jungfrauen-Inseln zu. Am Abend wird er Martinique und Guadeloupe erreichen. Die Evakuierung der Bevölkerung muss sofort in die Wege geleitet werden. Schiffe jeglicher Tonnage, die vor den französischen Antillen kreuzen, müssen auf der Stelle den nächsten Hafen anlaufen. Die Windstärke beträgt im Moment hundertzwanzig Kilometer pro Stunde.«

Er wandte sich an Sam und bat ihn, die Daten mit denen des Teams vom CDO Martinique zu vergleichen. Dann setzte er Lisa ans Mikrofon, verfasste in Großbuchstaben eine Nachricht und zeigte ihr, wie man die Frequenzen ändert, indem man den Knopf weiterdreht.

»Lisa, ich möchte, dass du diese Nachricht an alle Frequenzen auf der Liste durchgibst. Wenn du fertig bist, fängst du wieder von vorne an, und so fort. So werden wir ihn daran hindern, Katastrophen anzurichten, und Leben retten. Wenn du müde bist, löst deine Mutter dich ab. Hast du mich verstanden?«

»Ja«, antwortete Lisa mit fester Stimme.

Sie verbrachte den Rest des Tages damit, ohne Pause den Warnaufruf durchzugeben, den man ihr anvertraut hatte. Mary saß neben ihr und schaltete die Frequenzen um, und jedes Mal, wenn Lisa ihre Nachricht durch den Äther schickte, fühlte sie sich etwas mehr von einem Übel befreit; sie spürte, dass sie endlich Rache an den Wirbelstürmen nahm.

Marilyn raste am frühen Abend über Martinique und Guadeloupe hinweg. Als die Zahl Drei vor den drei S auftauchte, weigerte sich Lisa, eine Pause zu machen, und gab die Nachrichten schneller durch. Mary wich nicht eine Minute von ihrer Seite und löste sie ab, als sie ihren Posten für einige Minuten verlassen musste.

Mary wandte sich mit vor Erschöpfung geröteten Augen zu Hebert um.

»Das ist anstrengend, haben Sie kein System, das die Nachrichten automatisch durchgibt?«, fragte sie.

»Natürlich!«, antwortete der Professor lächelnd.

Einunddreißig Stunden nach dem Alarm tobte der Orkan über St. Croix und St. Thomas, am sechzehnten September bewegte er sich auf Puerto Rico zu. Bei jeder Veränderung stellte Lisa eine neue Frequenz ein und gab ihre Alarmaufrufe pausenlos und immer schneller durch.

Am Siebzehnten erreichte er mit 949 Millibar seine maximale Depression, die Windgeschwindigkeit betrug hundertsiebzig Stundenkilometer, er zog auf den Atlantik ab. Gegen Ende des Tages, als die Windgeschwindigkeit etwa zweihundert Stundenkilometer erreichte, stieg der Luftdruck um zwanzig Millibar. Zehn Stunden später zeichnete sich die Wand des Auges über dem Ozean ab. Marilyn starb in der Nacht vom einundzwanzigsten auf den zweiundzwanzigsten September.

Nach Newark zurückgekehrt, erfuhr Lisa, dass der Wirbelsturm in St. Thomas und St. Croix nur acht Todesopfer gefordert hatte, in St. John und Puerto Rico nur eines. Als sie ihr Referat in der Schule vortrug, hatte sie eine Bitte an ihren Geografielehrer, die dieser sogleich akzeptierte. Jeden Morgen erhoben sich die Schüler ihrer Klasse zu einer Schweigeminute … und das acht Tage lang.

# Kapitel 10

Lisa bekam in jedem Quartal das Informations-Bulletin des NHC zugeschickt, stets mit einem kleinen Gruß von Hebert, der im Juli in Rente gehen würde. Mit Sam unterhielt sie einen regelmäßigen Briefwechsel, und er hatte sie im letzten Winter sogar besucht. Während der Tage, die er bei ihnen verbrachte, erzählte er ihr, dass sich die Meteorologen des Zentrums noch immer nach ihr erkundigten. Im Frühjahr 1996 veröffentlichte Mary in der *Montclair Times* einen Artikel über Wirbelstürme, der große Aufmerksamkeit erregte. Die angesehene Zeitschrift *National Geographic* beauftragte sie, ein vollständiges Dossier zu diesem Thema zu erstellen, das im Oktober erscheinen sollte.

Sie arbeitete den ganzen Sommer über daran, und Lisa unterstützte sie, indem sie die Recherche übernahm und von allen Texten, die sie fand, Exzerpte anfertigte.

Fast jeden Tag fuhren sie nach Manhattan und arbeiteten, nach dem Mittagessen im kleinen Garten des Picasso, in der Nationalbibliothek an der 5th Avenue. Thomas reiste mit seinem besten Freund in ein Ferienlager nach Kanada, und Philip kümmerte sich um die Renovierung einer kleinen Wohnung im East Village, die sie als Geldanlage gekauft hatten – oder vielleicht auch, ohne es sich einzugestehen, in der Hoffnung, dass Lisa sich entscheiden würde, an der Universität von New York zu studieren. Für ihre im *National Geographic* veröffentlichte Studie erhielt Mary viel Lob, und Anfang des Jahres 1997 bot ihr die *Montclair Times* eine zweispaltige Kolumne mit freier Themenwahl in der Sonntagsausgabe an. Lisa trat in ihre

Fußstapfen und bekam ein eigenes Forum in der monatlich erscheinenden Schülerzeitung. Nach und nach entfernte sie sich von den meteorologischen Themen.

Anfang des folgenden Jahres feierte Lisa ihren neunzehnten Geburtstag, Thomas wurde am einundzwanzigsten März fünfzehn. Der Juni war äußerst ereignisreich. Lisas Schulfest, der traditionellen »Prom«, gingen zwei Tage der Kleidersuche im Village voraus. Stephen holte Lisa zu Hause ab, und als Philip ihm seine Ermahnungen mit auf den Weg geben wollte, warf ihm Mary einen vernichtenden Blick zu. Zum ersten Mal kam Lisa erst am frühen Morgen nach Hause. Der High-School-Abschluss stand kurz bevor und, sobald sie das Abitur in der Tasche hätte, ihr Studium an der Universität. Sie war jetzt eine bezaubernde junge Frau geworden. Ihr langes Haar fiel über ihre dunklen, wohlgeformten Schultern, und sie hatte immer mehr Mühe, das »Gleichgewicht« zu halten. Von dem kleinen Mädchen, das an einem Regentag angekommen war, waren nur noch die Augen übrig geblieben mit ihrem verwirrenden, intensiven Leuchten.

Je näher Lisas Abiturfeier rückte, desto unruhiger wurde Mary. Die Erinnerung an einen Schwur, den sie vor fünf Jahren an einem Tisch in der Flughafenbar geleistet hatte, störte ihren Schlaf, selbst wenn nichts am Verhalten ihrer Tochter darauf hindeutete, dass sie ihr Versprechen halten müsste.

Thomas erschien als Letzter am Frühstückstisch. Lisa hatte ihre Pfannkuchen gegessen, und Mary räumte in aller Eile die Küche auf. Philip hupte mehrmals kurz, um alle zum Auto zu rufen. Als der letzte Sicherheitsgurt einrastete, war der Motor bereits angesprungen. Der Weg zur Schule dauerte nur knapp zehn Minuten, und Mary verstand diese Ungeduld nicht recht. Unterwegs sah er immer wieder in den Rückspiegel, und sein Blick traf den von Lisa. Mary versuchte, sich auf das Programm der Feier zu konzentrieren, gab jedoch bald auf, da ihr übel wurde, wenn sie beim Fahren las. Sobald sie den Wagen auf dem Parkplatz abgestellt hatten, begrüßten sie die Lehrer. Philip war übernervös. Ehe Lisa zu ihren Kameradinnen ging, beruhigte Mary sie, denn Philip war vor jeder offiziellen Feier so. Er drängte Mary und Thomas, vor dem Podium Platz zu nehmen, auf dem die Zeugnisse überreicht werden sollten. Mary zog eine Augenbraue hoch und pochte mit dem Finger auf ihre Armbanduhr. Die Zeremonie begann erst in einer Stunde, es bestand also kein Grund zur Eile, und sie wollte die Zeit nutzen, um im Park spazieren zu gehen.

Als sie zurückkam, saß Philip schon in der ersten Reihe, auf die beiden Stühle neben sich hatte er jeweils einen Schuh gelegt. Als Mary sich setzte, gab sie ihm seinen Mokassin zurück.

»Beim Freihalten der Plätze bist du wirklich sehr einfallsreich! Bist du sicher, dass es dir gut geht?«

»Zeremonien machen mich nervös, das ist alles.«

»Aber sie hat ihr Abitur schon bestanden, Philip! Vorher, als wir für die Prüfungen gelernt haben, hättest du nervös sein müssen.«

»Ich verstehe nicht, wie du so ruhig bleiben kannst! Sieh doch, sie ist schon auf dem Podium, gleich hält sie ihre Ansprache!«

»… die wir einen Monat lang einstudiert haben, ich bitte dich, du wirst doch nicht die ganze Zeit über so rumzappeln.«
»Aber ich zapple doch gar nicht!«
»Doch, und dein Stuhl knarrt. Wenn du hören willst, was deine Tochter sagt, dann verhalte dich etwas ruhiger.«
Thomas unterbrach sie, denn nach dem Mädchen, das jetzt sprach, kam Lisa an die Reihe. Philip war natürlich angespannt, aber er war vor allem stolz. Er drehte sich um, um abzuschätzen, wie viele Personen der Feier beiwohnten. Es waren zwölf Reihen mit jeweils dreißig Plätzen, das heißt dreihundertsechzig Zuschauer.

War es irgendetwas Unbestimmtes, das seine Aufmerksamkeit anzog, oder einfach sein Instinkt, der ihn veranlasste, sich noch einmal umzuwenden? Ganz hinten in der letzten Reihe hatte eine Frau ihren Blick auf Lisa gerichtet, die jetzt ans Rednerpult trat.
Weder die Sonnenbrille, die sie trug, noch das Cape, in das sie gehüllt war, und auch nicht die Spuren, die die Zeit auf ihrem Gesicht hinterlassen hatte, hinderten ihn daran, Susan zu erkennen.
Mary kniff ihn ins Bein:
»Wenn du sehen willst, wie man deiner Tochter das Reifezeugnis überreicht, musst du dich schon umdrehen.«
Während Lisa ihre Lehrer begrüßte, begann Philips linke Hand, die ganz feucht geworden war, zu zittern. Mary ergriff sie und drückte sie fest. Als Lisa feierlich ihren Eltern für ihre Liebe und Geduld dankte, verspürte Mary den dringenden Wunsch nach Pfannkuchen.
Sie wischte sich schnell über die Augen, um die Tränen der

Rührung zu vertreiben, die in ihr aufstiegen, und ließ dabei Philips Hand los.

»Was hast du?«, fragte sie ihn.

»Ich bin gerührt.«

»Glaubst du, dass wir ihr gute Eltern waren?«, fragte sie leise.

Er holte tief Luft und konnte nicht umhin, sich noch einmal umzublicken. Dort, wo er geglaubt hatte, Susan zu entdecken, stand ein leerer Stuhl. Er ließ den Blick über die restlichen Sitzreihen gleiten, doch er konnte sie nirgendwo entdecken. Mary machte ihn auf Lisa aufmerksam, die sich unter dem Beifall des Publikums verabschiedete, also applaudierte auch er, so laut er konnte.

Den ganzen Nachmittag über lag er auf der Lauer. Mary fragte ihn immer wieder, was er suche, und ständig antwortete er ihr, er fühle sich nicht gut, sicherlich die Nachwirkungen all der Aufregung. Er entschuldigte sich, und sie merkte, dass es besser war, ihn allein zu lassen und sich um Thomas zu kümmern und um Lisa, solange sie noch da war. Philip schlenderte durch den Park des Gymnasiums, blickte sich immer wieder um, grüßte zerstreut die Leute, die er traf, aber … Susan war nirgendwo. Schließlich versuchte er sich einzureden, dass er sich getäuscht hatte, betete sogar insgeheim, dass es so sei. Um siebzehn Uhr gingen sie alle vier zum Parkplatz. Als er sich dem Wagen näherte, sah er ein einfaches Stück Papier, das in der Fahrertür klemmte, ein weißer, vierfach gefalteter Zettel. Nur wenige Zeilen, die ihm schon jetzt, obwohl er noch zögerte, sie zu lesen, den Atem nahmen. Die ganze Rückfahrt über hielt er das Geheimnis in seiner Hand verborgen, Mary sagte kein Wort. Als er vor dem Haus parkte, gab er vor, noch etwas aus dem Kofferraum holen zu müssen, und ließ die Familie hineingehen.

Er entfaltete das kleine Stück Papier, auf dem lediglich eine Zahl und zwei Buchstaben standen: *7 a.m.* Er schob es in die Tasche und ging ins Haus.

Während des Abendessens fragte sich Lisa nach dem Grund für das Schweigen, das nur bisweilen durch ein paar knappe, gezwungene Sätze von Mary unterbrochen wurde. Das Dessert stand noch nicht auf dem Tisch, als Thomas erklärte, angesichts dieser »fröhlichen Stimmung« gehe er lieber in sein Zimmer. Lisa sah von Philip zu Mary.

»Was macht ihr beide denn für Trauermienen, habt ihr euch gestritten?«

»Nicht im Geringsten«, versicherte Mary, »dein Vater ist müde, das ist alles, man kann schließlich nicht immer in Hochform sein.«

»Eine tolle Stimmung am Vorabend meiner Abreise«, fuhr Lisa fort, »gut, ich lasse euch, ich packe jetzt meine Tasche, nachher gehe ich noch auf eine Party bei Cindy.«

»Dein Flugzeug geht erst um sechs Uhr abends, du kannst auch morgen packen, deine Sachen verknittern nur«, erwiderte Philip.

»Knitterfalten sind in, die akkurat gebügelten Sachen überlasse ich euch, und jetzt gehe ich.«

Sie lief die Treppe hinauf zum Zimmer ihres Bruders.

»Was haben die bloß?«

»Rate mal! Weil du morgen wegfährst, natürlich, seit einer Woche läuft Mum im Haus auf und ab. Vorgestern war sie mindestens fünfmal in deinem Zimmer, mal zupfte sie an den Gardinen herum, dann stellte sie Bücher auf deinem Regal um, beim nächsten Mal strich sie das Bett glatt. Als ich auf dem Flur vorbeikam, habe ich sie überrascht, wie sie das Kopfkissen im Arm hatte und ihr Gesicht hineindrückte!«

»Aber ich fahre doch nur zwei Monate nach Kanada, was wird erst passieren, wenn ich irgendwann allein wohne!«

»An dem Tag, an dem du gehst, bin vor allem ich allein, und diesen Sommer wirst du mir auch fehlen.«

»Aber ich schreibe dir doch, mein Zuckerhäschen, und nächstes Jahr meldest du dich in meinem Ferienlager an, dann sind wir zusammen.«

»Um dich als Betreuerin zu haben, nein danke! Los, pack deinen Koffer, du treulose Tomate.«

Seit gut fünf Minuten trocknete Philip denselben Teller ab. Während Mary den Tisch fertig abräumte, beobachtete sie ihn. Sie zog in ihrer unnachahmlichen Art eine Augenbraue hoch. Er reagierte nicht.

»Philip, möchtest du, dass wir reden?«

Er fuhr zusammen:

»Mach dir doch keine Sorgen. In Kanada wird alles gut für sie laufen.«

»Davon spreche ich gar nicht, Philip.«

»Von was dann?«

»Von dem, was dich seit der Feier in diesen Zustand versetzt.«

Er stellte den Teller auf das Ablaufbrett, trat zu ihr und bat sie, sich zu setzen.

»Mary, da ist etwas, was ich dir sagen möchte, was ich dir schon lange hätte sagen sollen.«

Sie musterte ihn beunruhigt.

»Pass auf mit deinen überwältigenden Enthüllungen! Was willst du mir sagen?«

Er sah ihr in die Augen und streichelte ihr Gesicht. Sie spürte die Rührung in seinem Blick, und weil er schwieg, so als würden die Worte, die er sagen wollte, in seiner Kehle erstickt, wiederholte sie ihre Frage:

»Was willst du mir sagen?«

»Mary, seit dem Tag, als Lisa in unser Leben getreten ist, habe ich jeden Morgen beim Aufstehen, bei jedem deiner Atemzüge, wenn ich dich schlafen sah, jedes Mal, wenn dein Blick den meinen traf, jedes Mal, wenn deine Hand wie jetzt in der meinen lag, begriffen, warum und wie sehr ich dich liebe. Und mit all der Kraft, die du mir gegeben hast mit deinen Kämpfen, deinem Lächeln, mit all deinen Zweifeln, die du überwunden hast, und den meinen, die du durch dein Vertrauen weggewischt hast, mit deiner Anteilnahme, deiner Geduld und mit all den Tagen, die wir gemeinsam verbracht haben, hast du mir das schönste Geschenk gemacht: Wie viele Männer kommen in den Genuss dieses unglaublichen Privilegs, so sehr zu lieben und geliebt zu werden?«

Sie presste den Kopf an seine Brust, als wollte sie sein Herz schlagen hören, vielleicht auch, weil sie so lange auf diese Worte gewartet hatte.

Sie schlang die Arme um seinen Hals:

»Philip, du musst hingehen, ich kann nicht, ich darf nicht, du wirst es ihr erklären.«

»Wohin?«

»Das weißt du genau. Wie ähnlich Lisa ihr sieht, das war beeindruckend! Und ich kann mir denken, welchen Treffpunkt sie auf dieses Stück Papier geschrieben hat, das du die ganze Rückfahrt über in der Hand gehalten hast.«

»Ich gehe nicht hin.«

»O doch, du gehst, nicht für dich, sondern für Lisa.«

Später im Schlafzimmer redeten sie, eng aneinander geschmiegt, lange Zeit über sich, über Thomas und über Lisa.

Sie hatten kaum geschlafen. Schon im Morgengrauen standen sie auf. Mary bereitete eilig das Frühstück in der Küche. Philip zog sich an und ging in Lisas Zimmer. Er trat ans Bett und streichelte ihre Wange, um sie sanft aufzuwecken. Sie öffnete die Augen, und er lächelte.

»Wie spät ist es?«

»Beeil dich, meine Kleine, zieh dich an und komm zu uns in die Küche.«

Sie sah auf den Wecker und schloss die Augen gleich wieder.

»Mein Flugzeug geht erst um sechs Uhr abends. Dad, ich fahre nur für zwei Monate weg, Mum und du müsst euch wirklich beruhigen. Kann ich jetzt weiterschlafen? Ich bin spät nach Hause gekommen!«

»Du wirst wahrscheinlich eine andere Maschine nehmen. Steh auf, Liebes, beeil dich, wir haben nicht mehr viel Zeit. Ich erkläre dir alles unterwegs.«

Er küsste sie auf die Stirn, nahm den Seesack, der auf dem Schreibtisch lag, und ging hinaus. Lisa rieb sich die Augen, stand auf, zog eine Hose und eine Bluse an und band eilig ihre Schnürsenkel zu. Kurz darauf kam sie verschlafen nach unten. Philip stand vor der Haustür und sagte ihr, er würde draußen auf sie warten.

Mary kam aus der Küche und blieb wenige Meter vor ihr stehen.

»Ich habe Frühstück gemacht, doch ich glaube, ihr habt keine Zeit mehr.«

»Aber was ist los?«, fragte Lisa beunruhigt, »warum muss ich so früh los?«
»Dad erklärt dir alles im Auto.«
»Aber ... ich habe mich nicht mal von Thomas verabschiedet.«
»Er schläft, mach dir keine Sorgen, ich richte es ihm aus. Du schreibst mir doch, nicht wahr?«
»Was verheimlicht ihr mir?«
Mary trat zu ihr, schloss Lisa so fest in die Arme, dass sie fast keine Luft mehr bekam, und flüsterte ihr ins Ohr:
»Ich kann mein Versprechen nicht ganz halten, aber ich habe mein Bestes getan.«
»Aber wovon redest du?«
»Lisa, was auch immer du tust, in jeder Etappe deines Lebens, vergiss nie, wie sehr ich dich liebe.«
Mary ließ Lisa los, öffnete die Tür und schob sie sanft zu Philip hinaus, der unter dem Vordach wartete. Beunruhigt blieb Lisa stehen, sah Mary in die Augen und versuchte, den Schmerz zu verstehen, den sie darin erahnte. Ihr Vater legte den Arm um ihre Schultern und zog sie zum Wagen.

Es regnete an diesem Morgen. Philips ausgestreckter Arm wurde von einer Hand verlängert, die größer geworden war und sich an die seine klammerte. Das Bündel, das sie in der anderen Hand hielt, wog jetzt viel schwerer.
So sah Mary sie gehen, in diesem fahlen Licht, das die Zeit erneut erstarren ließ. Ihr schwarzes wirres Haar fiel ihr bis auf die Schultern, der Regen rann über ihre Mestizenhaut. Jetzt schien sie sich in ihren Kleidern wohl zu fühlen. Sie gingen langsam zum Wagen. Mary stand unter dem Vordach und wollte noch irgendetwas sagen, doch das hatte jetzt keinen Sinn. Die

Türen des Wagens schlossen sich, Mary winkte ihr ein letztes Mal zu, und das Auto verschwand um die Straßenecke.

Den ganzen Weg über stellte Lisa Philip Fragen, auf die er nicht antwortete, weil er noch nicht die richtigen Worte fand. Sie nahmen die Ausfahrt, die zu den verschiedenen Flughafenterminals führte, er bremste. Lisa spürte immer stärker die verwirrende Mischung aus Angst und Wut und war fest entschlossen, nicht eher auszusteigen, bis er ihr den Grund für den überstürzten Aufbruch genannt hatte.

»Aber was ist denn mit euch los? Bringt euch meine Abreise so durcheinander? Dad, erklär mir jetzt endlich, was los ist!«

»Ich setze dich vor dem Terminal ab und bringe den Wagen auf den Parkplatz.«

»Warum ist Mary nicht mitgekommen?«

Philip hielt am Bürgersteig. Er sah seiner Tochter tief in die Augen und nahm ihre beiden Hände in die seinen.

»Lisa, hör mir zu, wenn du in die Abflughalle kommst, nimmst du die Rolltreppe zu deiner Rechten, du gehst den Gang entlang, bis zu der Bar am Ende …«

Lisas Gesicht verkrampfte sich. Das Verhalten ihres Vaters verriet ihr, dass sich der Schleier über ihrer Vergangenheit unerwartet heben würde.

»Du gehst in den hinteren Teil des Raums, am Tisch an der Fensterfront erwartet dich jemand.«

Lisas Lippen begannen zu beben, ihr Körper wurde von einem heftigen Schluchzen geschüttelt, und ihre Augen füllten sich mit Tränen, ebenso wie die von Philip.

»Erinnerst du dich an die rote Rutschbahn?«, fragte er mit leiser Stimme.

»Das habt ihr mir nicht angetan, sag, dass das nicht wahr ist, Dad!«
Ohne eine Antwort abzuwarten, zerrte sie ihren Seesack vom Rücksitz, stieg aus und schlug heftig die Tür zu.

~

Newark Airport. Das Auto hat sie am Bürgersteig abgesetzt und taucht im Strom der Fahrzeuge unter, die um den Passagierterminal kreisen; durch einen Schleier von Tränen sieht sie ihm nach, wie es in der Ferne verschwindet. Der grüne Seesack zu ihren Füßen wiegt fast so viel wie sie selbst. Sie hebt ihn hoch, zieht eine Grimasse und legt den Riemen über die Schulter. Sie wischt die Tränen ab, geht durch die automatische Tür des Terminals 1 und läuft durch die Halle. Zu ihrer Rechten führt eine Rolltreppe in den ersten Stock; trotz der schweren Last auf ihrem Rücken läuft sie die Stufen hinauf und eilt entschlossen den Gang entlang. Vor der Fensterfront einer Bar, die in orangefarbenes Licht getaucht ist, bleibt sie stehen und schaut hinein. Zu dieser frühen Morgenstunde ist niemand an der Theke. Die Spielergebnisse flimmern auf dem Bildschirm des Fernsehers an der Wand, über dem Kopf eines alten Barmanns, der Gläser abtrocknet. Sie stößt die Holztür mit dem großen Bullauge auf, tritt ein, schaut suchend über die roten und grünen Tische hinweg.
So sieht Lisa sie wieder, ganz hinten an der Fensterfront, die auf die Asphaltbahn blickt. Sie hat das Kinn auf die rechte Hand gestützt, während die linke mit einem Medaillon spielt, das sie um den Hals trägt.
Ihre Augen, die Lisa noch nicht sehen können, sind auf die gelbe

Rollbahnmarkierung gerichtet, die den Flugzeugen den genauen Weg zur Startbahn weist. Susan wendet sich um, presst die Hand auf den Mund, als wolle sie einen Aufschrei unterdrücken, murmelt »Mein Gott« und erhebt sich. Lisa zögert, entscheidet sich für den linken Gang und nähert sich eilig und doch mit leisen Schritten. Susan sieht den großen Seesack, den ihre Tochter schleppt. Ihr Seesack unter dem Tisch sieht Lisas ähnlich. Da lächelt Susan. »Wie hübsch du bist!«

Reglos und schweigend mustert Lisa sie und setzt sich, ohne sie aus den Augen zu lassen. Susan folgt ihrem Beispiel. Sie möchte die Wange ihrer Tochter streicheln, doch Lisa zuckt zurück.

»Rühr mich nicht an!«

»Lisa, wenn du wüsstest, wie sehr du mir gefehlt hast.«

»Wenn du wüsstest, wie sehr dein Tod mein Leben mit Albträumen erfüllt hat!«

»Du musst es mich erklären lassen.«

»Welche Erklärung könnte es für das geben, was du mir angetan hast? Aber vielleicht kannst du mir ja erklären, was ich dir getan habe, dass du mich vergessen hast?«

»Ich habe dich nie vergessen. Es war nicht deinetwegen, Lisa, sondern meinetwegen, aus Liebe zu dir.«

»Ist das deine Definition von Liebe, mich im Stich zu lassen?«

»Du hast kein Recht, über mich zu richten, ohne Bescheid zu wissen, Lisa.«

»Aber du hattest das Recht zu dieser Lüge?«

»Du musst mich wenigstens anhören, Lisa!«

»Und hast du mich gehört, wenn ich nachts in meinen Albträumen nach dir gerufen habe?«

»Ich glaube, ja.«

»Warum bist du mich dann nicht holen gekommen?«

»Weil es schon zu spät war.«
»Zu spät für was? Zu spät, gibt es das zwischen einer Mutter und ihrer Tochter?«
»Darüber kannst jetzt nur du entscheiden, Lisa.«
»Mum ist tot!«
»Hör auf damit, bitte.«
»Dieser Satz war entscheidend für mich, er war der erste, den ich in Amerika ausgesprochen habe.«
»Wenn du willst, gehe ich, aber ob du willst oder nicht, ich werde dich immer lieben ...«
»Ich verbiete dir, mir das heute zu sagen. Das ist zu einfach. Also bitte, ›Mum‹, sag mir, dass ich mich irre, sag mir, wie sehr. Aber ich flehe dich an, sei überzeugend!«
»Wir hatten eine tropische Sturmwarnung bekommen, und die Berge waren zu gefährlich für ein kleines Mädchen wie dich. Erinnerst du dich, ich hatte dir erzählt, dass ich bei einem Gewitter beinahe ums Leben gekommen wäre? Also habe ich dich dem Team des Lagers im Sula-Tal anvertraut, um dich außer Gefahr zu bringen. Ich konnte die Leute im Dorf nicht allein lassen.«
»Aber mich konntest du allein lassen!«
»Aber du warst nicht allein!«
Lisa begann zu schreien.
»Doch, ohne dich war ich mehr als allein, der schlimmste aller Albträume, an dem man zu sterben glaubt, weil einem das Herz in der Brust zerspringt!«
»Mein kleines Mädchen, ich habe dich in die Arme genommen, geküsst und bin wieder hinaufgestiegen. Mitten in der Nacht hat Rolando mich geweckt. Sintflutartige Regengüsse prasselten auf uns nieder, die Häuser begannen abzurutschen. Erinnerst du dich an Rolando Alvarez, den Dorfvorsteher?«

»Ich habe mich an den Geruch der Erde erinnert, an jeden Baumstamm, an all die Türen der Häuser, denn der winzigste Bruchteil dieser Erinnerungen war alles, was mir von dir geblieben war. Kannst du das verstehen, hilft dir das, die Leere zu ermessen, die du in mir zurückgelassen hast?«

»Im strömenden Regen haben wir die Dorfbewohner zum Gipfel geführt. Unterwegs ist Rolando in der Dunkelheit an einem Steilhang ausgerutscht, ich habe mich auf den Boden geworfen, um ihn festzuhalten, und habe mir dabei den Knöchel gebrochen. Er hat sich an mir festgeklammert, aber er war zu schwer.«

»War ich auch zu schwer für dich? Wenn du wüsstest, wie übel ich dir das nehme!«

»Im Licht eines zuckenden Blitzes habe ich ihn lächeln sehen. ›Kümmere dich um sie, Doña, ich verlasse mich auf dich‹, das waren seine letzten Worte. Er hat meine Hand losgelassen, um mich nicht in den Abgrund zu ziehen.«

»Hat dir dein schöner Alvarez nicht gesagt, du sollst dich bei all deiner wundervollen Hingabe auch ein klein bisschen um deine Tochter kümmern, damit auch sie sich auf dich verlassen kann?« Susans Stimme wurde plötzlich lauter.

»Er war wie ein Vater für mich, Lisa, wie jener Vater, den mir das Leben genommen hat!«

»Du wagst es, mir so was zu sagen? Das ist wirklich die Höhe! Du hast mich die Rechnung für deine Kindheit zahlen lassen. Aber was hatte ich dir getan? Außer dich zu lieben, Herrgott noch mal, sag es mir, was hatte ich dir getan?«

»Am frühen Morgen war die Straße mitsamt einem Teil des Hangs verschwunden. Ich habe zwei Wochen ohne die geringste Verbindung zur Außenwelt überlebt. Wegen der Trümmer, die der Schlamm ins Tal gerissen hatte, nahmen die

Behörden an, wir wären tot, und haben uns keine Hilfstrupps geschickt. Also habe ich mich um all jene gekümmert, die du aus deiner Kindheit kennst, um die Verletzten, die Frauen und Kinder, die am Rande der Erschöpfung waren und denen man helfen musste.«

»Aber nicht um deine kleine Tochter, die verängstigt im Tal auf dich gewartet hat.«

»Sobald ich hinabsteigen konnte, bin ich aufgebrochen, um dich zu suchen. Ich habe fünf Tage gebraucht, um ins Tal zu gelangen. Als ich endlich das Lager erreicht hatte, warst du schon fort. Ich hatte der Frau von Thomas, der die Krankenstation von Ceiba leitet, genaue Anweisungen gegeben. Sollte mir etwas zustoßen, sollten sie dich zu Philip bringen. Bei meiner Ankunft habe ich erfahren, dass du noch in Tegucigalpa warst und erst am Abend nach Miami fliegen würdest.«

»Warum hast du mich dann nicht geholt?«, schrie Lisa noch aufgebrachter.

»Aber das habe ich ja getan! Ich habe den nächsten Bus genommen. Unterwegs habe ich dann an die Reise gedacht, die du machen würdest, an den Ankunftsort, kurz, an dein Schicksal, Lisa. Du würdest in ein Haus kommen, wo du morgens aufstehen würdest, um in einer richtigen Schule zu lernen, mit der Chance auf eine richtige Zukunft. Das Schicksal hat von mir verlangt, auf der Stelle über dein Leben zu entscheiden, denn ohne dass ich es provoziert hätte, warst du unterwegs zu einer anderen Kindheit, die nicht mehr von Tod, Einsamkeit und Elend gezeichnet war.«

»Das Elend war für mich, dass meine Mutter nicht mehr da war, wenn ich sie brauchte, um mich in die Arme zu nehmen; die Einsamkeit – du hast ja keine Vorstellung, wie sehr ich sie in den ersten Jahren ohne dich empfunden habe. Der Tod, das war die Angst, deinen Geruch zu vergessen; sobald es regnete, bin ich heimlich hinausgegangen, um feuchte Erde aufzusammeln und zu riechen, um mich an die Düfte von ›dort‹ zu erinnern. Ich hatte solche Angst, den Geruch deiner Haut zu vergessen.«

»Ich habe dich in ein neues Leben in einer richtigen Familie gehen lassen, in einer Stadt, wo du nicht Gefahr laufen würdest, an einer Blinddarmentzündung zu sterben, weil das nächste Krankenhaus zu weit entfernt ist. Ein Zuhause, wo du mit Büchern lesen lernen würdest, nicht in zusammengeflickten Kleidern herumlaufen müsstest, an die man ein Stück anzusetzen versuchte, wenn du größer wurdest, wo es Antworten auf all die Fragen gäbe, die du mir stelltest, wo du keine Angst mehr vor dem nächtlichen Regen hättest. Und ich müsste keine Angst mehr haben, dass dich ein Gewitter töten könnte.«

»Aber du hast die größte Angst schlechthin vergessen: die Angst, ohne dich zu sein. Ich war neun Jahre alt, Mum! Ich habe mir so oft auf die Zunge gebissen!«

»Es ging um dein Glück, mein Liebes, nicht um das meine, und der einzige Vorwurf, den ich mir mache, ist, dass du eine Mutter zurückgelassen hast, die dir nie wirklich eine war oder sein konnte.«

»War die Liebe zu mir das, wovor du Angst hattest, Mum?«

»Wenn du wüsstest, wie schwer diese Entscheidung für mich war.«

»Für dich oder für mich?«

Susan lehnt sich ein wenig zurück, um Lisa, deren Zorn in Traurigkeit umschlägt, besser betrachten zu können. Der Regen, der in ihren Kopf gedrungen war, rinnt in Strömen aus ihren Augen.

»Ich nehme an, für uns beide. Später wirst du es verstehen, Lisa, aber als ich dich in deinem schönen Kleid auf diesem eindrucksvollen Podium gesehen habe, als ich die Menschen in der ersten Reihe gesehen habe, die jetzt deine Familie sind, habe ich begriffen, dass für mich Frieden und Traurigkeit Schwestern sein können, wenigstens für den Augenblick einer Antwort, die ich endlich gefunden habe.«

»Wussten Dad und Mary, dass du lebst?«

»Nein, bis gestern nicht. Ich hätte nicht kommen dürfen, wahrscheinlich hatte ich kein Recht dazu, aber ich war da wie jedes Jahr, um dich durch den Gitterzaun deiner Schule zu sehen, nur wenige Minuten, ohne dass du es je erfahren hast, nur um dich zu sehen.«

»Ich habe nicht das Privileg gehabt, zu wissen, und sei es für wenige Sekunden, dass du lebst. Was hast du mit diesem Leben gemacht, Mum?«

»Ich bereue nichts, Lisa, es war nicht leicht, aber ich habe es gelebt, und ich bin stolz darauf. Dein Leben wird anders sein. Ich habe meine Fehler gemacht, aber ich stehe dazu.«

Der mexikanische Barmann stellte einen Becher vor Susan, mit zwei Kugeln Vanilleeis, darüber heiße, geschmolzene Schokolade, bestreut mit Mandelsplittern, und das Ganze mit flüssigem Karamell übergossen.

»Ich habe es bestellt, bevor du kamst. Du musst probieren«, sagt Susan, »es ist der beste Nachtisch der Welt!«

»Ich habe keinen Hunger.«

In der Halle des Terminals läuft Philip nervös hin und her. Von Unsicherheit geplagt, tritt er von Zeit zu Zeit nach draußen, bleibt aber stets in der Nähe der automatischen Tür. Vom Regen durchnässt, kommt er zurück zu der großen Rolltreppe, um wieder auf und ab zu gehen.

Susan und Lisa begannen, sich zu verstehen. Sie tauchten in die Vergangenheit ein, in die Vertrautheit eines langen Augenblicks außerhalb der Zeit, in dem der Kummer der beiden zu derselben uneingestandenen Hoffnung verschmolz, dass es vielleicht noch nicht zu spät war. Susan bestellte ein zweites Eis, und Lisa kostete schließlich.

»Wolltest du, dass ich mit dir komme. Haben sie mich deshalb hierher gebracht?«

»Eigentlich hatte ich Philip treffen wollen!«

»Und was soll ich deiner Meinung nach tun?«

»Dasselbe wie ich in deinem Alter: deine eigene Wahl treffen.«

»Habe ich dir gefehlt?«

»Jeden Tag.«

»Hat er dir auch gefehlt?«

»Das ist meine Geschichte.«

»Willst du wissen, ob du ihm gefehlt hast?«

»Das ist seine Geschichte.«

Susan nahm die Kette ab, die sie um den Hals trug, und reichte sie Lisa.

»Hier, ein Geschenk für dich.«

Lisa betrachtete das kleine Medaillon und schloss vorsichtig die Finger ihrer Mutter darum.

»Es hat immer dich beschützt, ich lebe hier und habe dafür meine Familie.«

»Nimm es trotzdem, das würde mir Freude machen.«

In einer heftigen Gefühlsaufwallung beugte sich Susan zu Lisa hinüber, schlang die Arme um sie und flüsterte ihr ins Ohr: »Ich bin so stolz auf dich.«

Ein scheues Lächeln huschte über Lisas Gesicht.

»Ich habe einen Freund. Vielleicht ziehen wir nächstes Jahr nach Manhattan, in die Nähe der Uni.«

»Lisa, wie auch immer du dich entscheidest, ich werde dich immer lieben, auf meine Art, auch wenn es vielleicht nicht die einer Mutter ist.«

Lisa legte ihre Hand auf die von Susan und sagte schließlich mit einem Lächeln von unendlicher Zärtlichkeit:

»Weißt du, was mein Paradox ist? Ich war vielleicht nicht deine Tochter, aber du wirst immer meine Mutter sein.«

Sie versprachen einander, sich wenigstens zu schreiben. Vielleicht würde Lisa, wenn sie Lust hätte, Susan sogar eines schönen Tages besuchen. Dann erhob Lisa sich, ging um den Tisch herum und nahm ihre Mutter in die Arme. Sie ließ den Kopf auf ihre Schulter sinken und roch den Duft einer Seife, der viele Erinnerungen in ihr weckte.

»Ich muss jetzt gehen, ich fliege nach Kanada«, sagte Lisa. »Willst du mit hinunterkommen?«

»Nein, er wollte nicht raufkommen, und ich denke, das war gut so.«

»Soll ich ihm etwas sagen?«

»Nein«, antwortete Susan.

Sie erhob sich und ging zum Ausgang. Als sie fast die Tür erreicht hatte, rief Susan:

»Du hast das Medaillon vergessen!«

Lisa wandte sich um und lächelte ihr zu:

»Nein, Mum, ich habe nichts vergessen, ganz bestimmt nicht.«

Die Tür mit dem großen Bullauge schloss sich hinter ihr.

Philip wurde mit jeder Minute nervöser. Ein Gefühl der Panik hatte ihn erfasst. Er fuhr die Rolltreppe hinauf. An der Stelle, wo sich die beiden Treppen kreuzten, sah er seine Tochter. Er fuhr

nach oben, sie nach unten, und er lächelte. »Soll ich unten auf dich warten, oder wartest du oben auf mich?«, fragte sie.
»Rühr dich nicht vom Fleck, ich komme sofort auf der anderen Seite wieder runter.«
»Nicht ich bewege mich, sondern du!«
»Warte unten auf mich! Ich komme!«
Sein Herz schlug schneller, und er rempelte einige Passanten an, um sich einen Weg zu bahnen, während die Rolltreppe sie immer weiter voneinander entfernte. An der Stelle, wo die Stufen flach wurden und verschwanden, hob er den Kopf. Oben angekommen, stand er Susan gegenüber.

»Habe ich dich warten lassen?«, fragt sie mit einem Lächeln.
»Nein.«
»Bist du schon lange da?«
»Ich habe keine Ahnung.«
»Du bist älter geworden, Philip.«
»Wie charmant, vielen Dank.«
»Nein, ich finde, du bist sehr attraktiv.«
»Du auch.«
»Ich weiß, auch ich bin älter geworden, das ist unvermeidlich.«
»Nein, ich meine, auch du bist sehr attraktiv.«
»Vor allem Lisa ist unglaublich schön.«
»Ja, das stimmt.«
»Eigenartig, sich hier wiederzutreffen«, sagt Susan.
Philip wirft einen beunruhigten Blick in Richtung Bar.
»Willst du …?«
»Ich glaube, das ist keine gute Idee. Außerdem könnte der Tisch besetzt sein«, erklärt sie mit einem erneuten Lächeln.
»Wie ist es dazu gekommen, Susan?«

»Lisa wird es dir vielleicht erklären, vielleicht auch nicht. Es tut mir Leid, Philip.«
»Nein, das tut es nicht.«
»Stimmt, du hast wahrscheinlich Recht. Aber ganz ehrlich, ich wollte nicht, dass du mich gestern siehst.«
»Wie am Tag meiner Hochzeit?«
»Du wusstest, dass ich da war?«
»In der Sekunde, als du die Kirche betreten hast, und ich habe jeden Schritt gezählt, den du hinter mir gemacht hast.«
»Philip, es hat nie Lügen zwischen uns gegeben.«
»Ich weiß, nur einige Ausflüchte und Vorwände, die sich vermischt haben.«
»Als wir uns das letzte Mal hier getroffen haben, dieses wichtige Ereignis, von dem ich dir in meinem Brief erzählt hatte« – sie atmete tief durch –, »eigentlich wollte ich dir an diesem Tag sagen, dass ich mit Lisa schwanger war und …«
Der Lautsprecher in der Halle übertönt den Rest des Satzes.
»Und?«, fährt er fort.
Eine Hostess kündigt den letzten Aufruf für den Flug nach Miami an.
»Das ist meine Maschine«, sagt Susan, »Last call … erinnerst du dich?«
Philip schließt die Augen. Susans Hand streift seine Wange.
»Du hast noch immer dein Charlie-Brown-Lächeln. Geh jetzt schnell runter zu ihr, du hältst es vor Ungeduld ja kaum aus, und ich werde meine Maschine verpassen, wenn du vor mir stehen bleibst.«
Philip nimmt Susan in die Arme und küsst sie auf die Wange.
»Pass gut auf dich auf, Susan.«

»Mach dir keine Sorgen, ich bin's gewöhnt! Na los, geh jetzt!«
Er tritt auf die erste Stufe der Rolltreppe. Susan ruft ihn ein letztes Mal.
»Philip?«
Er wendet sich um.
»Susan?«
»Danke!«
Seine Züge entspannen sich.
»Nicht mir musst du danken, sondern Mary.«
Bevor er aus ihrem Blickfeld verschwindet, bläst sie die Backen auf wie ein Clown und pustet ihm einen Kuss zu.

In der Flughafenhalle beobachteten einige Reisende erstaunt, wie am Fuß der langen Rolltreppe ein junges Mädchen mit weit geöffneten Armen auf einen durchnässten Mann wartete; die Farben der Treppe verschwammen in ihrer gemeinsamen Erinnerung mit denen einer roten Rutschbahn.
Er drückte sie an sich.
»Du bist ja ganz nass, regnet es draußen so sehr?«, fragte sie.
»Ein Wirbelsturm. Was willst du machen?«
»Eigentlich geht mein Flugzeug ja erst heute Abend. Nimm mich mit nach Hause!«
Lisa ergriff Philips Hand und zog ihn zur Tür.
Oben im Verbindungsgang erhellte ein zärtliches Lächeln das Gesicht von Susan, als sie beobachtete, wie die beiden den Flughafen verließen.

Vom Autotelefon aus rief Philip zu Hause an, Mary hob sofort ab.
»Sie ist bei mir, wir kommen nach Hause, ich liebe dich.«

Am zweiundzwanzigsten Oktober informierte Sam den neuen Direktor des NHC, dass sich eine neue, verdächtige Depression über der Karibik zusammenbraute. Vier Tag später erschien die Ziffer Fünf vor den drei berüchtigten S.
Der mit eine Breite von zweihundertachtzig Kilometern und einer Geschwindigkeit von dreihundertsechzig Stundenkilometer stärkste Wirbelsturm des Jahrhunderts raste auf Zentralamerika zu.
Susan war seit vier Monaten wieder in Honduras. Thomas besuchte die Oberstufe des Gymnasiums, Lisa und Stephen erlebten die ersten Wochen ihrer Universitätszeit. Bald würden sie in das kleine Appartement in Manhattan ziehen. Philip und Mary sprachen manchmal davon, Montclair zu verlassen, um nach New York zurückzukehren.
Am dreißigsten Oktober gegen Ende des Tages erreichte Mitch die honduranische Küste; in der Nacht wurden zwei Drittel des Landes zerstört; vierzehntausendvierhundert Menschen kamen ums Leben …

Einige tausend Kilometer entfernt, »auf der anderen Seite der Welt«, beendete in einer Flughafenbar ein mexikanischer Barmann seinen Dienst und wischte noch einmal über einen Tisch am Fenster …

Für die große Hilfsbereitschaft und die Ratschläge danke ich Bernard Barrault, Kamel Berkane, Antoine Caro, Guillaume Gallienne, Pauline Guéna, Philippe Guez, Katrin Hodapp, Lisa und Emily, Danièle und Raymond Levy, Lorraine Levy, Roseline, Jenny Licos, Colette Perier, Aline Souliers und Susanna Lea und Antoine Audouard.
Dank für die großzügige Hilfe bei den Recherchen an Dany Jucaud, an Detective Lucas Miller vom New York Police Department, an M. Huc und das Team des Centre des Ouragans (CDO).